致谢徐冯卓然！

本作品从选题、构思、素材收集……外孙虎虎倾注了大量的心血。

小小年纪视野雄阔，思维灵活，不拘一格的思路，在各个环节给予我无尽的启迪。

姥姥为爱执笔，感谢一切给予，感恩有你！

天然子 著

划过天空的拖鞋

第二部
新生儿期

中国文史出版社

图书在版编目（CIP）数据

划过天空的拖鞋.第二部,新生儿期/天然子著
.--北京:中国文史出版社,2022.12
ISBN 978-7-5205-4089-6

Ⅰ.①划… Ⅱ.①天… Ⅲ.①日记－作品集－中国－
当代 Ⅳ.① I267.5

中国国家版本馆 CIP 数据核字 (2023) 第 081899 号

责任编辑：刘　夏
封面设计：欧阳春晓

出版发行：中国文史出版社
社　　址：北京市海淀区西八里庄路 69 号　　邮编：100036
电　　话：010-81136606 81136602 81136603（发行部）
传　　真：010-81136655
印　　装：廊坊市海涛印刷有限公司
经　　销：全国新华书店
开　　本：1/32
印　　张：10.25　　　　字数：203 千字
版　　次：2023 年 12 月北京第 1 版
印　　次：2023 年 12 月第 1 次印刷
定　　价：42.00 元

虎虎：冯黄云舒；萌萌侠；乳名：贝儿，后自改名——虎虎；网名：撒欢的虎虎；软萌、痞帅、嘚啵精、精力过剩、古灵精怪、可奶可酷、痴迷武侠、自带喜感、浑身是包袱；最高学历：幼儿园。

姥姥的专用昵称：猫心、猫肝、猫肉、猫臭

姥姥：林梧秋，国家公务员，笨笨的（脑袋经常短路）；昵称：林妹；绰号：撒手没（全能路痴＋脸盲）；网名：专治老中医；知性、自律、直观、小资、败家娘们儿、爱好文艺和体育；沉迷写作不能自拔。

姥爷：黄远山，国家公务员，棒棒的；自取昵称：大金猫；网名：老中医；上知天文，下知地理，不懂英语；顾家、胸怀、敢为、直男、阳刚、活力、关心政治、酷爱运动。

姥姥的专用昵称：猫屁股

妈妈：黄漪涵，警察，美美的；昵称：宝儿；绰号：小周涛；网名：兴疯逐浪；萌妹、脱俗、旅游、购物狂、冰雪聪明、铿锵玫瑰、醉心阅读穿越和科幻小说。

姥姥的专用昵称：猫耳朵、猫胡子、猫蹄子、猫尾巴

爸爸：冯鹤扬，军人，博学多才、英俊挺拔、不苟言笑、沉着稳重；强项篮球。

爷爷：退休，淳朴善良、勤劳节俭、憨厚耿直、循规蹈矩。

1

奶奶：退休，慈祥、本分、辛劳、质朴。

火箭军小区：

　　楚楚：虎虎娃娃亲女朋友，大虎虎一个月；其父常方形，爸爸的战友。

　　滚滚：男孩，大虎虎五个月。

　　歪歪：男孩，大虎虎三岁。

　　邱酷奶奶：火箭军同院，姥姥好朋友；孙子邱酷，小学；孙女邱依，和虎虎同岁。

　　邻居16-02号：周默：军人世家，爸爸的战友；妻子李槑，幼儿园工作；育有一子哪吒，和虎虎同岁大三个月；李姥姥、李姥爷在家料理家务。

　　邻居16-03号：刘袁帅：从北京新搬来的团职干部，暂住营职楼；老婆王王蕾，医生；儿子刘员外，小学生；奶奶在家料理家务。

早教中心：

　　大厅接待：欢欢、豆豆、静静、菲菲（虎虎老婆）；老师：大哥哥江南、语歌、文舒；老板：刘艾卿。

　　早教好友：卷卷及姥姥、瑶瑶及奶奶、咕咚及姥姥、姥爷（都是同年）。

梦西湖：

　　邢栋：姥姥表弟；弟媳纳兰嫣然；儿子邢军，汉口一家中法合资集团工作，性格随心、随性、潇洒……

池雨村：

　　刘半万：姥爷帮扶对象，小名五千一郎；老婆宋十二，残疾。夫妇育有俩男孩，大的冬一；小的冬二，与虎虎同岁。

　　王二姐：妈妈小时候的保姆；老公胡字典；夫妻2010年来汉口打工，独生儿子寄宿。

凌洲市：

　　二姥爷（姥爷弟弟）：卫生防疫站工作；

　　小姑姥姥（姥爷小妹）：超市老板；

　　大姑姥姥（姥爷大妹）：中医医院工作；

　　葛格：姥姥同事；

　　梅影：姥姥大学同学、闺密，市直党委工作；老公：史劲，交警大队工作。

　　张红霞：凌洲人家小区诊所医生（虎虎老婆）；老公，李卫东。夫妇育一儿一女，男孩鑫鑫，和虎虎同岁；女孩晶晶，是姐姐。

　　吕品品：妈妈大学闺密（唯一没从警）未婚；雅称：芝麻官；虎虎干妈；家住武汉，现任中外合资企业主管。

　　郝高兴：男生，妈妈高中同学。

　　唐晶：妈妈同事；已婚有一儿子，大虎虎一岁。

　　洛溪：妈妈死党、发小。

地名列表：

凌洲市：原河南姥姥家。

池雨村：姥爷挂职蹲点村庄，距凌洲市三十多公里。

依山城：妈妈刚参加工作的红区小城，距武汉市约一百二十公里。

凤兮镇：湖北襄阳爸爸老家。

梦西湖：武汉东西湖区，姥姥表弟一家经常钓鱼的地方。

画个句号给昨天（上）
——转载妈妈日记

2010年6月22日 星期二 25～34℃

多云 无持续风向 微风 出生第一天 农历五月十一

夏至，就像一个爱哭又爱笑的孩子，热烈、率真、耿直，肆意挥洒。这样的季节，最惬意的莫过于飘然在清凉的产房，吹一屋凉爽。

早上八点，清凉的空气，弥漫在世间每一个角落，阳光透过树枝，温柔而闲散地洒落在军医院。阵阵微风吹过，冥想时，我的孩子在呼喊"妈妈——妈妈——"，清晰飘荡心间，闭上眼，有一种说不出的恬静。

从我被接到手术室，关上大门的那一刻起，亲人们那熟悉的身影和面容也随之被关在门外，我只能一个人进行手术之旅了。

室内悬挂着浅色的窗帘，很干净，很亮。周围的一切都是那么陌生，净化机的风声，各种仪器的声响，消毒液的气味若有若无，感觉时间走得特别慢。妈妈侧卧在手术台上，很大的无影灯下，妈妈努力地抱住双膝，拱起后背……

医护人员忙个不停，只能看见他们的眼睛，一样的衣帽，一样的大口罩，分不清谁是谁。一位可爱的大眼睛小护士，帮妈妈擦去额头上的汗珠，略显惊诧又带着温柔地赞叹："黄漪涵，你好从容哦！"妈妈憨憨一笑："生个孩子算什么？想想革命烈士所遭受的酷刑，哪一个是打了麻药的，爱谁谁！"说到这儿，妈妈心底不由得升腾起一股畅意的快感，露出了一个坦然的笑。

小护士听得热血沸腾，悠悠地逗妈妈："漪涵，你是喝猫奶长大的？哈……也是哦，不就是生个孩子吗，卸了货，就轻松了。"妈妈有些不平静了："是啊，是啊，感觉卸了货，我会飞！"

小护士一边整理着器械，一边弯着大眼睛，笑眯眯地问："黄漪涵，卸了货，你最想做什么？"

妈妈双眉一挑，笑道："昨天晚上跟我老公说：'卸了货，轻松了，天天给你做饭吃。'我老公字斟句酌地回我道：'临睡前不要讲恐怖故事，快点睡！'那口气超鄙视，瞬间觉得被我老公秒杀了！不用求心理阴影面积了，全黑了！"手术室，所有医护人员都笑了，就我没笑！

进了手术室，没有几个不紧张害怕的，何况适度的焦虑有利于提高病人的应对能力，若情绪反应过度，肯定不利于耐受手术。看似随意的说话聊天，却缓解了妈妈的焦虑恐惧情绪……

说笑间，麻醉师用手顺着妈妈的脊椎往下按，找到脊椎缝的地方，把麻药注射进去。当麻药推进妈妈身体的时候，那种胀胀的、麻麻的、酸酸的疼痛感，真的特别清晰，还没生产，就先要经历这样的痛苦，让妈妈直呼委屈。【格局小了】

剖腹产注射麻药的过程，算是麻醉科里面比较大型的一种麻醉手术了。给妈妈采取的是半身脊椎麻醉方式，护士用长长的针头注射，麻药直达妈妈的脊椎部位，当粗大针头穿入脊椎的瞬间，妈妈感觉到很明显的疼痛，刺痛感穿透全身……因为这个过程中，触及的神经末梢很多，因此，产生的疼痛感，妈妈真的很难忍受。【憋住不哭】

这时候，妈妈觉得自己的脚像被电击了一样发麻，这种感觉从脚一点一点向小腿蔓延，再到大腿、腰部，我试着动动腿，已经动弹不了啦。

年华碎影的这一刻，穿越秦砖汉瓦，问世间情为何物？

画个句号给昨天（下）
——转载妈妈日记

2010年6月22日 星期二 25～34℃

多云 无持续风向 微风 出生第一天 农历五月十一

　　给药十几秒后，麻药发挥作用，手术开始，医生很快在妈妈下腹部轻轻划开一刀，口子的长度，视宝宝的头部尺寸而定，要精确到毫米。这时的妈妈，仍然醒着，感受到了被"切开"，但没有感觉到疼痛。

　　随即，医生在子宫上做第二个切口。羊水膜囊被打开，吸出液体。妈妈听到汨汨的液体流动的声音……

　　此刻，助手按住胃，挤压妈妈子宫，妈妈想：是不是已经开始，一会儿就能见到我的孩子啦？接下来，妈妈感受到在剥离胎盘的时候，医生的手指从子宫壁上，沿着胎盘的边缘抠，一阵要呕吐的感觉。医生把一块肉，硬生生地从妈妈体内往外拽，妈妈清晰地感觉到，贝儿是被拖拉出来的！

　　这个过程快得惊人，几乎没有什么疼痛，很快！助产士帮宝宝剪掉脐带，完成宝宝和妈妈的分离，同时报出出生时间点。不用助产士拍打宝宝的脚底，贝儿自己就"哇——

哇——"地大哭了起来，哭得那叫一个畅快淋漓。洪亮的声音回荡在整个产房，让妈妈感到十分振奋。

刚来到人世间，除了我家贝儿在哭之外，其他人都在笑呢。宝宝从妈妈肚子里被抱出来啦! 很犀利的哭声! 这哭声有气势，有压倒性的气魄! 此时，没有什么比这哭声更让妈妈为之感动!【破防】

贝儿的第一声啼哭，哭声洪亮，宝宝向妈妈、医生昭示着独立宣言——贝儿已经降临人世!

敲黑板，画重点! 从某种程度上来说，宝宝啼哭，是一种自我求生意识的体现：通过张大嘴巴让空气进入体内，激活呼吸系统，才能够保证自己在这个世界上存活，从呼吸第一口空气时起，开始与宇宙共振，这是我的孩子走向"独立生活"的第一步。

助产士用吸引器吸出宝宝口鼻里残留的羊水、黏液，帮助宝宝清理呼吸道。清理完成，贝儿被抱到保暖台上，助产士用纱布蘸着特殊液体擦拭身体，这是婴儿初浴，并进行了脐带的二次修剪和消毒。

接下来，宝宝除了接受五项阿普加新生儿评分外，还要测量和登记。吼吼! 脚底抹上了红色印泥，进行足印采集。【太会了】

戴上脚环标志，穿上姥姥提前准备的小衣服，护士把贝儿打包好，抱被上，还佩戴着身份卡标签，襁褓中的宝宝好乖呀。【爱了爱了】

妈妈此时只想早点从医生那儿了解宝宝是否健康! 当医

生把贝儿抱给妈妈的时候，宝宝在看到妈妈以后，竟然迫不及待地张大嘴巴，给妈妈打招呼……那一瞬间，妈妈像是触到了"永恒""幸福"这类词的真谛，至少那一刻，有想要落泪的冲动。

大眼睛护士有意逗妈妈："黄漪涵，你看看，生的是男孩还是女孩啊？"妈妈模糊地看到，抱被掀开处，儿子霸气外露，兴奋地告诉护士："男孩！"此时，所有的痛苦瞬间消失！我，黄漪涵！成功晋级为一位男孩的母亲！【起范儿】

医生身子微微前倾，特别温和地说："是的！是个小男生，来让妈妈亲亲吧！"医生侧着头望着儿子，眼神中带着一丝不易察觉的欣赏。"黄漪涵，你的儿子质检合格，总体满分，成功激活，出库！不支持七天无理由退换货哦，耗资周期较长，请你开启充钱模式，哈哈……"医生俏皮地眨眨眼，说话十分有深意。

妈妈那微凉的红唇，渐渐凑近，儿子闭着眼睛，嘟嘴求吻……然而，妈妈轻啄到的却是，我儿的小屁屁！哈哈！好软好嫩啊！

妈妈脸上洋溢着幸福，母爱的光辉瞬间变得耀眼了起来，妈妈给贝儿说的第一句话："儿啊！妈妈终于可以当'老子'啦！终于，自己有个能揍的孩子！"妈妈盯着儿子又看了老半天，最后蹦出一句："怎么没穿衣服？"当时贝儿就慌了，旁边是一群偷笑的医生和护士。【差不多得了】

古代，孕妇产子，仿若走了一道鬼门关。然而，在科技发达的现在，生个孩子也仍然不轻松。男人若一生无大病痛，也许，一辈子都不知道，躺在手术台上，身体被一刀一刀划开，又一层一层缝上，是个什么滋味，而这却是每个剖腹产的妈妈所必经的过程。

这就是如约而至的夏至节气，盛夏时节，于此正式登场。

把最长的白昼，送给最好的儿子！

一个男人的洒脱（上）

2010 年 6 月 22 日 星期二 25 ～ 34℃

多云 无持续风向 微风 出生第一天 农历五月十一

树木茂盛，鲜花盛开……俨然一帧水墨长卷，绵延于六月的天地之间。一个精彩的故事，在六月晶莹的露珠里，滚动着若隐若现；一个动人的情节，在蛙声蝉噪里羽翼丰满。

今天，虎虎把头条留给自己！

早晨 8∶44，虎虎在自己熟悉的小巢穴中，觉察到两扇窗户被打开，一束晨曦射到宝宝的脸，好惬意……

脑："准备分娩，各单位报告情况！"

心："循环系统运行正常！"

肾："泌尿系统运行正常！"

胃："消化系统运行正常！"

肾上腺："内分泌系统运行正常！"

肺："呼吸系统准备第一次试机！"

脑："分娩开始！快速脱离，减轻母亲的痛苦！"

肺："分娩成功！外部空气已到位，请求开机！"

脑："批准开机！鸣笛！向母亲孕育致以最高敬意！"

肺："呜啊——呜啊——呼吸系统运行正常！"

脑："与母体连接已断开，虎虎此生的航程即将开始。启航！目标，星辰大海！"

十月一剑，今朝试霜。看世界！雄心勃勃！

声画同步。宝宝先是挪动着自己的小身体，让自己的小脑袋靠近妈妈的创口，同时收缩自己的小胳膊小腿……然后，急不可耐地努力探出了头，接着虎虎灵巧地转动着自己的身体，先是一个肩膀，然后拔出一只小手——这只手，抓住了医生阿姨的大手。握手！握手！虎虎向医护人员致意！

然后，虎虎拉着医生的手，还在用力。一只脚向上缩，胖嘟嘟的身子向左微倾，嘴角带着一丝坏笑，显出非常努力的样子。医生先是爽朗大笑，而后，笑声戛然而止，她表情极其严肃地说："哟！扎心了老铁，这个小宝宝是个狼人，举报都没用，你要不帮他出来，是要医闹的！"

医生阿姨暗戳戳地调侃："好啦宝宝，别费劲了，还是阿姨直接把你抱出来吧！"话音刚落，虎虎一下从昏暗、温暖、狭小而熟知的世界当中，被拽出来咧……哪有什么幸福来敲门，都是虎虎自己，死皮赖脸敲开的。【媚眼横飞】

吼吼！虎虎看到了光亮，瞬间感受到了清凉，伸个懒腰，好舒服！四下瞅瞅，原来宝宝是剖腹产！然后，产房里是一阵忙乱……

虎虎睁开眼的时候，发现自己身处一个陌生的地方，丈二和尚摸不着头脑，使劲回想：宝宝没有被绑架，没有喝醉，也没有发生灵异事件。哦，原来是虎虎出生啦！

虎虎的小手紧紧拉住医生的手术服，令医生无法离开。虎虎：就是您！管出生，不管饭吗？弄瓶奶来！要温的！虎虎拿您当亲哥，您可不能拿宝宝当表弟啊！

虎虎境界思维：宝宝都有一种刑满释放的喜悦！

子生赤色，故言赤子。虎虎出生，医生都不用打屁股，宝宝自动哭，哭声跟吹喇叭似的。虎虎用最隆重响亮的哭声宣布："我来啦！"一个美丽的童话，从此开始。

我看到了，看到了，看到了日月星辰；

我听到了，听到了，听到了天际回音。

在这个温暖的日子里，在康乃馨的簇拥下，把十个月的孕育之恩，汇成一句话："妈妈，虎虎爱您！"

一个男人的洒脱（下）

2010年6月22日 星期二 25～34℃
多云 无持续风向 微风 出生第一天 农历五月十一

看虎虎干吗？看黑板！脐带是母体和婴儿连接的纽带，那么用剪刀剪断脐带时，孕妈和宝宝会感觉到疼痛吗？孕妈不痛，宝宝也不痛。脐带上虽然有神经，但是此神经不是痛觉神经，而是血管收缩神经，没有痛感。虎虎剪脐带的感觉，就像我们剪指甲一样。

妈妈在术前和术中，把唇齿相依的情感及时传递给儿子，才使得我们母子，携手奋进、节节胜利。分娩，是超级强度的生命体验，它不仅仅体现在妈妈疼痛上，对宝宝的触动也是独一无二的，从这个意义上讲，每个宝宝都和妈妈一样，了不起！【快夸我】

这是虎虎的第一段人生经历——彪悍！

绝对不割，留着还有用。

《西游记》中，唐僧师徒西天取经，为何孙悟空可以得道成佛，修炼成金刚之身？因为，历经千辛万苦，九九八十一难，历时十九年。在这个过程中，熟石灰与空气中的二氧化碳，反应生成坚硬的碳酸钙，从而，练就了孙悟空金刚不坏之身。

胎儿虎虎，摄取妈妈体内各种精华，又痴迷武侠，历时十个月，练就一身好武功。基础好，功底厚，专业赛前热身。来吧！本将军虎虎，前来讨战！

虎虎摇旗呐喊：代刚出生婴儿打架，一次五十元，满月以上级别的，就不要找我了，虎虎打不赢！【大聪明】

虎虎一声咆哮，各种奔放："哇——"一顿冲拳、勾拳、摆拳、侧踢，再来一个漂亮的无影脚……睁眼一瞅，满屋子的医生、护士，她们围在一起，一阵低语。虎虎听到，柔柔的俏皮语调："这小家伙，给自己加戏，要搞事情……"虎虎瞬间满脸写满忍字，把亢奋的情绪调至静音。【走错剧场了】

护士甲："黄漪涵，这样的宝宝是怎么生出来的，有配方吗？"

护士乙："黄漪涵，这么可爱的宝宝，多生几个，别浪费基因。"

护士丙："麻烦你帮我绊倒他，见不得他那么快乐。我只想把他打哭。"

哈哈……虎虎不会盲目骄傲，不习惯把"出生"这档子事，当成新闻到处炫耀。妈妈考上公安部直属一流院校，妈妈都没有飘。妈妈说："是学校好，并不代表我来这个学校，就比别人强。"虽然，虎虎的出生是一段很值得开心的经历，但它不会成为宝宝这一辈子的一个标签，平常心对待吧。【格局打开】

壮士断腕，割了吧！

镜头快进：2013 年 6 月 22 日，姥姥问虎虎："宝宝，你是从妈妈肚子里剖出来的，你可知道？"虎虎眨着大眼睛点头回答："知道！"姥姥笑了，又问："那你当时什么感觉呢？"虎虎低头沉思片刻答："天亮啦！"

2028 年 10 月 22 日，军校调查体重。军医问："冯黄云舒！你现在的体重是六十八公斤，过去最重的时候是多少？"虎虎答："七十公斤。"军医又问："那最轻时候是多少斤呢？"虎虎秒回："3.1 公斤！"

虎虎出生，不仅送给妈妈一束康乃馨，还有一摞，关于"康乃馨"的，带天气的旧日历。

我属虎，男虎！

2010 年 6 月 22 日 星期二 25 ~ 34℃

多云 无持续风向 微风 出生第一天 农历五月十一

诸葛亮与周瑜同桌饮酒。席间，诸葛亮道："久闻公瑾兄，乃江东第一才子，小弟今日有一事不明，还望周兄，能帮我一解心中疑惑。"周瑜闻言，心中狂喜，道："速速说来，这天下之事，还没有能难倒我周公瑾的。"诸葛亮问道："什么样的节奏，是最呀最摇摆？什么样的歌声，才是最开怀？"周瑜听后吐血："……"诸葛亮一个白眼翻过去："乖，一边傻去！没看见吗？冯黄家的硬核小奶狗，C 位登场！"【掌声无数】

从虎虎在妈妈肚子里落地生根那天起，宝宝就听妈妈常常祈祷，想要生个贴心小棉袄。

于是，虎虎就哄妈妈开心投其所好，乔装成乖乖女；虎虎还听说，女儿装扮娘。所以，宝宝在妈妈肚子里不拉屎，不让妈妈脸上长斑斑，妈咪皮肤白皙光洁更漂亮；孕检彩超时，虎虎故意藏起"小弟弟"，宛如一副女孩样。

可是，后来，看姥姥举起的拖鞋，知道事情的严重性。虎虎开始慌了，发现画风跑偏，玩笑开大咧，姥姥竟然给宝宝起了个女孩的名字，还买了一堆粉粉的鞋和衫……虎虎实在是沉不住气，装不下去了，在妈妈肚子里发起各种暗示，暴露本性，每天抓耳挠腮、手舞足蹈，拳打脚踢、上蹿下跳……【太难了】

妈妈经常讲虎虎胎动的故事给家人听，爸爸一直坚信，就贝儿捣蛋成这个样儿，女孩是假，爷们儿是真！知子莫若父呀，以后宝宝学说话，一定第一声先喊"爸爸"。

还是割了吧，虎虎不能再损啦！

走廊上、病房里，一切看见虎虎的人，众口一词："哇！帅！"呵呵……哈哈……宝宝怎么成了象棋了？肤色古铜，立体的五官刀刻般俊美，虎虎整个人散发出一种威震天下的王者之气。【尖叫】

姥姥，您会不会认为，虎虎男扮女装，是诸葛亮焚香操琴——故弄玄虚啊？其实，这不正是您教诲大孙的：埋下伏笔、设置悬念、交代含蓄，为下文做铺垫，使情节跌宕起伏，引起读者兴趣？

虎虎耗时十个月，隐"性"埋名，欺上瞒下，为了给平淡的生活，搞点小气氛，我太"南"了，"南"上加"南"，让宝宝都找不着"北"啦……之后的摇身一变，铸成血性男儿钢铁汉！虎虎觉得自己，极其有成就，相当厉害！各种姿势各种招，各种澎湃各种飘。霸气逼人，简直就是妥妥的人生赢家啊！【满级人类】

出生档案里，盖上独一无二的小脚印，千里之行始于足下。壮心，驯大海；浩气，走山河。虎虎通过了"指纹认证"，获取身份标识，举世无双！

虎虎刚被护士收拾妥当，哥们儿哪吒就惊慌地打来电话：贝儿，有小朋友欺负我，还扬言要抢我奶喝，怎么办啊？

虎虎想了想，浑厚一声：你就说，你是虎虎的朋友！

哪吒问：虎虎是谁？

虎虎气宇轩昂地答：别管了！碰碰运气吧！（哪吒是邻居周默叔叔家儿子，大虎虎三个月的好哥们儿。）

百战百胜，非善之善者也；不战而屈人之兵，善之善者也。

【拿捏了】

很多人好奇，十二生肖，为什么没有猫？追其原因，是中国古时无猫，猫原产于埃及，猫进入中国，据传始于汉明帝后，十二生肖产生时，猫，还未加入"中国国籍"。而且，十二生肖中，已经有了老虎这只大猫足矣，小猫猫，你就不用来添乱了。【怒吸大鼻涕】

1957年毛泽东主席，在莫斯科大学演讲时，对中国留苏学生，说过最关爱的一句话："你们青年人，朝气蓬勃，正在兴旺时期。好像早晨八九点钟的太阳，希望寄托在你们身上。"虎虎腾起一跃惊天地，留下威名百兽王！

我属虎，男虎！一身贵气，八面威仪，夺了野猪的林子，养了一帮兄弟；占了狗熊的洞子，娶了一群娇妻……猫科界里，哥算是个传奇。【天花板】

没办法，默认性别改不了！虎虎，是带枪来的！哈哈……

【实锤】

我心里住着一个小坏蛋
——转载妈妈日记

2010年6月22日 星期二 25～34℃
多云 无持续风向 微风 出生第一天 农历五月十一

号外！号外！撒花，恭喜！

冯黄家的"建设银行"于2010年6月22日上午8：44正式开业了。凡持有"招商银行"执照的经营者，请马上开始拿号排队，我们将择优选择合作伙伴！另：宝宝体重3.1公斤，身长五十二厘米，酷肖其父，可爱讨喜，母子平安！现接受亲朋好友不限量祝福，佑我儿健康成长，一生平安！

经过组织十个月考察，妈妈今天终于泪流满面地，捧一个儿子入手了！小小的一个生命诞生，标志着一个大家庭的4-2-1阵型正式确立。妈妈一直以为自己会当姥姥的！今天彻底明白了一件事情，原来妈妈是——奶奶命！

母性的光辉，在妈妈脸上闪耀，妈妈现在，是世界上最美丽的女人！

儿子啊！听到你的第一声啼哭，妈妈也跟着哭了！一般情况下，妈妈流眼泪的时候是要躲起来的。但是，今天，这眼泪，是应该毫不掩饰的；这眼泪，是可以尽情地，给家人分享的！

当妈妈第一次接触儿子，看着宝宝有着宽宽的前额，水汪汪的大眼睛，翘翘的下巴，柔嫩的肌肤，小巧而挺直的鼻子，好一股骄傲的心气儿……我儿仿佛就像一块吸铁石，把妈妈深深地吸引住。宝宝那么小、那么弱、那么无助……你是一个需要拥抱、需要呵护、需要抚育的小男孩。妈妈决定一生陪你，并设置了与儿子的捆绑关系。贝儿！请允许妈妈，享受被儿子需要的甜蜜。

儿子先妈妈一步被医生、护士抱出手术室。妈妈现在仍在手术台上，接受医生缝合创口……此刻妈妈在想：不知在外守候的爸爸、姥姥、爷爷、奶奶，还有其他家人，看到健康、帅气、捣蛋的贝儿，会有什么感触？

时间对了，地点对了，感情对了，却发现人物性别不对了！故事不是这样发展的吧？但是，妈妈知道，这才是最真实的传奇！

上帝给妈妈出了道难题，送了一个这么可爱、调皮的你。宝宝的幽默、勇敢，让妈妈感动得喜极而泣……我的儿子，是一个真正的男子汉！妈妈欣赏宝宝的敢想、敢干，请继续保持，所向无敌！

偶尔，妈妈也会出现遐想——如果可以只怀孕二十四小时，然后就把宝宝生下来，那该多好啊！尽管这样，妈妈从不阻止宝宝胎动，希望我的孩子活泼、强壮、千伶百俐、冰雪聪明！

十月怀胎真的不容易，只为那落地时，宝宝的一声哭泣。

嗷嗷的大"哭"，宣布妈妈结束孕育生命，开始了母爱的传递。此时宝宝还不知道"世界"是什么，宝宝的"世界"，只是母亲！没有罪恶，没有野蛮，没有虚伪……我儿是一张白纸，一面白墙，脆弱、纯洁、干净！

新生命的来临，唤起妈妈从心底深处蔓延而来的无尽感动，那一刻，妈咪笃定——将用一生，倾其所有去爱。

过去，妈妈以为，有了孩子以后我会很开心，等到我真的有了孩子，妈妈发现——这是真的！

告诉妈妈，我不痛！
——转载外婆日记

2010年6月22日 星期二 25～34℃

多云 无持续风向 微风 出生第一天 农历五月十一

我打碎了夕阳，借了一碗清汤，想等一束月光，可倒影全是女儿的模样。在一怀光阴里坐透，竟然还是有一种极想掉泪的感觉。心润了，便会有点潮湿；情浓了，便会万般生疼。

早晨8:11，姥姥把大腹便便的妈妈送进武汉市空军医院的产房。

姥姥人生第一次，焦急地等在产房外，心里仿佛被无形的大石压住，嘴巴不停地颤抖，已经无法平息自己，只有一阵阵脚步声徘徊……

妈妈知道，姥姥心理素质极差，很容易紧张，为了放松姥姥心情，自己假装着，假装着轻松；幻想着，幻想着轻快的生育场景……妈妈假装得很完美，完美到差点骗了自己。妈妈独自消化了恐慌，继续扮演着善解人意的乖姑娘。藏在亲情里的"爱"，姥姥感觉到了"心疼"。

生了女儿的父母，除了在结婚之前要操心，在女儿婚后仍然不能放下心来。最让父母心疼的，就是女儿要忍受生儿育女之痛。

产房内的妈妈，此刻正忍受着剖腹产的痛苦……产房外的姥姥，憧憬着人生最神圣的时刻，也体会着从未有过的焦虑。虽然姥姥没有为妈妈腹开七层，但也为妈妈骨开十指。不管女儿多大，永远是父母的心肝宝贝。

产房外的姥姥，心中无限疼惜，心脏都要炸了。看到一个比喻很贴切，说此刻，在产房外，揪心等待的亲妈：坐立不安、如坐针毡……如同试卷发下来前的课间……小学生春游前一晚……彩民电视机面前守开奖的一刻……姥姥一边掉眼泪，一边奋力透过铁门的缝隙，竭力向里张望……

轻轻拉开六月的帷幕，姥姥看到了花儿，看到了海；看到了，摇曳在晨光下的秋千；看到了，运载着"宝宝"的红帆船！

8：44，产房传出一声清脆的婴啼，姥姥仿佛听到了天籁之音，还有世间的轮回。

产房门轻轻打开，护士第一次出来……姥姥赶紧上前询问，护士一脸喜气："大人和孩子平安！"姥姥双手捂嘴，眼眶中已经满是泪水，泪水随后决堤般倾泻而出，声音有些哽咽："我的孩子，扛过去了！"

生育，是两个人，甚至两家人的事。但是，真正面对一切的，还是孕妈妈自己。那种极致的痛苦，只有经历过的女人，才能体会。

当护士把女儿从手术室推出来的那一刻，姥姥跑过去的时候，是哭着的。谁能体会？时间难熬，度日如年，所有的等待、焦虑，在看见女儿平安的瞬间，都化为乌有。世上最美的，莫过于，母亲从泪水中，挣脱出来的那个——微笑。

用爱延续生命

2010年6月22日 星期二 25～34℃

多云 无持续风向 微风 出生第一天 农历五月十一

　　虎虎的这篇日记，就是给自己的"出生礼"。面对出生，其实，虎虎是后知后觉的。十月怀胎，从之前的生龙活虎，到最后的老气横秋。问："感动吗？"答："不敢动！不敢动！"因为，动了，妈妈会难受……就在那一刻，虎虎瞬间觉得，可能，虎虎真的应该出生了。

　　原以为，永远做个"胎儿"是梦想，越来越多的事实告诉虎虎，这个梦想，不能当饭吃，不现实。

　　出生了，不是也挺好的嘛，虎虎不用再费尽心机，千方百计想办法多喝点羊水，因为，虎虎再也没有羊水可以喝了；再也没有了"城堡"这个避风港；再也没有"胎儿"这个听上去，可以被原谅的头衔。【一行一行眼泪】

　　想当初，虎虎选择家庭的时候，有不少人质疑过："虎虎，你体质好，跑得快，可以轻松选择豪门。"不！虎虎要过自己想要的生活！不少豪门，向虎虎伸出橄榄枝，被宝宝果断拒绝，毅然决然地选择军警家庭。警察安内、保家；军人御外、卫国。他们，随时用鲜血与生命，保护祖国壮美河山。为了让他们活得更有重量和质感，虎虎执意用爱延续生命，与军警血脉相连。

归根到底，三观端正，清晰意识到，守护百姓安康、实现国家富强。懂得个体的愿望，与宏大的时代背景息息相关，将个人的投胎，汇入国家发展与人类进步当中。在选择出生方向时，更多些敢担使命、敢负重任的豪情，接受祖国选拔……

投胎是个技术活儿，而且是技术含量极高的活，远比国考、高考重要得多。道阻且长，行则将至。胸怀家国，追逐梦想！

原以为，只有长大了才能永远和妈妈相伴，让虎虎有了奋斗方向。宝宝不贪恋安逸、不虚度时光，逼自己优秀，以最好的姿态，拼了命地成长……但是，当虎虎真的长到足以跟"城堡"告别的时候，回头才发现，被骗了！原来，成长，只能让我们母子分离啊！【哭声很大】

在出生前的一天，妈妈跟虎虎说："不管以后你长多大，永远都是妈妈的孩子！"虎虎在句号前的逗留，是时隔经年的依依不舍。

世上，还有许多个"城堡"，里面都坐着孩子，只是，再也不可能是虎虎了。十个月的房租免费，虎虎再也享受不了这待遇啦。

从今天开始，虎虎不再拥有"胎儿"这个称号了，宝宝出生了！"奔一"开始倒计时！

醉的，深（上）
——转载爸爸日记

2010年6月22日 星期二 25～34℃

多云 无持续风向 微风 出生第一天 农历五月十一

今天的爸爸迎接新生命，一身戎装一生担当。庄重冷峻，魁梧挺拔，就像秋天原野上的一棵白杨。

在等待宝宝出生前的这段时间，我的内心充满了浓浓的盼望、期待、幸福。恭喜，呵呵，今天体验到了，等待孩子出生前的煎熬。心中有初为人父的狂喜，想象着未来一家三口的日子，天马行空地想象宝宝的模样。

柳树摇摆，婀娜多姿，一抹夏日，为新生宝宝送来祝福；一缕清风，为美丽的新妈妈送来甜蜜；河水流淌，为新爸爸奏响喜庆乐曲。

经过组织十个月考察，我今天终于泪流满面地荣升"爸爸"，同时，和我并肩战斗的好战友——黄漪涵同志，也升级为"妈妈"。感谢女人，感谢天下的女人，让人类得以延续，让男人做了爸爸。

爸爸手持姥姥送给外孙的见面礼物——录像机，隔着"洗婴室"窗户的玻璃,镜头对准刚出生的宝宝,进行"剪彩"仪式。

护士清脆的一声:"男孩!"让爸爸手中的摄像镜头各种凌乱啊……明明早有思想准备,面临突如其来的消息还是遭受打击。爸爸此刻才突然间明白,什么叫"父爱如山"——山一般,就是待在那里一动不动,啥也不干,就在那杵着!杵着!

"儿啊!你这不是忽悠老爸、坑爹吗?好嘛,车买不成了,得给我儿攒钱娶媳妇!"醒悟过来,那感觉,心飞扬啊!【窃喜】

虎虎掩口大笑,解读爸爸:老爸!就您现在显示出来的得意神情,意为比较"拽"哦!如果您确实感到自豪、快乐,当该嘚瑟时,只管嘚瑟吧!嘚瑟出一种收获,嘚瑟出一路欢畅!

护士为宝宝称重、测量、接种疫苗、包裹……哭声跟着护士一起出来了,爸爸"啪"地原地立正,右手迅速抬起,与此同时,注视受礼者护士,高亢嘹亮地道:"敬礼!"响彻整个走廊。然后,老爸双手在裤子上擦了又擦:"快点儿,让叔叔抱抱!"瞬间被姥姥、奶奶都骂了。接过儿子问护士:"这孩子叫什么名字啊?"护士冲老爸挤出一个笑容:"有没有一种可能,这孩子叫什么名字,得你说了算啊!"

我家贝儿出生,医生都不用揍屁股,人家就自动哭,哭声跟吹喇叭似的。护士把肉肉的、软软的、亲亲的心肝宝贝,交付给撸起袖子,稳扎马步的爸爸。怀抱一个健康的宝宝,热泪盈眶的时候,爸爸的胎教,宣布结束了。

儿子紧紧地贴在爸爸胸口,这种被信赖的感觉真好!醉了！甜甜的小脸，爸爸看也看不够："这就是我的儿子吗？"宝宝如葡萄大的眼睛望着老爸，粉红的小嘴一张一合，仿佛在向爸爸诉说着心里话……

儿子啊！爸爸告诉你："真高兴宝宝如此表现，忒欣赏儿子的幽默大气！不可思议地推翻伪科学，神乎其神地提供一份严格证据。"宝宝，你就是传说中的"王炸"啊！【握手】

"乃生男子，载寝之床，载衣之裳，载弄之璋……" 给儿子"璋"玩，一方面是希望他有玉一般的品德，另一方面又希望他成为贵族，可以"光宗耀祖"。后来就把生下男孩子称为"弄璋之喜"，恭喜！恭喜！

"唉！妈，您去哪儿啊？怎么不待在病房看护贝儿？"爸爸一把拉住急匆匆往病房外走的姥姥。姥姥带着哭腔说："你孩子出来了，我的孩子还在手术室……"姥姥把重音放在"我的孩子"那几个字上。

得，宝宝由爷爷、奶奶照看。爸爸、姥姥朝产房跑去……

醉的，深（下）
——转载爸爸日记

2010年6月22日 星期二 25～34℃

多云 无持续风向 微风 出生第一天 农历五月十一

随着手术灯的熄灭，妈妈被护士推了出来，爸爸手捧玫瑰，深深地给妈妈献上一个吻。泪水，顿时充满了眼眶，爸爸想极力忍住，可还是，滴滴答答地，滴在洁白的被套上……

"老婆！请允许我向你鞠一躬！辛苦了一年，担心了一年，等待了一年，上帝被你感动了，送给咱们一个好儿子！老婆！谢谢你！"

身经怀儿苦，剖腹七层难。此乃心头肉，望卿一生安。

妈妈被幸福环抱着，一副甜蜜、娇憨的模样："老公！对不起！我们的计划泡汤咧！"【媚笑】手术后的妈妈，说话声音明显有些干涩。

"宝儿，咱儿子任性，顽皮！等下我一拖鞋飞过去，让他妈都不认识他！哈哈……"爸爸此时发觉，幸福就在身边，如涓涓溪水，流过心间，滋润着心田。让爸爸、妈妈带着沉甸甸的幸福，信心十足地抚养我们的儿子吧！

妈妈一本正经地，像是耳语："鹤扬，我饿了，待会儿给我买一份秘制凤爪，一份烤鸡翅……一份红烧鸡块，一份辣鸡杂……"爸爸纳闷儿地看着妈妈问："为什么不直接买一只鸡呢？"妈妈冲老爸俏皮地眨眨眼，想了想说道："你穿衣服会穿内裤、衬衣、外套……袜子、鞋子、裤子……为什么……不干脆围一块布呢？"妈妈脸上没有一点血色。说话音质短而无力，轻重不均，仿佛发自舌端。

爸爸像照顾婴儿一样照顾着妈妈："躺好咯，尽量少说话。医生嘱咐过，要保持六个小时不准进食，要注意休息，对身体恢复有利。等你能吃饭了，也是吃月子饭。满月后，老公天天给你买凤爪、鸡翅、红烧鸡块，让你吃到吐哈！"

唉，没办法，女人跟了你，你就疼吧！是啊，当上帝用亚当的肋骨造了一个夏娃时，就预示着，男人该认真照顾身边那个自己身上肋骨变的女子，好好爱她吧，否则，你自己的胸口会疼痛的。跟着你，就是要你疼的！哈哈！

若能转物，则同如来。爸爸给出生的儿子上的第一堂课：最好的教育，不是富养，不是名师，而是爸爸爱妈妈。父不慈则子不孝，多少教育，都不如以身作则做表率。

细心安顿好母子，爸爸赶快拿起手机，给姥爷报喜，刚说一句："爸，生了！母子平安！……"突然，爸爸哽咽了……一只手捂着脸蹲下去，那熊一样的脊背，猛烈地抽搐起来，泪水顺着指缝，无声地流……兴奋和激动，如同决了堤的洪水，浩浩荡荡、哗哗啦啦，从爸爸的心里倾泻了出来。我不愿擦干，也不愿停止，老爸，再也无法隐藏那份柔软……

电话那端的姥爷，很傻地问："怎么是男孩啊？嘻嘻！小坏蛋！"

是的，爸爸一直觉得，我应该有个闺女，所以早早地说下众多的"女婿"。今天产房报喜，不敢电话通知亲朋好友，只能短信赔罪！通知：一个儿子入手！我已加入抢儿媳妇军团！请战友多多关照！今日，冯黄家，给中国13亿人口宏基添砖加瓦，这是全中国人口史的一小步，却是我们家庭的一大步。早安！

逆转！惊喜！（上）
——转载姥姥日记

2010年6月22日 星期二 25～34℃

多云 无持续风向 微风 出生第一天 农历五月十一

产房的门，第二次打开，虎虎的哭声跟着开门的护士一起出来了。护士喜盈盈地，抱着襁褓里的宝宝，向焦急等在外面的家属走来。今天八九点钟，天使降临，一个美丽的童话从此开始。姥姥迅速按下快门，留下了贝儿出生后的第一张留念照片。

收起相机，冲过去……抱着外孙的那一刻，好幸福噢！低头看，贝儿睁着大大的眼睛，凝望着姥姥，乌溜水灵的眼睛成月牙，嘴角微微上翘……这种微笑，是那么的迷人、自然。虽然知道，刚刚出生的宝宝视力，只有成人的1/30，但姥姥明白，贝儿早已熟悉了姥姥的味道。

头发又长，又软，又黑，湿漉漉地贴在额头；苹果似的脸蛋上，一双炯炯有神的大眼睛，骨碌乱转；精致的小鼻子下，长了一张粉嘟嘟的小嘴巴……更可爱的是，复制粘贴着，我们黄家祖传的翘下巴，哈哈！不得不赞叹——基因强大！

这是真的令人喜爱啊，贝儿长姥姥审美上了。

还没来得及让姥姥仔细端详，护士便抱走贝儿去了"体检室"，体检室里，贝儿乖乖地接受体检，接种疫苗且留下小脚印。手绘蓝图掌握未来；生命源头步步生辉。宝宝的脚印和我们平常按指纹一样，属于身份识别。凝固完美瞬间留住真情，姥姥细心缜密，当即拍下照片，不仅能留下纪念，还能防止抱错孩子。

打针最尴尬的事情莫过于，贝儿把小屁股撅过去，护士小姐姐，却在宝宝的胳膊上，涂开了碘酒，然后温柔地看着贝儿说："把纸尿裤穿好！"一针下去，宝宝就嚷上了："哇……哇……"的哭声，使得站在窗外的姥姥抬头，让眼泪横流……

吃瓜群众甲："呀！又出生一个小毛毛！这宝宝眉清目秀，眼睛会放光耶！"

姥姥温和地说："是的！刚刚拿出来，是剖的！"

吃瓜群众乙："是男孩还是女孩啊？"

姥姥平静地说："女孩！"

体检室里，护士气呼呼地回道："谁在外面瞎说话！谁告诉你是女孩啦？"

姥姥认真地说："怀孕之后喜欢吃辣；怀孕后容貌、皮肤变得更加好看……和怀女孩的特征极为相似嘛，专家也这么说。"

体检室里，护士傲娇地瞥了一眼窗外："什么专家啊！他说的不对！"

姥姥惊讶："啊？不对啊！不是女孩吗？"

体检室里，护士斩钉截铁："不是！"

姥姥抬头，一脸诧异地看着护士："那是什么孩？"

体检室里，护士提高了嗓门，一板一眼地，大声告诉姥姥："男——孩——！"

瞬间，姥姥直瞪瞪地看着护士的脸，露出怎么也抓不住要领的神情："啊！男孩啊？男孩？咋养啊？抱错了吧？"

护士横了姥姥一眼："产房里，就黄漪涵自己生产。听这口气，您有点失望啊，想退货？"

接下来，护士向家属报告婴儿出生时间、体重、身高……姥姥根本没在乎这些，听到的只是"男孩！"来，来，来！一起重复一遍"男——孩——！"

遗憾的是，粉色的小花被里，包裹着一个男孩……有心栽花花不开，无心插柳柳成荫。乱啦！乱啦！一切全乱啦！姥姥被贝儿惊讶到了，停止了思维，行动不能自理啦……姥姥一脸无奈地拍拍女婿鹤扬的肩膀："攒钱吧！唉，名字，名字是女孩……"

恩泽及舍下，麟儿至我家，身经十月苦，剖腹七层难，盼女三百天，居然成了男。"菱荷间蒲苇，秀色相因依"，是热浪中藏着的静谧惊喜。灿烂的夏天，就该有模有样！

逆转！惊喜！（下）
——转载姥姥日记

2010 年 6 月 22 日 星期二　25 ~ 34℃

多云　无持续风向　微风　出生第一天　农历五月十一

　　护士把包裹好的贝儿交给家人，姥姥再次怀抱贝儿，眉眼含笑，心里像灌了一瓶蜜。可是，笑容里却怎么也掩饰不住，自己湿润的眼睛，姥姥哭了……千言万语汇成一句话："贝儿，你太厉害啦！真是太厉害啦！出世，就给姥姥一个逆转惊喜啊！"

　　宝宝努力发光发亮的样子，显示出一种勇敢前行的力量，今天，C 位属于大外孙儿！那一刻，姥姥一定没想到，自己竟然不能自拔地深深爱上你啦！

　　贝儿睁开湿漉漉的大眼睛，从羊水里翻身，以婴儿的身份、跨越的姿势，冲进姥姥怀里。一颗晨星，悄然地在这里升起！欢迎宝宝来到我们美丽的星球，开始你奇妙的旅程。

　　宝宝！你是姥姥舐犊情深的至爱；

　　宝宝！你是姥姥一脉相承的至亲！

　　宝宝！你让姥姥在多了一份牵挂；

　　宝宝！你让姥姥努力更加有意义！

姥姥祝宝宝生日快乐！

马遇伯乐嘶鸣，人逢喜事泪流。姥姥就像范进中举——
喜疯了！

有种古老的说法：见肉亲。的确，当粉粉嫩嫩的小婴儿，
被姥姥实实在在地抱在怀里，无论是美是丑，无论是男是女，
姥姥都发自内心地疼爱，这是一种天生的至爱亲情，只是深
深潜藏在体内，此刻，被激发出来。

姥姥充满爱意的目光流连在贝儿身上，百看不厌，目不
转睛。姥姥凝视着外孙，仿佛凝视着一件巧夺天工的艺术品，
随后，"凝视"化作一种幸福，幸福来自衷心的赞美和感动！

幸福不是山西的米醋，不是四川的辣椒，不是韩国的泡菜，
不是美国的汉堡。幸福是宝宝给姥姥的啼哭；幸福是宝宝给
姥姥的微笑。祝贺姥姥吧！拥有这幸福的味道！

姥姥庆幸，庆幸宝宝是个男孩，不用承受怀孕生子之苦；
妈妈不用泪眼婆娑地送你出嫁……

窗外，太阳像一个好胜的孩子，炫耀着自己金黄色的衣
裳。哦！美丽的太阳，充满了生命和希望。姥姥不禁想起毛
主席的嘱托，索性借用——"青年人是早晨八九点钟的太阳。"
这段经典语录，如今依然激励着年轻人，同时姥姥也希望，
鼓舞着我家小"凤凰"（谐音冯黄）！

打开你观念的抽屉
——转载姥爷日记

2010年6月22日 星期二 25～34℃

多云 无持续风向 微风 出生第一天 农历五月十一

　　隋文帝杨坚，是历史上著名的皇帝，但谁能想到，这样一位明君的皇位，居然是来自自己的小外甥。父亲也可以"父以女贵"，凭女儿显贵，改朝换代。

　　二十五年前，有孕在身的林妹，多么希望自己怀的是个女娃。

　　或许，孩子，是守着约定，跨过轮回之苦，前来与你赴会的那个人吧。如林妹所愿，宝儿，嗷嗷地就来到了身边。女儿为父母创建了跟这个世界的新的连接方式，填补了生命的记忆，是父母生命的重演……充满诗意与温情的同行，不为别的，只为——喜欢！

　　就在宝儿入小学后，家族中八十多岁的老太太提出意见，语气颇有些威胁："林妹，听说你偷偷做了两次人流，为什么不生下来？传宗接代生孩子这档子事，不能你说了算！"

　　平常的林妹，温柔贤惠，柔情似水。今天听到来自长辈对生女孩的道德绑架和歧视，心里顿时咯噔一下，面色陡然巨变，眉毛拧了起来，眼睛里迸发出一道锋利的光芒，然后暴发了，这大概是林妹这辈子，说出的最字正腔圆的一段话："奶奶，在这个家里，什么事情我都可以说了不算。唯独，生孩子，就我说了算！"声音不大，但豪气冲天！

姥爷画外音：我说林妹，今天的胆量，你肯定是充电过量啦，报警吧，犯上作乱！【偷笑】

南宋袁采《袁氏世范》睦亲篇："男女本应平等对"是男女平等一词，在汉语字词当中的首次出现。

林妹夫妇，坚持拥护男女平等基本国策，对"传宗接代"思想意识淡泊。

林妹认为，男性传宗接代，完全就是个伪命题。你能确定，自己的祖上，都是纯正的血统吗？什么？嘻！就别给我提什么祖坟！我是不太相信，未来有没有见过你的曾曾孙子，能继续给你交一年大几万的墓地费。

有农村的朋友说起来，过节去上坟，他们都不能十分确认，自家祖上的坟头是哪个，所以，传宗接代这种事情，你把它看得很重，它就很重；你把它看得轻，它就又变得很轻！

如果老祖宗没有留下皇位要继承，林妹生个女儿养着就好了。

林妹的重女轻男，无疑是一种"逆反"。

老太太于 2010 年腊月二十八日去世，享年 106 岁。带走了长孙媳妇林妹留给她的遗憾。

是的，生啥都没用，基因经过几代重组，早就跟老祖宗

没啥关系啦。很多家庭，连家谱都没有，往上找，能找个三代、

四代都不错了，也不知道，哪里来的"宗"让你来传？

共勉！

诗化了，相逢（上）

2010年6月22日 星期二 25～34℃
多云 无持续风向 微风 出生第一天 农历五月十一

姥姥拉上窗帘，太阳收起了耀眼的光芒，像含羞的小女人似的躲了起来，室内光线自然温馨柔和了许多。虎虎从妈妈肚子里——一个灰暗的环境里，突然来到外面的世界，一般需要比较暗淡的光线，反手给姥姥一个赞！

姥姥抱着外孙，虎虎慢慢地睁开双眼，好奇地扫视周围的一切。看似眼睛盯着门外，其实根本就看不到哦，虎虎在等，等妈妈出手术室和儿子相见。

输送车推出了妈妈，护士们把妈妈安置在病床上，打上吊瓶，焦急地等一切收拾妥当，宝宝已经迫不及待。术后，回到病房，炎热的夏天，妈妈却冷得全身发抖。一方面，妈妈是真的觉得冷；另一方面，是因为后怕啊！

姥姥把虎虎交给爸爸，帮妈妈盖好被子。爸爸坐在妈妈床边，怀里搂着刚出生的儿子，眼圈红了，深情款款地喊："宝儿，宝儿，这是咱们的贝儿……"妈妈眼眶泛泪，伸出术后蜡黄的手指，想摸一摸，自己辛苦孕育了十个月的宝宝，可抬不起手……爸爸赶紧右手抱儿，左手托起妈妈的手，轻轻地放在虎虎脸上……然后把儿子靠近，再靠近……虎虎出生五十分钟后，在产后恢复病房，母子团聚！

一路走来，看似焦急，小径留下的是，匆匆的步履……晶莹的眸子里，深蕴着对母亲的千言万语。一阵夏风忽然而来，吹皱了一汪清池，悠扬的涟漪，虎虎轻轻书写着浓浓的甜蜜……这是一个难忘的、团圆的日子，一道美丽的风景！

妈妈宛如溪水般的柔黄，轻轻抚过虎虎的脸庞……蜂蝶飞舞着久违的笑意，妈妈舒展的心胸，绽放着缤纷的希翼。妈妈满眼疼爱，完全挪不开眼……爸爸索性把儿子塞进妈妈怀里……

虎虎看着母亲没有血色的嘴唇翕动着，顿时泪雨滂沱……当全世界的人都觉得虎虎是在小题大做时，妈妈却懂得，宝宝为什么哭得如此歇斯底里。虎虎：哇噢……哇噢……虎虎不想酷了，只想在妈妈怀里做个宝宝！

母子相见，简直就是大型的情感节目现场！【破防了】

妈妈把儿子从怀里拉出来，和妈妈脸对脸地躺在床上，四目对视，虎虎心里的池水在荡漾，多少波涛酝酿着，多少深藏的甜蜜散发出来，宝宝慢慢地主动把小脸凑过来。虎虎：妈妈，蹭一蹭鼻子，儿子好喜欢您。

妈妈凑过来蹭了蹭儿子鼻子，宝宝得到了满足，闭上了眼睛。姥姥惊愕地张大嘴，而后嘴角带着一丝坏笑说："信了你的邪！宝宝，成精了呢！小的时候，他能把你的心萌化；长大以后，一点都不影响会把你肺气炸；小的时候，宠他上天，长大后，能给你气冒烟……那又怎样呢？不妨碍现在可爱。看，你们快看！宝宝在偷笑哦！"虎虎面带自豪，接受着姥姥的奉承："不要以为宝宝小，潜力却无限，赶紧让小崽子起来洗尿布，哈哈……"

一个个精彩的故事，在六月晶莹的露珠里，滚动着若隐若现，一个个动人的情节，在蛙声蝉噪里羽翼丰满。

诗化了，相逢（下）

2010 年 6 月 22 日 星期二 25～34℃

多云 无持续风向 微风 出生第一天 农历五月十一

妈妈给初生虎虎，一个恰如其分的温暖怀抱。宝宝的皮肤，需要这样的刺激；宝宝的心灵，爱和安全的讯息，需要由此传递。妈妈的怀抱，是虎虎温暖、安全的家园。

十个月，宝宝习惯了母体内的生活环境，来到这个全新世界，虎虎感到十分不安和迷惑，期待着亲人的保护和爱抚。母子结合，虎虎和妈妈，建立了终生的依恋关系。

这是虎虎和妈妈，相互依偎的专属时光，连空气中，都飘散着幸福的甜蜜……虎虎紧贴妈妈的心脏，闻到妈妈的体香；宝宝听到，熟悉心脏跳动的声音……宝宝离开了温暖的子宫来到人世，极其没有安全感，妈妈的胸膛和温暖的体温，就是给虎虎最好的安抚。

妈妈毫不顾虑，虎虎是否能听得懂，用宝宝最喜欢、抑扬顿挫的声音低语："贝儿！你好吗？我是妈妈，宝宝终于和妈妈见面了！妈妈美吗？没让儿子失望吧？"虎虎：NO！NO！NO！不是宝宝喜欢的样子您都有，而是妈妈所有的样子，宝宝都喜欢！

妈妈活动了下身体，给虎虎最坚实的拥抱："贝儿，你不想睡是吗？就想多看看妈妈啊？乖儿子，睡吧！妈妈陪宝宝一起睡，咱们都累啦！"妈妈对虎虎的亲切呼唤、轻抚，给虎虎心灵以滋养。

虎虎想问，妈妈为什么让宝宝睡觉，倘若不睡觉，会不会就没有明天？

妈妈轻柔、亲切的谈话，使虎虎感到很高兴，于是，宝宝很快地作出反应：闭上眼睛，张大嘴巴，哇哇地……这是真的哦，宝宝也是醉了！

嘿嘿！幸福的二重唱，就连妈妈剖腹产后，腹部那道还渗着鲜血的刀口，都满是惬意……

虎虎十分顽皮，在妈妈肚子里的时候，就一天到晚地用脚踢老妈的肚皮。现在，兴奋起来拦不住，妈妈不顾及自己的疼痛，摸着虎虎脑门骂道："小子，老娘忍你很久了耶，生出来再调皮，看见拖鞋了没，信不信妈妈揍你！"

唉！"武术"是不敢学了，想睡又不敢去睡。虎虎在认真思考，长大了，上清华还是上北大。【抠鼻】

不与寒霜斗，哪来满园春。经过了十月的"痛苦"考验，妈妈终于升级！从怀孕到分娩，妈妈完成了一生中最重大的转变。

孙悟空没有唐僧，就是只猴子，唐僧没了悟空，也只是个和尚。所以，要有个团队。所以，合作很重要。妈妈耶！接下来的日子里，还要面临角色的转换，虎虎将全力配合您！热身，走起！

初试牛刀

2010年6月22日 星期二 25～34℃

多云 无持续风向 微风 出生第一天 农历五月十一

阳光透过窗子，射进了病房，轻轻地对虎虎说：美好的人生开始了，加油！

妈妈搂着儿子，疲惫地刚想闭上眼睛，虎虎却忙着吃第一口奶，以满足身心需求，一丝渴望强劲地扩散，蔓延……

妈妈您可留意？躺在您身边的儿子，一边吧嗒嘴巴，一边把小拳头伸进嘴巴里……这是新生虎虎在提醒妈妈：是时候给宝宝吮吸母乳了。吮吸和觅食反射，是新生儿具备的原始反射，虎虎一出娘胎，就会这两项技能。【优秀】

敲黑板，上课了！婴儿出生后，第一次喝奶，俗称开奶，吃的必须是母亲的初乳。每个妈妈的乳汁，都是为自己的宝宝量身定制的，母乳不但营养丰富，还拥有很多免疫物质和抗体。

虎虎敲敲木鱼提个醒，明年高考有调整，你关心的都在这里。【龇牙】第一口奶的主要意义，并不在于喂饱孩子，也不仅仅是为了刺激乳房尽快产生乳汁，更重要的是，吮吸乳头、乳头周围皮肤上的需氧菌和乳管内的厌氧菌，帮助孩子促进肠道正常菌群建立。

可妈妈刚生完宝宝，哪儿来的母乳啊？根本就没下奶，怎么喂？

妈妈剖腹产当天，还不能坐起，妈妈只能艰难地采取侧身喂奶姿势。妈妈与虎虎进行"第一次亲密接触"，宝宝在努力地主动寻找乳头，含住，用力地吸吮……展现出初生婴儿惊人的求生意志，妈妈，您是不是会感叹，一个小生命的奇妙和坚韧！

碍于母子经验不足，费了九牛二虎之力，虎虎含住乳头，使劲吸吮，却没有奶水……以前，听到"我把吃奶的劲儿都使出来了"这句话的时候，宝宝都是当作笑话来听的。直到今天，虎虎吸奶吸到满脸通红、哇哇大叫，这才瞬间明白，原来，吃奶真的费力气……【救命】

识别二维码，虎虎告诉你真理：知道母乳是由什么产生的吗？答案是：妈妈的血！理论上，爸爸的乳房也可以产奶，爸爸也有乳腺、乳管和乳头，只要有适当的荷尔蒙，乳头经过刺激也可以产奶的。就是，就是，可爸爸不干！爸爸推诿："不行的话，给儿子喂水，唉！"

你被人算计过吗？写个笑话鞭策自己。妈妈刚怀上宝宝的时候，十一小长假，姥爷来依山城看妈妈。姥姥、姥爷莫名其妙地因为一点小事吵了起来，互相不理睬，姥爷说："不吃姥姥买的东西。"姥姥说："不吃姥爷买的水果。"只有妈妈买的，他们俩才吃。正好把妈妈的工资吃完，小长假结束。

姥姥、姥爷居然无缘无故地和好了。

那几天，虎虎一直怀疑，这就是一个"阴谋"。妈妈爆语："不用怀疑了，我确定是被姥姥、姥爷套路啦！"哈哈……妈妈说，被姥姥、姥爷"算计"也是一种幸福，真想，一辈子都这样被父母"算计"着。虎虎按照"算计"公式代入，遂放狠话：别说老爸让喝水，就算他有充足的奶水，宝宝都不屑一顾！【捂眼睛】宝宝只吃母乳！

小鸡一出世，就能满地乱跑，小猴子出生几个月后，甚至都能自己照顾自己，没有什么比人类的婴儿更无助的了。新生虎虎的个性主张：吃奶，是宝宝与生俱来的本领，妈妈应该给虎虎哺乳，而且，还是刻不容缓的那种。

其实在怀孕之前，妈妈也有过顾虑，可是等儿子一出生，看着宝宝粉嫩的小脸，和满满期盼的眼神，妈妈挺直了胸膛，神情傲然，舐犊之情溢于言表："为了贝儿的健康，我不在乎自己身材走形！"对于宝宝来说，母乳是最好的"黄金奶"，任何食物，都不能同日而语。妈妈决断：不放弃母乳！休息片刻，马上回来！

少侠好身手

2010 年 6 月 22 日 星期二 25 ~ 34℃

多云 无持续风向 微风 出生第一天 农历五月十一

    虎虎出生前，在母亲肚子里生活，周围是一种温暖、舒适、比较安全的水环境，过着寄生的生活，妈妈履行着，促进胎儿虎虎成长的全部责任。出生后，虎虎脐带被结扎剪断，体内各系统结构及其功能，均发生了重大调整。营养供给、呼吸、排泄等生理功能，都必须由自己来独立完成。加之生活环境，也发生了重大变化，这些，对虎虎的生存和发展来说都很严峻。

    三分天注定，七分靠打拼，不打拼不努力，那虎虎背井离乡干什么？当卧底吗？发给宝宝什么样的牌，尽最大努力打好它，而且还要"自摸三家，胡了！"【击掌】

    刚生产不久的妈妈没有奶水，但这并不意味着，目前乳房是"空"的。能供给虎虎养分，以及抗体的初乳，几乎毫无疑问地存在着。您的儿子，可是一个天生"吸吮专家"，是能把妈妈乳汁"逼"出来的！宝宝出生，身体里储存了一定的营养物质和水分，是能够坚持到妈妈奶水下来的。

    下午，专业催乳师帮助妈妈按摩，成功开奶。妈妈短暂休息后，选择最舒服的卧姿，再次给儿子哺乳。

喂奶前，姥姥用毛巾蘸取温开水，擦拭妈妈乳头。按照护士和姥姥传授的哺乳方法，妈妈托住哺乳那侧乳房，当用乳头接触儿子嘴唇时，宝宝立刻转过头来，面对着妈妈，同时张开嘴巴，四处寻觅……虎虎整个嘴巴，都含住了乳晕！妈妈将儿子鼻子附近的乳房皮肤，轻轻地按了下去，留出空隙，让虎虎在吸吮的同时，保证呼吸顺畅……【太会了】

剖腹产的妈妈，真心辛苦，时不时地会扯到刀口，搂着虎虎喂奶就特别吃力……即使身体的疼痛非常剧烈，妈妈依然希望能够坚持哺喂自己的儿子。妈妈默念鼓励自己："只要死不了，这种疼痛，还是能忍受的……啊——唔……"

灵魂，是从一个无形的萌芽开始，快速成长演变的过程。这是一场怎样的动人心魄，西部大片一般的气氛中……

虎虎被妈妈搂在赤裸的胸前，妈妈温柔地拥抱着新生儿子，肌肤的接触，体温的连接，情感的交融，神奇的母乳爬行，和第一次吸吮的实现，这一切，将会像一首梦幻曲，在母子的生命最初交汇时鸣奏！

关于"吃"，儿子是不用教的，为什么呢？那要问妈妈您了，虎虎都是从您那儿学来的。妈妈自从怀上宝宝，全家上下都把妈妈当活菩萨供着，勤吃懒做还真名正言顺。于是乎，虎虎在娘肚子里待了十个月，每天无事可做，整天听着母亲胡吃海喝的声音，滋味尽管复杂，却也能从淡淡的飘香中，学会了"吃"！【嘚瑟】

妈妈淡淡的体香太致命了！似有若无，儿子都想抱住妈妈。妈妈眼角眉梢溢满了爱，温柔地抚摸着儿子的头发，轻声细语："贝儿，吃吧，只管吃吧！因为，因为奶水里，藏着好多好多——妈妈爱你！"和弦很美，声音很轻，就这样，妈妈把"爱"唱给虎虎听……哎呀！受不了，超想哭……

突然，坐在跟前细心观察的姥姥，一声惊叹："哎呀，宝儿的奶水已经下来了，你看，贝儿吃得有多香呀，我听到宝宝吞咽的声音！"听着姥姥的肯定，妈妈为自己之前的母乳喂养准备，暗自庆幸，作为母亲，能够自给自足地给儿子提供高质量的物质食粮，是一件多么值得骄傲的事情！

初乳！淡黄色，稀薄如水，量少，微甜！37℃的乳汁，是妈妈永恒的爱。每一滴流淌到宝宝身体里的母体精华，都是来自妈妈的挚爱表白。虎虎很轻柔，微弱地吮吸了几分钟，只因胃容量很小，吃了两口就饱了。之后，心满意足地在妈妈怀里睡着了。

新生宝贝吃到第一口母乳，是再幸福不过的事情了，不仅可以提高新生儿的免疫力，预防传染性疾病的发生，还可以促进妈妈乳汁分泌和子宫恢复。母乳的温度刚刚适合新生虎虎，既可以给宝宝补充一些营养，还可以给宝宝补充一些水分。

姥姥从妈妈怀里小心翼翼地把外孙抱出，将虎虎竖着抱起，把头靠在姥姥肩膀上，轻拍后背，排出吞入胃里的空气……虎虎笃定：以后，当儿子饥肠辘辘，哭诉的时候，妈妈就能满足。虎虎可以和妈妈一起分享，无须语言的洋洋暖意。

虎虎的处女作

2010年6月22日 星期二 25～34℃

多云 无持续风向 微风 出生第一天 农历五月十一

"天啊！贝儿真的好小哦。这小手，只有家家的六分之一大！还长了一张樱桃小嘴，一个男孩，长得怎么跟个女孩子似的？这小短腿，真怕被人一麻袋套走……"姥姥戏谑的口气喋喋不休，"小孩很贵吗，咋才买这一点点呢？"妈妈俏皮地对接："首充六元送的是这样啦！记得用七号电池，五号太大了，用纽扣电池也行，嘻嘻……""乱说！明明是充奶的！"哎呀！这母女，在拿虎虎说相声。【疗伤中】

虎虎睡醒之后，不哭也不闹，睡眼蒙眬中，看见姥姥正扒着被子在瞅大孙儿。宝宝一双水晶葡萄似的大眼睛，也一直盯着姥姥转圈圈。我的姥姥，一半细腻温柔，一半刚毅潇洒。姥姥选择经典的黑白条纹针织衫，匹配版型挺括的黑色锥形裤，彰显着十足的气场又很有女人味。

虎虎心中渴望，姥姥抱抱虎虎。萌萌的外孙，无法抗拒，祖孙来了一场双向奔赴。姥姥索性把虎虎从妈妈怀里拽出来，外婆柔柔的声音飘起："贝儿，我是家家，你拉了吗？尿了吗？拉了尿了会不舒服，来，让家家看看，家家帮宝宝上卫生间……"

姥姥解开柔软的抱被，宝宝的胸脯和小手露出来之后，虎虎瞬间伸了个懒腰。然后，小手抬了起来举在头边，眼睛左瞟瞟右瞟瞟：家家，看一下周围有女孩吗？宝宝害羞。【就挺突然的】

当姥姥把抱被完全解开，虎虎从衣物束缚中解脱出来时，舒适的感觉流遍全身。宝宝赶紧活动下筋骨，身子向左翻翻，向右翻翻。小脚一会儿往前踢踢，一会儿往后蹬蹬，小手一伸一缩……宝宝在做广播体操。【爽翻了】

虎虎清晰地感觉到自己肌肉的动作，还时不时地感受到和姥姥肌肤的触碰（却一点也感觉不到触碰的具体位置）；虎虎还感受到来自衣物、身体下压着枕头的持续轻微的感觉，姥姥抱着宝宝的手臂……

就好像磁铁一样，姥姥被虎虎吸引。宝宝以特别的兴趣，注视着外婆的脸庞，像是在欣赏写满了现代符号的图画……姥姥如三月春风，满脸都是温柔，满身尽是秀气……姥姥抿着嘴，满眼疼爱，笑吟吟地瞅着虎虎。

姥姥打开纸尿裤，发现上面有一坨绿黑色的屁屁。姥姥低声惊叫："呀！贝儿拉屁屁啦！家家可要记录下。"这可是虎虎的处女作！这是宝宝在妈妈体内，肠道形成的排泄物，称为"胎便"。

看我干什么？看黑板！一般新生宝宝，在出生的二十四小时内会排一次。大人可能会觉得奇怪，宝宝刚出生也没吃什么，怎么就排便了呢？其实，这些是在妈妈肚子里就有的，现在宝宝靠自己的肠胃蠕动，把这些东西给排出来了，一般要 2 ~ 3 天才能排尽呢。面对宝宝黑绿色的胎便，爸爸、妈妈们也不用慌张，这是正常的。

关于正确换纸尿裤，姥姥可是教科书般的榜样。一顿操作行云流水。

姥姥轻轻地用温水，洗洗外孙的小屁屁，换了片干爽的纸尿裤，从头到脚又抚触了一遍。然后，重新把虎虎包裹在柔软的抱被里面，脸颊上烙印下姥姥宠爱的温度。有这样贴心的姥姥，幸福的味道，在空气中飘散。

姥姥及时发现并解除了虎虎的困扰，让宝宝相信，姥姥有能力帮助，在姥姥这里有安全感。这种细小的快乐，就好像雨季的热带植物，疯狂地滋长着，湿润了一个花季。

轻吟浅唱，华灯初上

2010 年 6 月 22 日 星期二 25 ~ 34℃
多云 无持续风向 微风 出生第一天 农历五月十一

黄昏，已经像青烟似的从四周包围过来。一家人，围着虎虎评头论足（还差姥爷）。

奶奶拍拍孙子的屁股，称赞道："宝宝长这么敦实，一看就知道孕期发育得好。"爷爷一副老成的口吻："俗话说'三岁看老'，其实，从这孩子一生下来，我就能看出来，不用等到三岁。"姥姥抱起外孙，仔细端详："这伢灵醒，头发黑亮浓密，哭声响亮，体重刚刚好，说明，妈妈在怀孕期间，摄入营养均衡，宝宝发育状态良好。"姥姥在外孙额头"啾……啾……"狂热十连亲，然后，用力绷着一抹微笑。

别以为宝宝出生之后，要干的事儿就只是"哭"，还要忍受家人、朋友的各种围观、称赞和拍照，挑战新生儿的适应能力。

家人们欢快地聚在一起巴拉巴拉聊着天，爸爸在一旁忙着拍照，一脸期待地喊："贝儿，看这里，爸爸拍照，摆个胜利手势好不好？来，爸爸把小拳头掰开……呵呵，又攥一起了，怎么大拇指还窝在里面？"掰开的拳头又握上，爸爸有些大惊小怪。

这种症状，实属正常。等到三个月之后，随着身体渐渐发育，屈肌力量减弱，伸肌力量增强，当达到平衡状态的时候，宝宝的手，就会自然展开。

别舍不得，割了吧！虎虎要长大！

新生儿虎虎，不仅实施了晚断脐，还跟妈妈一起早接触、早吸吮、早开奶！但宝宝也要早跟爸爸的肌肤接触，这样能够增加更多的安全感。爸爸放下相机敞开怀抱，露出肌肤，要把全裸的儿子搂在怀里。

现在才知道，什么叫有劲使不上，爸爸抱儿子，横着抱不行，竖着抱更不行，束手无策，这该如何是好，一副欲哭无泪的样子，实属好笑。妈妈挑眉看了半天，嗤笑问道："是儿子太小啊，还是你太大啊？"

爸爸用一只大手捂住儿子屁股，另一只大手捂着虎虎后脑勺，而后竖起来贴在胸口……不行！最后，还是平放，侧抱搂进怀里，虎虎与爸爸，第一次亲密接触。姥姥快言快语："哈哈！张飞也能绣花啦！"

爸爸独有的宽阔胸膛，有力的臂膀以及坚毅的气质，给儿子一种完全不同的体会。爸爸的怀抱是有力的，能够让宝宝感觉到强大的被保护感和放心感。

如果说，妈妈的怀抱能够给孩子安全感和依赖感；那么，爸爸的怀抱能够给孩子力量感和信任感。如果说，妈妈的怀抱能够给孩子温暖和安慰；那么，爸爸的怀抱能给孩子力量和鼓励。妈妈的怀抱能让孩子暂时逃避困难，但是爸爸的怀抱能让孩子充满继续奋斗的力量。所以说，妈妈的怀抱是避风港，爸爸的怀抱是加油站！【不停地鼓掌】

爸爸企图用进行曲调调的《摇篮曲》哄儿子睡觉。一番折腾过后，爸爸很有成就感，成功地把太阳给唱跑，把虎虎给唱高兴啦。

安妮演唱会现场，安妮："我这次演唱会完全失败了！"吉姆："不能这么说，你没看见，观众兴高采烈地报以掌声吗？"安妮："正是这热烈的掌声使我伤心。我希望的是，观众们蒙眬入梦，似醒非醒，左右摇晃，哼哼哈哈……"吉姆："为什么呢？"安妮："亲爱的，我唱的是《摇篮曲》！"

啸撼天地千神应，威震山林万兽从。

虎虎上演苦情戏，涕泪横流，一声高分贝呐喊："呜……哇……呜……哇！哇啊——"，立刻引来爷爷、奶奶、姥姥，一路小跑。弹幕：看黑板，看黑板！"烦"字是重点！

世上平凡又普通的人那么多，为什么虎虎，偏偏要连睡个觉，都要做最突出的那一个？姥姥用浴巾裹着宝宝，抱紧在怀里。等虎虎稍稍安静后，轻轻地把他放到妈妈身边。宝宝紧挨着妈妈，就像还在妈妈肚子里一样。

安静的夜晚，昏昏欲睡的医院……忙活了一天，是时候睡个好觉了，晚安！【呵欠】

那些好奇谁知道

2010 年 6 月 23 日 星期三 24～34℃

多云 无持续风向 微风 出生第二天 农历五月十二

　　清晨，伴着轻盈的呼吸，飞扬着悦耳的小曲……虎虎带着一种舒适感，接受了落入眼帘的柔光，漫无目的地，也没有理解地，看着改变这柔光移动的暗影——轻手轻脚的姥姥，愉快地在病房里打点着一切。

　　一大早，爸爸特意回家，换了一套得意的便装，还特意整了整发型，抹点皮皮狗啥的……好好地让儿子认识一下。没想到，虎虎从见到老爸那刻起，就开始大哭，直到他洗了头发，洗了脸，宝宝才止住哭泣。当时老爸那个伤心啊："臭小子！爸爸有那么恐怖吗？"最悲惨的是，妈妈补了一刀："以后别在脸上、头上瞎搞，孩子还太小，受不了……"听了这话，虎虎心里咋就这么温暖呢。【媚眼横飞】

　　哈哈！爸爸，别看您怀中抱着的只是个几斤重的小肉团儿，但宝宝已经是个独立的个体了，能对外界环境有所反应，能表达自己的需求。困了、饿了、冷了、热了、烦了……儿子都会用自己的方式告诉您。因此，千万不要拿别的宝宝给您家虎虎做参照，因为每个孩子的感觉和表达方式，都是不一样的，绝不能一概而论哦。这段话，虎虎建议写进教科书。

【还蛮会的】

出生第二天，妈妈恢复得还真不错，排气后，中午饮用了流质烂米粥。然后，从床上借助姥姥的力量，一下一下挪了起来，靠坐在床上。腰上系着很硬很宽的腹带，用枕头、靠垫、被子支撑在身体周围。腿上的垫子用来垫高虎虎的身体……有一种幸福叫——将全然至真的爱，化为甘美的乳汁，去哺育宝宝！

母乳时光，是妈妈一生中，获得的最特别的馈赠，是妈妈和儿子，身心连接的秘密通道，任何人都代替不了。其实，妈妈第一次给儿子哺乳的感觉，真的不是太好受，妈妈用"一种麻胀感，麻痛感"来描述。【快哭了】

妈妈靠在床上，身穿一套优雅粉色双层纱家居服。这是姥姥特意为妈妈买的，它就好像是肌肤上覆盖了一层云朵般，温柔、软糯、清新粉嫩，看上一眼，心情都能变得明媚起来。

妈妈欠了欠身子，嘴角微微上扬："姆妈，我觉得很神奇，之前，我一直想着要母乳喂养，但是不知道母乳会不会在宝宝出生之后立马来，听人家说，宝宝出生半小时，最好给吃母乳，但是没想到，儿子在乳房上吸吮的时候，吸了一会儿，母乳就真的出来了耶！"

看到妈妈幸福开心的样子，姥姥笑了："这就叫作'兵马未到，粮草先行'，其实并不是母乳突然来的，而是早就储存在你体内了，宝宝出生，给了乳房信号，等到宝宝吮吸，自然就出来咯。"

虎虎同学听课中：在宝妈分娩后，当宝宝吸吮乳头时，产生"泌乳反射"，再通过"喷乳反射"的帮助，促进乳汁持续分泌。这神奇的母乳分泌，太暖心了，所以，宝宝一出生，口粮就已经到了。

妈妈慢慢起身下了床，将儿子平放在干净洁白的病房床上。问：宝宝躺在床上要用枕头吗？答：新生儿是不需要枕头的。刚出生的宝宝，脊柱平直，平躺时背和后脑勺在同一个平面，颈、背部肌肉自然松弛，侧卧时头与身体也在同一平面，如果加了枕头，反而容易使脖颈弯曲，有的还会引起呼吸困难。但为了防止吐奶，必要时，可以用毛巾折三下，上半身适当垫高一点就可以了。敲敲黑板提个醒！

宝宝躺在床上，小胳膊不停地挥舞，一双玲珑的小脚一顿蹬……嘴里还不时地发出"咯啰、咯啰"声，就像一位小小的音乐指挥家！

妈妈面带笑容，饱含爱怜，抚摸儿子的双臂，从肩抚摸到手，再从脚到臀部抚摸双腿，然后从上到下摸摸胸……妈妈的动作极其轻柔，并伴随着，一声接着一声的轻语："这是我儿，圆圆的小肚皮……这是我儿，香香的小脚丫……"

妈妈这种充满爱意地抚摸，让儿子感觉，"出生"也并没有离开妈妈。体会到妈妈的疼惜，增强了虎虎的快乐情绪，帮助宝宝适应新环境，感到周围很安全。所以，父母的责任，不仅仅是喂饱您的儿子，还是要让宝宝认识这个世界，真正成为家庭里的一员。

妈妈抱起儿子亲吻,甜甜地给虎虎介绍:"贝儿,我是妈妈,这是你爸爸。"爸爸很强势,连忙接过话茬儿更正:"贝儿,我是爸爸,这是你爸爸的夫人。"

爸爸!"夫人"是什么意思?是那种会撒娇、会耍赖的"老婆"吗?她,是不是虎虎的——妈妈!【领会了】

走进仓央嘉措的诗,才发现,情一字,亦可以修行,不为山,不为水,只为那一刻一瞬间的决定,便注定一生。一抹飘扬的夏色,在云上,虎虎遇见亲亲的父母!

小姐姐，虎虎是你惹不起的草

2010年6月23日 星期三 24～34℃

多云 无持续风向 微风 出生第二天 农历五月十二

不知不觉，太阳已收起了最后一缕晨光。合上日记、放下笔墨，柔柔的阳光洒在脸上，暖暖的、懒懒的。而这一刻，阳光是虎虎的，温暖是虎虎的，自在也是虎虎的。没有人会剥夺、掠抢。

昨天，虎虎刚出生那会儿，护士抱着出产房，进病房，都是带着满脸的血迹，睁着大大的眼睛四处张望，以至于姥姥特别紧张，以为大孙儿有什么问题。当然，这个疑问，很快就在宝宝强劲的哭泣声中弥散。【有点意思】

虎虎出生后，周围环境的温度较低，身体的热量向四周散发，使体温降低。但生下来的时候，皮肤上有一层乳白色的胎脂。这一层胎脂有减少身体热量的散发，维持体温恒定的作用，还有利于保护婴儿皮肤，防止感染。所以，护士就没有擦肤，对于皱褶处堆积的胎脂，护士用消毒石蜡油擦洗。这一层薄薄的胎脂，今天被吸收，这是背景。

宝宝刚出生，体力有限，一天大部分时间都在睡觉，并且，没有白天和黑夜的概念。因此，上午宝宝清醒时，护士小姐姐赶紧带虎虎去洗澡。可怜的小虎虎，来到世界仅仅一天，就被陌生人带到一个陌生的地方去，并且用一种很可怕的、会哗哗响的、热热的东西冲在身上……宝宝不愿意！放声大哭提出抗议，这是虎虎记忆中的第一次，伤心欲绝的哭泣。【鼻涕眼泪横飞】

姥姥放下开水瓶，急匆匆地往婴儿玻璃浴房跑去，远远地看见，护士正在给外孙洗澡，怎么就像在洗抹布？姥姥不禁心疼大孙儿，感叹世风日下，人心不古……但是走近一看，原来护士真的在洗抹布，虎虎在靠里面的浴盆里，另一位美女护士在帮宝宝按摩冲洗……

洗浴和搓揉，对血液循环的影响，增加了虎虎舒适的感觉，渐渐地，宝宝停止了哭泣，闪耀着一对又黑又亮的大眼睛，亲切地盯着美女护士。

虎虎：好像在哪里见过您……

护士：不好意思，咱俩熟吗？

虎虎不由自主地，一双小手护住了自己的小弟弟，捂得很严实哦！高潮是，护士把宝宝小手拉开以后，虎虎又倔强地捂了上去……斗争了几个回合，护士小姐姐认输了！虎虎同期声：大姐！您想干啥？几个意思？【马赛克】

虎虎躺在洗浴小床上，护士小姐姐为宝宝涂抹按摩。突然小姐姐放了一个屁，咱也不知道，咱也不敢问，心想：您给虎虎用的是啥产品？怎么有屁味？护士看虎虎一脸蒙，笑倒在地："哈哈……你闻一下就行了，不能告诉你配方，这是'屁熏'，驱寒暖胃……"虎虎：我信你才怪！

洗完澡，包裹好，护士抱着虎虎朝门口走，不知是她太激动，还是地上有水，反正脚下一滑，摔了个大马趴！把宝宝死死地压在身子底下……要不是虎虎生命力顽强，还真的就被这一百多斤给砸死！怪不得我们的民族，是一支战斗的民族，小时候就倍受摧残，生存下来的才是圣斗士！【龇牙】

姥姥在门口接外孙，宝宝蜷缩在护士怀里，小手紧抓护士服领口……姥姥付之一笑，说："宝贝儿，看你这德行，见了美女不松手啊？"虎虎真情告白：家家耶！是护士小姐姐把您大孙儿给吓的！【无辜躺枪】

虎虎瞟见，护士小姐姐粉红颜色的护士服，收腰修身的护士服，穿在姑娘们身上，清新、挺拔，优雅不失专业，尽显职业风范。

虎虎自问：为什么妇产科医生护士的制服大多是粉色的？是为孕妈妈、小宝宝考虑的吗？虎虎自答：是的！粉红色从视觉上看起来很柔和，象征着温暖、和谐，可以缓解孕妈妈和小宝宝的恐惧心理。哇！虎虎还蛮会的！

所谓中午不睡，下午崩溃，宝宝必须要睡会儿……虎虎睡着了，是赖在护士小姐姐的怀里。【草率了】

美人儿，虎虎中计了（上）

2010 年 6 月 23 日 星期三 24 ~ 34℃

多云 无持续风向 微风 出生第二天 农历五月十二

　　昨天，姥爷接到爸爸报喜，无法平息自己，涌动出难以平静的情绪……今天无论工作多么繁忙，也要急匆匆地驾车往武汉赶，四百公里仅用了三个小时。

　　下午，姥爷把车直接开进军医院，妥妥地停稳桑塔纳，脚蹬四十四码的黑皮鞋，蹬蹬蹬地大步流星直接上楼，门开了，走进来的姥爷，风尘仆仆，流着汗水……一把抱起妈妈怀中的大外孙，老泪纵横："小坏蛋！小坏蛋！姥爷来了！姥爷！我是姥爷！"【喜极而泣】

　　虎虎听到熟悉的召唤，睁开眼睛，看到姥爷以柔和的目光注视着自己，沉默片刻，虎虎以清脆的哭声作了回应，思念的亲人终于团聚。

　　此时，爸爸的战友，常方形叔叔领着妻女来看虎虎，见面还没搭讪两句话，叔叔就把襁褓中的女儿楚楚放在床上，要跟虎虎比高低。大人们只顾忙着闲聊、寒暄，然后……然后……虎虎似乎感受到某种磁场，就和刚满月大的楚楚，躺

成了脸对脸，等大人们反应过来时，两个宝宝已经亲上……亲上啦！【不可描述】

姥姥瞬间抓拍，看哪！刚刚出生第二天，亲了楚楚的虎虎，满脸坏笑……不关我事啊，都是她干的！

小姑娘长着肥嘟嘟的小脸蛋，半眯的眼睛，时而傻呵呵地笑着，那张被虎虎吻过的小嘴巴，卖力地咂吧……咂吧……好像要呐喊出她的兴奋。

常叔叔先是怔了一下，然后顽皮地说："哎哎，冯鹤扬，我能说，你家小坏蛋成精了吗？我能问，黄漪涵是怎么做的胎教吗？"

忍住不笑，谁人能做得到？虎虎各种秀！能让你笑足一整天……妈妈没心没肺地掩住伤口，开心地笑："唉，那个谁，请不要用这种眼神看着我，我真不认识他！……羡慕了，我酸了！"

常叔叔放声大笑，都笑缺氧了，但还是死拉住老爸的手不放："站住！我闺女的初吻，献给了你家臭小子，你们做父母的，要给个交代！"笑出内伤的老爸甩开手："怎么？还要讹人不成？"常叔叔脸上的笑意更重了，语气中颇有些恐吓的味道："你们是一定要为我女儿负责的！说好了！娃娃亲，楚楚，就是你们家的儿媳妇！"

哎呀……然后，然后，虎虎听到，整栋楼都在笑！虎虎温馨提醒：妈妈，憋住别笑，小心绷带里的伤口还渗着血！【求匿】

曾经是包办婚姻代名词的"娃娃亲"，现如今，却被思想活跃的 80 后的年轻父母们，重新搬上台面。不过，与传统的"娃娃亲"不同，这些年轻父母们喊出了"不为结亲，只为交友"的口号，旨在为独生子女找个伴。除了在亲朋好友中预定"娃娃亲"之外，更有一些年轻父母，将自己宝宝的照片，贴到网络论坛中，大张旗鼓地在网络中"招亲"。

妈妈怀着虎虎的时候，就听几个孕妈妈一起闲聊，经常有人开玩笑说，给孩子们定个娃娃亲吧。虎虎除了在妈妈的工作群，在老爸部队也已经预约了好几门亲。但是，当时定的全是男孩，大家跟着"特征"错误结论走，都以为虎虎是女宝宝。

现在清清楚楚摆在这儿，虎虎是一个海一般的男子，拥有深沉情感的零岁男孩！

爸爸、妈妈！才将要汤饼之期的虎虎，是不是有点早恋？但宝宝向父母保证：决不耽误"早教"学业！虎虎认为，如果要早恋的话，应该越早越好！

说实话，常叔叔一眼就相中了虎虎，找个借口非要定娃娃亲。爸爸抱起楚楚："好沉啊！"亲了亲宝宝还给战友，故作嫌弃："告诉你们两口子！不做亲家我们还是朋友，做了亲家，我们连朋友都不是！"常叔叔冲过来，一副要挠人的样子："冯鹤扬！你还来劲了不是！骑驴看账本走着瞧，到时候，不娶也得娶！讹上啦！"声音不大，但豪气冲天。老爸狠狠地扫了他一眼，吓得缩了缩脖子，再没敢吭声。

哈哈！战友之间，玩笑还能这么开？虎虎是娶还是不娶啊？

美人儿，虎虎中计了（下）

2010 年 6 月 23 日 **星期三** 24 ~ 34℃

多云 无持续风向 微风 出生第二天 农历五月十二

虎虎沉浸在梦一般的美好时刻，突然被老爸的一句话惊醒，心情仿佛淋了小雨……爸爸秒回复常叔叔："斗狠是吧！我说姓常的，你让你闺女离我家儿子远一点！"瞬间，室内重启狂笑模式，根本就停不下来。

难以置信，爸爸居然不懂儿子！遗憾哦！虎虎没能和老爸达成共识。嘤嘤……想恋爱可真辛苦，宝宝怎么感觉这么委屈？【超想哭】

虎虎的小情绪突然暴发："呜啊……呜啊……"一发不可收拾，皮肤都哭成红色的了，陷入无尽的痛苦；"呜啊……呜啊……"哭到忘我境界的虎虎，楚楚在一旁也跟着一起哭……

虎虎依然纠结在"娃娃亲"中……专家们认为，"独二代"们，没有兄弟姐妹陪伴，内心普遍存在孤独感。这种所谓的"娃娃亲"，为孩子提供了更多与同龄孩子接触的机会，锻炼了孩子的社会交往能力。

此外，这种类似"群养"的办法，有助于发挥各自家庭的优势，培养孩子的接受能力及适应能力，也给年轻的家长们提供了一个交流育儿经验的机会，具有一定的积极意义。大家能记住吗？要不要虎虎再背一遍？【操碎心】

常叔叔侧着头望着虎虎，眼神中带着一丝不易察觉的欣赏。转头提醒虎虎岳母："楚楚这么哭，哄不好，看看是不是该换纸尿裤？"岳母醒悟，赶紧打开襁褓……却被姥爷止住："别！我抱贝儿出去，回避回避！"哈哈……姥爷您不能悠着点啊，今天诚心要笑死人不成？

姥爷！这是虎虎出生后最甜蜜的时光，宝宝不舍得结束……无奈，姥爷还是把外孙抱到走廊。只有经历了，才知道有多么心碎……唉！

突然，姥爷急切地喊姥姥快过来："快去帮个忙！"原来，对面病房今天刚入住一位非洲孕妈，医生在给她打吊瓶，身旁只有她老公一个人，张牙舞爪地实在是按不住，姥姥见状赶快跑上去，按住……容虎虎四脚朝天地笑一会儿。

赶出来的常叔叔降低声音："哎，外国人，还不习惯中国的医术。"姥爷却不认可："别这样说，我也是中国人，小时候我妈带我去打针，我看见针，吓得一路跑回家，我妈硬是没逮住。"

虎虎探头往病房里面瞅了瞅，看到非洲孕妈的床头上，一面小小的中国国旗趾高气扬地站在那儿。虎虎心语：一个国家得有多强大啊，才能让外国人骄傲地在病床上，插上你们国家的国旗？谢谢你这么爱我们的国旗，爱我们的国家！

您才是我们真正的——外国友人！

传来姥姥一个厚重清冷的声音："摁住！别撒手！"

唉！姥姥！还是割了吧，一直摁着，挺累的。

好像刚出生的宝宝都喜欢哭，为什么呢？其实，宝宝哭，是一种正常的生理活动。研究表示，哭和肺部是有关系的，如果一个人的肺气很强，那么他的哭声就是洪亮的，反之亦然，而且剧烈的哭，也是一种有氧运动。

同学们上课了！宝宝的"哭声"既不是因为愤怒，也不是因为不开心。哭声，是宝宝身体各脏器在工作、身体健康的标志。如天籁一般的啼哭！是圣洁的生命之音，心灵诗篇的第一个字母，人类生命交响曲的第一个音符，是上帝之音的回响！还有什么可以和婴儿的"哭声"媲美！

虎虎告别了，在妈妈腹内十个月的单身生活，难道就是为了开始出生后的新生儿单身生活吗？今天这个热搜，真是太好哭了……在虎虎放肆的大哭背景音中，楚楚一家拜访结束。

跟哥走吧，哥有地

2010年6月24日 星期四 25～34℃

多云 无持续风向 微风 出生第三天 农历五月十三

护士来给妈妈挂水，虎虎一直目不转睛地盯着看。此人是一位身材高挑，眼睛亮亮的小姐姐。你看她，拿起皮管绑住妈妈的手腕，一只手拉着妈妈的手，另一只手在妈妈手背上"啪啪"轻拍。然后，取出针头，对准妈妈的血管……哎哟！虎虎手背，却有了疼痛感！

"呜啊啊啊……呜啊啊啊……"宝宝各种哀号，各种恳求，阻止护士动手！小姐姐给妈妈扎上针，弯腰宽慰虎虎："已经好啦，没事啦。小宝贝啊！操心多了长不大哦，嘻嘻……"

姥姥把换下的纸尿裤随手放在外孙的枕头边，虎虎随即停止哭喊，嫌弃地把小脑袋扭到一边……妈妈满脸仰慕："嘿嘿！我儿子，闻出味了耶！"姥姥包裹好外孙，拎着纸尿裤，扔进垃圾桶，特意提高声音："小破孩！有味啊？家家怎么就没觉得纸尿裤有异味呢，自屎不臭！嗤嗤……"

婴儿出生后，开始用鼻子呼吸，随着每一次的呼吸，时时嗅到环境中的气味。正由于婴儿的视力不好，更需要仰赖嗅觉，知道母亲的存在。嗅到母亲的体味，在熟悉、安适中，香甜地进入梦里。

昨天傍晚，姥爷搀着妈妈在走廊上活动，姥姥把妈妈浸满了母乳的垫子放在外孙床前，宝宝闻到母乳的味道，就以为妈妈没有离开，心里很踏实。虎虎对自己妈妈的乳汁偏爱至极，利用嗅觉，能区别母乳和其他的味道，并能准确地找到妈妈乳头的位置……厉害呢！

妈妈，您的宝宝生下来就会使用嗅觉，而且相当灵敏耶，宝宝能够分出好与坏，还能找出气味是从哪里来，窗外，诱人芬芳的气味，虎虎特别感兴趣。

妈妈温暖地一笑并承诺："好吧！我的乖儿子，再过两天妈妈行动方便了，带你到花园，让贝儿感受花草、泥土的馥郁芳香……"

晨间护理、挂水结束后，对面非洲阿姨，带着她的小丫丫过来串门，妈妈赶紧抱起虎虎："快！快！快让我儿子看看，小妹妹漂亮不。"两位中外母亲激情满满，分别详细解说着自己孩子的长处。病房里一场"秀宝宝"大戏隆重开唱，声势浩荡……

非洲阿姨怀宝宝时，在他们国家，B超照出怀的是个女娃，昨天上午入院时，已超过预产期十多天了，婴儿迟迟不出来，据说是：宝宝懒得出生，哈哈……但，中国爸爸还期望在等待一下，等待"女翻男"的奇迹。其实，胎宝宝的性别，在怀孕的第八周之前，就已经形成。

很快，昨天下午就顺产，生了一个中非混血儿——女娃。

黄皮肤黑眼睛，还是咱中国人的基因强大。

　　好容易挨到中国叔叔把她们母女接走，霸气外露的老妈，一把将虎虎抱起来问："儿子，刚才阿姨家的小妹妹怎么样？只要你说行！老妈晚上就找人提亲去！她就是你未来的媳妇！怎么样儿子？人家可是有意思呢！"虎虎眼神里有些兴奋：妈妈！这幸福来得太突然了，让儿子措手不及！哎呀！给非洲小姑娘多加两瓶葡萄糖吧，挂虎虎账上。【飞媚眼】

虎虎不想吵闹，只想睡觉

2010 年 6 月 24 日 星期四 25 ~ 34℃

多云 无持续风向 微风 出生第三天 农历五月十三

午后，大地的热气将一切生物，都赶到有荫蔽的地方去了。而邻居周默叔叔和李橪阿姨冒着炎热，抱着他们的儿子哪吒，来医院看望。终于，俩好哥们儿，热泪盈眶，见面了！

说起李橪阿姨生哪吒的时候，还有一段有趣的故事呢。

唉，往事不可追，回忆仿佛冷风吹！李橪阿姨是名幼师，预产期已经到了，还在幼儿园上台演节目，身穿道具老虎服，扮演大老虎。结果，在台上，羊水破了……戏服都没来得及脱，同事就赶紧把她送到医院。

刚好一个经验丰富的产科医生在值班，医生走过去，打开门看了一眼，又迅速退了回来，惊愕到吓掉下巴："我……我……我怎么看到，一只老虎躺在那儿呀？"赶来的周默叔叔哈哈大笑："嗯，我老婆现原形了！"医生愣了愣神："你……你这是，不入虎穴，焉得虎子啊！【挖鼻孔】"

吓！吓！好后怕！阿姨啊，虎虎把汉字"忙"字拆开给您看，从另一角度悟人生。忙字，是不是心字里面藏个"亡"，意为，再忙也要把健康放心上，再忙也要照顾好自己。否则，会有生命危险。虎虎强烈建议，写进教科书。

哪吒见到虎虎无比激动，圆圆的脑袋，像个小皮球，鼻子小小的，像透明的三角形果冻。头发在阳光的照耀下又黑又亮，淡淡的眉毛下面，嵌着一双圆溜溜的大眼睛。他眉毛、额头皱成一团，正儿八经地跟虎虎聊天："啊哦……啊哦……"地说着话，大意是：贝儿，你出生了，我就不怕了！前天我说我是"虎虎的朋友"，那小屁孩就不敢抢我的奶……哪有岁月静好，多亏了虎虎老表！【大明白】

虎虎依偎在妈妈怀里，一脸认真地看着哥们儿，眯着眼睛嘱咐：哪吒，低调！调起高了，容易骄傲！

这是来自三个月的哪吒和虎虎的对话，反正大人们也听不懂，哇咔咔……

说出来你肯定不信，有卧龙的地方，五米之内必有凤雏。【懂的都懂】

虎虎的平和、淡定，被李雴阿姨误认为是"困"了，他们又聊了一会儿，便起身回家。

虎虎闭上眼睛，闻到被称为"妈妈香"的味道。而妈妈，经过了十个月忐忑不安地等待和前天一上午的磨难，看到健康的儿子顺利来到人间，疲倦的感觉猛烈袭来，没有任何负担地，就希望能够好好睡个觉。是的，虎虎和妈妈，彼此都需要好好休整一下。

我们母婴恢复房间，有两张床，一张床，用来陪护。

虎虎出生前，一直都是蜷着身体待在妈妈的肚肚里，出生后，宝宝的胳膊和双腿，还没有完全伸展开，仍习惯舒服地蜷缩着。虎虎离开了温暖、安全的子宫，正在适应宫外的生活，宝宝喜欢被柔软的抱被舒舒服服地包裹着，然后躺在妈妈身边。

虎虎也是有生活安排的哦，一天的生活日程，基本上都是按顺序进行的：睡眠—醒来—吃奶。只要宝宝吃饱了，环境舒服了，自然会睡得很香，没有睡不着的理由。每天可睡到二十小时以上，是不分昼夜的哦。【呵欠】

老爸体谅妈妈，午休让虎虎跟他睡。结果，爸爸是各种紧张，不停地给虎虎盖被子、掖被子……而妈妈看着更紧张，一直盯着这父子俩，就怕宝宝被爸爸压着、闷着、冻着……在努力坚持了一个小时后，妈妈终究忍不住了，对老爸吼道："把儿子还——给——我！"终于，我们都可以安心睡觉了。

吃好、睡好应该是新生儿生活中的头等大事。重视宝宝的睡眠，让宝宝想睡多久，就睡多久，您就会发现，您的"小坏蛋"在得到充分休息以后，适应环境的能力将随之改变。

出生两三天来回味，兴奋！无法停止的赞美：生活真美好，有吃，有喝，还能天天睡大觉！呼啦啦！

哦，忘了记录，虎虎今天第一次通过了新生儿听力筛查，一切正常。

姥姥一首歌能唱到天黑

2010 年 6 月 25 日 星期五 25 ~ 33℃

多云~中雨 无持续风向 微风 出生第四天 农历五月十四

天刚破晓，淡青色的天空还镶着几颗稀落的残星，护士就来病房采集虎虎足跟血了。这是第一次做新生儿疾病筛查，排查是否患有某些遗传代谢疾病，排查结果，一切正常。

虎虎出生这几天，爸爸和妈妈的同事、朋友，络绎不绝，前来贺喜。有些人在出场的一瞬间就是靠近的，仿佛失散之后的再次相认。那种近，有着温暖真实的质感。

上午，妈妈的同事、闺密，叽叽喳喳来了一大群，进门，挨个给妈妈拥抱，同事唐晶张开双手，好几次要抱妈妈，都被其他人抢去了。为了避免尴尬，姥姥上去，跟她抱了一下……

哈哈！姥姥，要不要虎虎开窗通通风啊，怎么就感觉空气凝固了呢？嘻嘻……但不得不承认，姥姥的一个拥抱，稳住了"事故现场"。【拿捏了】

几位阿姨，是第一次碰在一起，她们互相搭讪，热情地聊天。唐晶阿姨说妈妈大学闺密吕品品像极了她侄女，品品阿姨感兴趣地问："真的吗，那她结婚了没有？"唐晶阿姨一愣："结了，为啥这么问？"品品赶忙解释："没事，就是想确定一下，我这种长相的人，能不能嫁得出去。"听罢此言，虎虎嘴里一口奶，一下喷了出去……

妈妈关心地问："品品，最近谈朋友了没有？"品品阿姨爽快地说："哪里有时间哦！我报了英语班在学习。"妈妈就奇了怪了："怎么现在想起来要学英语了？"品品一脸纠结："上一周，跟朋友去唱歌，她点的全是英文歌曲……"妈妈一头雾水："这有什么关系？"品品阿姨神情庄严地看着妈妈，一字一顿道："当然有了，我报英语学习班，就是为了唱好英文歌曲。"妈妈在一旁惊愕不已。

吕品品，家住武汉，是妈妈大学闺密，也是唯一没有从警的室友。现任中外合资企业主管，大龄未婚，雅称：芝麻官。她瀑布一般的长发，标准的瓜子脸，一身淡雅的连衣裙，那稳重端庄的气质，再调皮的人见了，都会小心翼翼。

突然看到护士送来营养餐，虎虎顿时来了精神，瞄着妈妈开始哭，这哭声很平和，略带颤音……姥姥先过来哄外孙，然后走到妈妈床前，帮妈妈完成就餐前的一切准备。姥姥看着妈妈忘我地喝着母鸡汤，有点小得意。稍后转身，再关注哭闹不止的虎虎。宝宝对姥姥流露出企盼的眼神，虽然哭声变小，但仍然哼哼唧唧地叫个不停……

姥姥打开小抱被，把虎虎上下打量仔细端详，检查了 A 面，再检查 B 面，看虎虎是否完好无损。之后姥姥进入模式碎碎念："家家给贝儿换换纸尿裤，再洗洗臭屁股……小坏蛋！告诉家家，你喜欢吃饺子呢？还是丸子呢？哦，饺子啊，好吧，咱们今天就包'饺子'吃。"此处急需喘口气。虎虎：家家，慢点说，您那嘴又不是借来的，着急还啊？讲真的，虎虎虽然没有听懂姥姥在说什么，但外孙已经觉得姥姥说得好有道理。【太会了】

姥姥一边把虎虎裹在抱被里，一边念叨："'丸子'乖乖不要哭哦，家家把你包起来，就是'饺子'了，不包起来呢，咱永远都是'小丸子'……"好吧，虎虎承认，妈妈笑点低了，直接把鸡汤喷了一地……反正，宝宝也是笑了很久……很久……

服了！姥姥一张嘴，相当了得，只要是和"人"在一起，只要开了头，根本就停不下来。

几位阿姨欣赏了好一阵，唐晶阿姨很佩服："漪涵，阿姨这么跟宝宝说话，会对宝宝的脑细胞产生惊人的影响的。在我们家，就不行了，我和公公、婆婆一天只说三个字，就妥妥的了。早晨、中午、晚上，公婆说吃饭、吃饭、吃饭。我只回答：嗯、嗯、嗯。爷爷奶奶和我儿子是零交流，儿子都一岁了，还不会叫爸爸、妈妈……"

呵呵！姥姥这样也挺好，随她去！姥姥爱和虎虎说话，这时候潜移默化的语言环境，能让姥姥和虎虎建立良好的婆孙关系。

姥姥摆弄外孙时，面色凝重，发现问题："宝宝原本粉嫩的皮肤今天怎么突然变得黄黄的啦，这是在出黄疸吗？"妈妈压低声音跟姥姥说话，但是虎虎却听得一清二楚："是的，刚才大夫们巡诊的时候，护士告诉我，说贝儿出黄疸了，要多晒太阳。"姥姥笑眯眯地跟妈妈点了点头，表示赞许，随即执行："刚好这会儿出太阳，那就把贝儿放到太阳底下晒晒吧！"

　　阿姨们哈哈大笑，闺密吕品品说："怎么想都觉得晒黄疸很可笑。漪涵，这是不是让我们想起，在上大学的时候，出太阳晒被子的情景，哈哈……"

虎虎的情绪牵动了谁的神经

2010 年 6 月 25 日 星期五 25 ~ 33℃

多云 ~ 中雨 无持续风向 微风 出生第四天 农历五月十四

　　黄疸，新生儿大多数都会发生这种症状，严格意义上不算疾病，是一种非常正常的现象，一般 10 ~ 14 天就会消退。家长坚持每天给宝宝晒太阳，让宝宝吃足够的奶，促进排出足够的便便，就可以加快黄疸的消退了。当然，妈妈并没有掉以轻心，而是密切观测黄疸消退情况。

　　今天是虎虎出生的第四天，妈妈说，伤口还是有点疼。下午，妈妈缓缓地下了床，徐徐地在走廊上移动，这样有助于伤口恢复。

　　下了一天的雨，傍晚的风忽然吹开了一道晚霞。坐在窗边的姥姥一边看云，一边低头在笔记本上写下几行字。此般记录下的文字最为直观，姥姥一直都是这样做。

　　姥爷趴在床上逗外孙玩儿。姥爷转过头，语气里难掩兴奋："林妹，我亲小坏蛋的时候，居然发现，宝宝会嘟嘴回亲我呢！这孩子，是人精啊？"哎哟喂，姥爷那个开心哦！虎虎却黯然神伤，难以置信，姥爷居然不懂宝宝！

姥姥合上本子，不以为然："我本将心向明月，奈何明月照沟渠。自作多情！人家哪是在亲你啊，人家是饿了，贝儿以为是烧饼来了呢，切！"

虎虎还真是姥姥的捧场王，姥姥话音刚落，宝宝的哭声响起来："呜啊……呜啊……呜啊啊啊！"很震撼！很有穿透力！

寻乳反射，是婴儿出生后为获得食物、能量、养分，而必定会出现的求生能力。姥爷试验了一下，轻轻地用手指，触摸外孙一边的脸颊，宝宝立刻张开小嘴，并把脸转向被碰触的那一边；姥爷接着轻轻触碰外孙的上嘴唇，宝宝的头，随即往后仰，小嘴在搜索碰触嘴巴的地方；姥爷接下来又轻轻触碰了外孙的下嘴唇，宝宝的下巴就向下压，试图寻找碰触的来源……

这是可爱百分百的"寻乳反射"，当虎虎饥饿时，寻乳反射会特别明显。吼吼！这就是虎虎的厉害之处，只要有吃的，宝宝就一定会发现！

妈妈听到儿子哭声，知道虎虎饿了，连忙挪进病房，姥爷把眼神甩给大外孙儿，有气势地一挥手："贝儿，贝儿，别哭了，你看，你看，餐车来了！"

当妈妈将儿子拥在怀里，把乳头送到嘴边时，宝宝急不可耐地衔住，销魂地吸吮着……投入太深，根本就停不下来。虎虎吸吮乳头的力度，完全取决于宝宝的肚子是否非常饿！

【刚需】

哺乳动物依靠灵敏的嗅觉来辨认母子关系，人类保留了这种生物特征。虎虎就是很快闻出妈妈的气味，并牢牢记住这种气味，这种气味就像贴在妈妈身上的标签，引导虎虎找到甜蜜的乳汁，这完全是一种本能。

虎虎对母乳的香味也比较敏感，哺乳时闻到奶香味，就会把头扎到母亲怀里，寻找乳头。甚至宝宝还能区分出自己的母亲与其他母亲的不同气味。

请把时间，往前延伸到，妈妈进房间前一刻钟。对面的非洲新妈妈，因女儿胃容量小，乳房胀得难受，听到虎虎饿得哭，想让宝宝提供一下帮助。可虎虎丝毫没嗅出妈妈的味道，不好意思啊，宝宝就是不张嘴，任你怎么利诱。嘿嘿！虎虎这暴脾气上来，连自己都饿！

这两天，妈妈乳汁下来了，并且还很丰富，因喂哺方式不娴熟，好像儿子把乳头给吸破了似的，妈妈咬牙挺住。咨询医生，结合姥姥爱的叮嘱："喂完奶，用纱布蘸香油涂抹乳头；每天热敷乳房；喂奶时，让贝儿连乳晕一起含着，这样能减轻疼痛。"

如此每次吃奶前，虎虎要花两个小时来思考，怎么个弯道超车，才不至于让妈妈痛苦……【脑补】

拿命赌爱，不枉此生
——转载妈妈日记

2010 年 6 月 25 日　星期五　25 ~ 33℃

多云 ~ 中雨　无持续风向　微风　出生第四天　农历五月十四

你可以听到生命的乐章，却看不见生命那不朽的音符，唯有亲手谱写的人，才能明白生命的真谛，领会生命乐章的慷慨激昂！

都说顺产疼，剖腹产不疼。呵呵，你只看到了开头，没有看结尾。分娩方式的不同也造成了产后痛点的差异，选择一种适合自己的方式，然后用最大的努力度过产后疼痛期，或许比什么都来得实际。我是宝宝出状况顺产困难，唉！选择剖腹产也实属无奈，剖腹产要比顺产承受更多的疼痛。

首先，在剖腹产的过程中，有一件非常恐怖的事情，那就是——插尿管，实际上，插尿管可不并不是一件舒服的事情，而且还很尴尬……

其次，打麻药，疼痛等级三星。疼不是主要的，"怕"才是！十厘米长的针管啊，蜷缩在产床上，等待它冰冰凉凉地刺入脊椎里……

再次，孩子从肚子里拽出来时，疼痛等级二星。这可能是全程最不疼的阶段，但一想到自己像一块躺在砧板上的五花肉被切开再缝上，还是不寒而栗。

最后，按压肚子，疼痛一万颗星。生完宝宝从手术台上下来之后，妈妈就被抬上病床。还没有缓过气来，就有医生、护士过来按压肚子。医生一定是用毕生功力在给我打通血脉，那一掌按下去，痛到指甲都会抠到肉里，头发丝儿都在尖叫，直流眼泪……从此以后，只要是看到医生进门，身体就会不自觉颤抖……

除此之外，我以为只有顺产才会有宫缩痛，可剖腹产同样有，而且，这已经都剖腹产四天了，每天还时不时地宫缩，痛得厉害。每天有十几二十次，每次一分钟左右，挂宫缩针，镇痛泵都没用！

值得一提的是，还有刀口痛，疼痛等级七星。这是一条缝了七层的伤口！它会配合着宫缩针，此起彼伏、翻江倒海地疼……每次翻身、下床都是酷刑。每挪一步，伤口上的每一针，都在死死地牵拉着肚皮上的肉！

从手术室推出来就浑身发抖，不是冷也不是疼，就是忍不住地抖。那么大的留置针，留在手上着实碍事，五天液输下来，两只手肿胀得像充满气的癞蛤蟆。妈妈非常坚强，积极配合医生，忍着剧痛起身上洗手间、给宝宝哺乳……

妇产科就是一个高度浓缩的小社会，病房内的每一张病床上，每一天都在上演着焦灼等待和幸福释然，有悲从中来的哭泣，更有宛如天籁的新生啼哭。生孩子本就没有一劳永逸的捷径，每一个成为妈妈的女人，都曾哭到刻骨铭心，痛到怀疑人生。

迄今为止，还会有人觉得，女人生孩子，瓜熟蒂落，不就母鸡下个蛋的事吗？生命的诞生，何尝不是有一道生命之门，胚胎成熟，生命降落，生死之间，一门相隔。

传说，宝宝们住在柔软的云彩上，每天排队到彩虹那里去看望人间，挑选自己的妈妈。然后，送子娘娘会帮助宝宝，找到自己心爱的妈妈。每个孩子的到来，都是父母甜蜜的期盼，无论宝宝以何种形式来到父母身边，都会是最好的安排。

上苍给了我们生命，我们用奉献去拥抱！没有高端的制作，没有华丽的特效，只有朴素低调却有力的震撼。用最真实却疼痛的画面，记载了最伟大却最容易被忽略的事实，"儿奔生，母奔死"，每一对母子，都是生死之交！自那一刻起，我对生命充满了前所未有的敬畏。

虎虎想笑，却扯疼了嘴角

2010年6月26日 星期六 24～28℃

中雨～多云 无持续风向 微风 出生第五天 农历五月十五

　　妈妈长长的睫毛微微颤动，睡得很不安宁。虎虎则躺在妈妈怀里，不自觉地用力伸胳膊、伸腿儿，憋得满脸通红……很多老人都说，这是宝宝在长个。其实宝宝的这一行为，不仅是长个的表现，而且是通过这种动作，促进肠胃蠕动，帮助自己排气。

　　可今天的午后，什么理由都不是，是因为虎虎感觉到有一些不舒服，是衣服、被子对宝宝产生了压力，通过伸胳膊、伸腿儿，缓解这种不适感，嘻嘻……

　　姥姥走过来，温柔注视，轻唤妈妈起床："伢咪，醒醒，诗织来看你了。"姥姥转身，面对刚刚远道而来的妈妈大学挚友诗织："这孩子可怜，几天都没睡好觉，小坏蛋不分昼夜地闹腾……"妈妈慢慢睁开眼，晕晕乎乎的，处于游离状态地问："姆妈，什么情况？我怎么在这儿？旁边躺的是什么……"嚯嚯嚯！妈妈还没习惯，身边躺着个大儿子！【整不会了】

妈妈回头看见久别的朋友站在跟前，正热烈地望着自己。惊愕了："天哪！我应该醒着吧？诗织！你什么时候来的？怎么没提前通知我？"妈妈着急忙慌地下床，找拖鞋，然后两人紧紧地拥抱在一起……

这位专程从甘肃赶来的警察阿姨，是大学时，睡在妈妈上铺的姐妹。她曾经的大学老师说："我们班，前两排是学霸区，后两排，是手机娱乐区，再后两排，是谈古论今区，最后两排，就是睡眠区了。"阿姨还是和妈妈坐在前两排的好姐妹。

诗织阿姨身材高挑，体态轻盈，言行举止端庄娴雅，一颦一笑之间流露出一种成熟女人的风韵。妈妈把虎虎呈上，炫耀式地让阿姨分享育儿的乐趣和幸福。虎虎清晰地看到，妈妈的前方，还有很多美丽的风景。

阿姨轻抚虎虎小脸蛋儿，糯糯地叫一声："贝儿！"宝宝神情愉快，反应敏捷，循声望去，表现出对客人的极大兴趣。阿姨惊叹不已："这孩子，不是刚出生五天吗？怎么能有这么大的反应？"

打个岔：上午，有个宝爸拿着旺仔牛奶去问医生："给宝宝喝这个需要加热吗？"医生问："孩子多大？"答曰："刚出生。"医生把他领到护士站，告诉护士别让他靠近他的娃。于是，宝爸就给医生吵起来了。【血拼】

虎虎为此受到惊吓，睁大眼睛而大哭。姥姥赶紧搂紧外孙，轻轻呼喊："贝儿，贝儿，家家在这里……"宝宝马上就安静了，还瞅着姥姥，笑嘻嘻。嘿嘿！阿姨！让虎虎告诉您。宝宝一出生就对声音有反应，当听到熟悉的家人声音，宝宝的情绪就会比较安定。

阿姨还了虎虎一个心领神会的微笑，宝宝顺势赖在阿姨怀里听阿姨唱歌："罗罗面面，油馍串串；猪肉扇扇，蜂蜜罐罐，贝儿是个福蛋蛋！"谁知，这回虎虎明显吐了口气，却没有一点反应。妈妈望着阿姨露出一个温柔的笑容，来了一句化解尴尬："诗织，可能是我儿子听不懂。"阿姨弯腰笑得宛如一个孩子："唔哈哈哈哈……胃疼，笑了一下更疼了！我咳咳……呃……说好的音乐无国界呢？这原本就在中国境内，呀哈哈……"乡音不改，笑容依旧。

是的，应该给宝宝创造一个良好的听觉环境。因为，这时宝宝的听觉还很初级、原始和不协调，必须经过无数次丰富的听觉学习，才能使大脑把多种信息综合在一起。

听觉，是重要的信息接收渠道，虎虎首先要能听到各种声音，其次，才能通过模仿声音，来发展语言能力。

出生第五天，虎虎问上帝：怎样才能更快地学会说话。上帝回答：先把妈妈逼疯！虎虎狂野嘶吼：恕不远送！这个不可以！

假装不故意，偷偷看您

2010 年 6 月 26 日 星期六 24 ~ 28℃
中雨~多云 无持续风向 微风 出生第五天 农历五月十五

　　虎虎喜欢听雨，尤其是午后淅淅的夏雨，在雾色半掩的病床上，妈妈于接待过后的懒意里斜倚而坐，一颦一笑，都显得那么美丽。人家妈妈，是正儿八经的坐月子。虽然天气很热，但姥姥还是让妈妈头上系上红丝巾，一来显得喜庆人漂亮；二来室内开空调，保护头部不遭受凉风侵袭。妈妈超级嘚瑟，天天"鸿运当头"。

　　每次虎虎哭闹的时候，姥爷都会戏谑着告诉外孙："贝儿，不哭，不哭，你看，红丝巾来了！"想到"红丝巾"，宝宝心底不由升腾起一股畅意的快感。【太会了】

　　湿润的风混着透明的雨，穿过树梢，飞进窗棂，虎虎仰起小脸，便是迎面的凉意。【我醉了】

　　姥爷在努力给外孙喂水，宝宝好像不太愿意。于是，姥爷也把妈妈的红丝巾系在头上，然后，一边给虎虎喂水，一边说："贝儿不哭，你看撒，我是红丝巾，红丝巾……"虎虎深陷于姥爷的造型迷雾里。【辣眼睛】

到底要不要给宝宝喝水？《美国儿科协会育儿百科》里是这么说的："半岁以内，吃母乳或者配方奶的婴儿，通常无须补充水和果汁。"宝宝不喝水，难道不会口渴吗？不喝水，不代表宝宝身体缺水。其实宝宝在吃奶的时候，身体已经获取了足够的水分，母乳中80%都是水分，足够宝宝所需。

今天，虎虎吐奶严重，有缺水症状，姥爷在医生的指导下，给大外孙额外补水。

躺在浅夏的光晕里，窗外纷飞着缠绵的细雨，此刻，时光是如此让人心动，风儿是如此的轻灵。突然，老爸推门回到病房，他把雨伞放进卫生间，双颊飞红，用迷离的眼神看着我们母子……可以啊，老爸，浅醉的境界呢！

爸爸喜得贵子，中午请战友们喝酒，微醺，席散。爸爸注视着睡姿销魂的儿子。"啊！贝儿睁眼了！"爸爸激动地叫着，很高兴，宝宝的架子却好大呢，不怎么理会这个男人。妈妈凑过来，轻柔地喊几下："贝儿！贝儿！我是妈妈！"虎虎神奇地把头转过来，妈妈无比兴奋："贝儿听见了，妈妈的贝儿听见了！听见了，妈妈在呼唤贝儿！"老爸一边酸不溜丢地说："臭小子，净给老子装失忆！"

虎虎真的能听见吗？答案是肯定的。宝宝一生下来就有很好的听力定向能力，尤其当宝宝听到熟悉的声音，这种表现就更令人吃惊了。原来，这是虎虎胎内听觉的延续。出生以后，就表现出对母亲声音的偏爱。正是由于虎虎在子宫内，妈妈的声音，宝宝已经听了十个月，非常熟悉，是听惯了母亲声音的缘故，爸爸！别生气。【作揖】

虎虎真的能听懂吗？对大人们说的话，宝宝确实听不懂。但虎虎有很强的学习能力。当妈妈总是冲儿子微笑，对宝宝说："贝儿，我是妈妈！你饿了吧？妈妈给你喂奶哦。"时间一长，这种语言信息，就储存在了虎虎的脑子里了，随着宝宝的智力发育，再经过几十次的妈妈语言重复，虎虎就明白——原来，总抱着虎虎的人，就是妈妈！

虎虎就像是一个空瓶子，里面装什么，取决于你往里面填什么东西。

老爸坐在床沿，笨拙地问话："喂，老婆，我问你一个问题。"妈妈含蓄地用眼角瞄一瞄："这么正式干吗？你问吧。"爸爸怯懦地嘀咕："老婆，有了儿子，你还爱我吗？"妈妈干净利索地回："爱呀！"爸爸清醒了，直入主题："假如有一天我没钱了，你还爱我吗？"妈妈严肃地说："开玩笑可以，但别开这种玩笑。"爸爸诧异："怎么啦？"妈妈慢条斯理地，反问："老公，你在外面受什么刺激了，让你感觉你有钱啊？"

聪明的问题，巧妙地回答！虎虎反手一个——大拇指！

爸爸尴尬地把头埋进妈妈怀里，扒开衣服看妈妈肚子上约九厘米的切口，足足看了两分钟，心疼得要命，然后，哭了一下午……虎虎：没事，这一点都不影响他们夫妻以后吵架拌嘴！【溜了溜了】

晾晒出与虎虎有关的画面

2010年6月26日 星期六 24～28℃
中雨～多云 无持续风向 微风 出生第五天 农历五月十五

入夜，听着淡淡的夏雨入眠，依稀梦见小区里栀子花的清香颓废了一地。不知不觉中，心里多了些许感伤。都说离人最多愁，尤其在雨中。【破防】

虎虎睁开眼睛，发现妈妈没在身边，亮开嗓子：呜啊……呜啊……喊妈妈。妈妈在走廊里锻炼身体，奶奶担心孙子影响医院宝宝们睡觉，就小跑过来哄孙子，十八般武艺都用上，还是白费心机。实在没招，灵光一闪，拿起床头柜上一本书，翻开来阅读……想着用奶奶看书时的宁静气氛去感化虎虎；去影响虎虎；去引导虎虎。结果，孙子是越哭越邪乎：呜啊啊……呜啊啊啊啊……依稀听见，挪回来的妈妈疑惑的话："妈，书还可以倒着读？"

为什么婴儿睡觉时，如果醒时看见妈妈在旁边会继续睡，不在的话就会哭呢？主要原因：一是安全感，宝宝从子宫出来后，对外面的一切都缺乏安全感，唯独妈妈的味道是安全感的来源。宝宝出生后味觉比较敏感，喝妈妈的奶，感受妈妈的气味，都会带给他安全感。当妈妈离开，宝宝就会变得焦虑而大哭。二是温度，陪在身边的妈妈，身上散发的热量会给宝宝一定的温度，孩子就会睡得很香甜。【真理呀】

妈妈慢慢走近病房，奶奶连忙站起来搀扶着坐下："这娃，晚上又不准备睡觉了，可不能让他睡颠倒了啊。"妈妈坐在床沿，背着手摸枕头，先是出了口长气，然后悠悠地开逗："可不是嘛，高三时我们班有位同学，临近高考时颠倒了睡眠，白天睡觉，晚上自习，成绩一直前三名……结果，高考的时候睡着了。"这么说，虎虎觉得按老祖宗"日出而作，日落而息"是对的。【天赋啊】

妈妈回头，用哼唱的方式，唱出那篇《小猴子掰玉米》的童话故事时，竟然引起了宝宝的浓厚的兴趣，宝宝停止了哭泣。虎虎认为，妈妈的声音是有旋律的，像唱歌一样好听。在孕期，曾反复给儿子朗读童话的母亲，让虎虎在呼唤言语胎教中，记住了妈妈声音的强弱、节拍、高低……

妈妈用枕头靠着后背依偎在床头，弯腰，温柔地亲了儿子一口。虎虎闭着眼睛，噘着嘴，轻轻地扭头，想要妈妈继续亲吻。妈妈见状，咯咯地笑起来，反复亲吻自己的宝贝。画面十分温馨有爱。小宝宝嘟嘴求吻，萌翻了！

妈妈握住虎虎左脚，奶奶握住虎虎右脚，给宝宝换尿布，虎虎极不情愿地把右脚从奶奶手中抽回来。妈妈不相信儿子这么小会有这感觉，就和奶奶调换了一下，这回奶奶握住孙子左脚，妈妈握右脚，虎虎毅然决然地把左脚从奶奶手中抽出来。

奶奶咧嘴歉意地笑了一下："才出生几天，就知道谁的手柔软啊？"虎虎：宝宝是小，但不傻，奶奶手上有老茧，虎虎当然感觉得出来。

爷爷看奶奶抓不住孙子的脚，迈着八字步走了过来，看到虎虎，他眼神中闪过一丝兴奋，热情地把脸凑上去："娃，爷爷给你换尿布啊。"听到这话，虎虎突然停了下来。姥姥冲爷爷点点头，满是赞许："人长帅了就是好哈。"【太会了】话音刚落，爷爷就被孙子尿了一身。这不是高潮，高潮是，奶奶嘿嘿地笑了一声，幸灾乐祸地看了爷爷一眼，居然来了一句："你是长得像马桶吧，这么招尿。"奶奶语气听来却要冻死个人，爷爷装作不在乎，随后狠狠地剜了奶奶一眼……

一片"哈哈哈"的笑声中，还夹杂着一个"吼吼吼"的奇异笑声。疑惑间，虎虎看到奶奶嘴巴噘成一个圆，在那儿"吼吼吼"。奶奶发现大家都在看她，忙解释说："天干物燥，嘴巴裂开口了……疼……"【憋住不笑】

别致的姥爷

2010 年 6 月 27 日 星期日 24～27℃

多云 无持续风向 微风 出生第六天 农历五月十六

人啊！偶尔傻一下有必要，人生不必时时聪明。这几天姥姥、姥爷在医院，日夜守护着虎虎和妈妈，睡眠、休息很简化。这不，姥爷将就的午觉睡落枕了，看起来很疼的样子。姥姥曾经看过电视里的治疗精彩片段，趁其不备走过去，把姥爷的头"咔嗒"一下给掰正了，姥爷"嗷"的一声就没声了，但还有气……满脸苦笑。

顿时感觉，姥爷不能愉快地生活了……【王炸】

虎虎错了，姥爷不但可以，而且生活得很有趣。姥爷安排好妈妈的营养餐，然后拉着姥姥出去吃早点。摊主家养了一只小狗狗，蹲在地上，眼巴巴地望着姥爷吃包子……高潮就这样无声无息地来了……姥爷夹起包子，颇有些得意地看了狗狗一眼，眼神中满是挑衅："想吃吧？叫声姥爷就给你。"狗狗冷哼一声，对这拨寻事很不满意。【太坏了】

淡出，虎虎听姥姥讲完，宝宝眼前一黑，好冷的狂汗！姥爷，您放过狗狗吧！狗狗不是俺兄弟！

淡入，姥姥、姥爷用完早餐回医院，好远，就听到外孙稚嫩的哭声，呜啊……呜啊……在召唤。慌张的姥爷闻声，几步跨成一步走，只见病房里的妈妈斜靠在床上，满脸堆笑地，看着儿子自己伤感……姥爷疼爱至极，一把抱起问猫腻，语气十分慌乱："贝儿怎么啦？是渴了还是饿了？是拉了还是尿了？还是想家家、姥爷了……"妈妈微微一笑，颇有狡辩意味地道："什么啊？我们在做运动，贝儿在告诉妈妈，宝宝有多健康。"

是的，姥爷！虎虎这是运动性啼哭，是锻炼身体的一种方式。"哭泣"对宝宝的身体是有好处的，尤其当宝宝的哭声抑扬顿挫，声音响亮，节奏感强，就更不必担忧了。因为，适当的哭泣，是宝宝在锻炼肺活量；而泪水，含有杀菌物质，用于眼病预防，拿钱买不来的。哈哈！大家赶紧进来学点知识，以后好糊弄你娃。【扮鬼脸】

所以，如果宝宝哭闹的时候，没有伴随别的不良状况，那只是宝宝在告诉您："我的身体很健康！"

亲爱的家长，当你们的孩子二十年后，成为这个国家和民族的中流砥柱的时候，能否对抗得住，这个正在嗷嗷"哭"着成长的狼娃？【耍贱卖萌】

姥爷轻轻触摸外孙，宝宝立即冲姥爷扬起嘴角……虎虎：姥爷，以后，当虎虎出现哭得来劲时，您最好不要打断宝宝的"话"，让大外孙儿给您诉衷肠，不是很好吗？

姥爷："好吧，小坏蛋！姥爷喜欢给外孙聊天，哈哈……贝儿，什么时候结婚啊？什么时候可以让姥爷抱上重孙子啊？"

虎虎：还早呢，等几年吧！

姥爷："等几年？臭小子！你以为姥爷今年才十八啊！哈哈……"姥爷，您这各种不着调，也真是蛮拼的啊！大外孙儿受不了！【啥人啊】

姥爷去了趟卫生间，方便完，正准备起来，忽然看到，短裤掉下来一根线头，就顺手掏出打火机去烧。刚刚在外面抽烟，手贱把火苗调到最大，这会儿，忘记调回来了……顷刻间，就听姥姥怒吼："谁在卫生间里面吃烧烤！"妈妈捂着刀口，咯咯咯地笑，俏皮地丢下一句："不能烧烤的厕所，不是好厕所！"

苍天！不要问姥爷心理阴影面积是多少！哈哈哈的魔笑声后，虎虎窃喜，与智者同行，你会不同凡响；与高人为伍，你能登上巅峰！

采蘑菇的灰太狼

2010 年 6 月 27 日 星期日 24～27℃
多云 无持续风向 微风 出生第六天 农历五月十六

嘴角挂着一抹邪异的微笑，听着这个六月留下的歌。突然，姥爷喊大外孙儿起来——喝水。

这两天，医生嘱咐要适量补水，姥爷在虎虎两餐之间，给外孙喂点水喝。只见姥爷倒进奶瓶少量水，然后再略微放了一点点葡萄糖，摇晃几下，再摇晃几下……出于关心自己的大外孙儿，就抿着嘴，喝了一小口试试温……唉！姥爷！姥爷！您看看大外孙儿幽怨的眼神！试水温，用手背就可以！

虎虎如饥似渴的小嘴，含着奶嘴咂吧……咂吧……喝得可带劲啦！

姥爷故意试探性地把奶嘴轻轻拔出，虎虎知道，这是姥爷和外孙逗着玩呢。宝宝很识趣，闭着眼睛，张着小嘴……哈哈！卖萌还要从娃娃抓起。

虎虎惬意地喝着葡萄糖水，姥爷却异想天开，做了一个小试验，把酸梅汁抹入虎虎口中一丁点儿，宝宝立刻咧开嘴，表示抗拒，并用舌头往外顶……新生儿出生时，味觉就已经基本发育完成，对不同的味道会有不同的反应，大人们想骗宝宝，还真不是一件容易的事儿。

虎虎疑问：姥爷！这是什么啊？味道有点重哦！贝儿淌下大把大把辛酸的泪……

新生儿虎虎，能精细地辨别味道，对于不合口味的"酸"，做出不愉快的表情。

味觉，是虎虎出生时最发达的感觉，早在胎儿时期就已初步成熟。一出生，味觉就相当敏锐，能够辨别出不同的味道。宝宝能很好地分辨出母乳、糖水和纯净水。【拿捏了】

好了，丢下科普，回到现实。平淡的生活，需要搞一点小气氛，太枯燥了，容易走散。【单挑眉】

妈妈："鹤扬，回来了，我让你带的卫生巾呢？"爸爸："什么卫生巾？"妈妈："我不是给你发短信了吗？你没看到啊？"爸爸："哦，你发短信了呀，我看看。"老爸打开手机，看了妈妈的短信，然后连忙打字回复："好了，我知道了，我已经到医院了，明天再说吧！"发出信息后去床边逗虎虎，妈妈在老爸背后嘟起了嘴："神经病！"

然后，爸爸转身，扔过来一包卫生巾："老婆，接住！哈哈……"妈妈接住卫生巾，轻轻啐了一声，骂了句："找打！"这货，不是一般的皮！老爸没说话，冲妈妈露出一个宛如孩子般胜利得意的笑容。"短信包月，随便用！程序还是要走的！"哈哈！没想到结局吧？虎虎家，简单的小幸福！

虎虎出生第六天了，照顾妈妈和虎虎，日夜轮流转，终于，爸爸今天也熬不住了，躺在陪护床上想睡会儿。临睡前，老爸还特意嘱咐："老婆，帮我看着护士点儿，一会儿别让她输液输错了人，别看着有人躺在床上，就扎针……"

刚刚，姥姥、姥爷抱着外孙出去晒太阳。妈妈一有机会就下床到走廊遛遛……

全景：爸爸一人躺在病床上，蒙头酣睡……室内异常安静，只能听到爸爸手表微弱的嘀嗒声。

近景：病房门，缓缓推开，进来一胖一瘦微笑着的俩护士，一名护士取药、踮脚、挂药瓶……

特写：另一护士小心翼翼，用橡皮带扎住了老爸的手……惊呼："天啊！这血管怎么这么粗？"

兵荒马乱的小时光

2010 年 6 月 27 日 星期日 24 ~ 27℃

多云 无持续风向 微风 出生第六天 农历五月十六

生了儿子，妈妈有点掉头发，却无比优雅，云淡风轻："我幻想，自己是一支能够飞翔的蒲公英，风乍起，空中轻盈舞动，外表清冷孤傲，内在热血沸腾……"妈妈先夸了自己，接下来话题一转开始夸儿子，但说出来的话却不是那个味儿。

妈妈："姆妈，太可怕了！"姥姥："怎么了？"妈妈："宝宝这么小，就特别有心机……"姥姥："怎么回事啊？"妈妈："给按图纸生的似的，专挑您女儿好的长，不是心机是什么？是什么？"【怪我咯】

嘻嘻！虎虎向您保证，我这个人不仅颜值高，而且口碑也是极好的，嗯，完了！您就慢慢跟宝宝处吧，如果处不好，请您自己找原因。【放电】

每当有新生命诞生，总会听到亲朋好友这样畅谈：这闺女跟孩儿她爸可真像。这儿子简直跟他妈妈一个模子里刻出来的……很多人都认为"男孩像妈妈，女孩像爸爸"，这一说法也是经久不衰。似乎孩子的颜值高低，"美丑一张脸，全靠爹妈给"。是的，虽说后天环境对样貌也有影响，但颜值靠基因遗传来决定占主要方面。哈哈……来自一个出生六天男宝的花式语录。【太会了】

虎虎把盖在身上的毛巾踢开，顺便尿了自己一脸，一副惊恐的眼神看着大家，然后哇哇大哭：呜啊……呜啊啊啊……最后一声，透出了一股失落和无助。那委屈的小表情，好像是谁尿了宝宝一脸似的，真是一点爱没有啊，全是咬牙切齿。

姥姥赶紧帮忙擦洗，不料，虎虎又出状况了。强大的最高境界就是——没有对手，孤独求败了！虎虎薅着自己的头发使劲号：呜啊……呜啊……

虎虎：说出来你们可能不信，是头发先动的手！【哭声很大】

这是一个哲学问题，虎虎抓自己头发觉得非常痛，那宝宝究竟是强壮呢还是脆弱？当你觉得自己的想法很创新时，十有八九是知识面太窄了。有时候虎虎觉得自己是一个落魄的艺术家，但是大多数时候，宝宝知道自己只是落魄而已。想想灰太狼，想想光头强，再想想汤姆猫，我们还有什么理由不坚强。【格局打开】

妈妈把虎虎抱在怀里肌肤接触，然后对哭闹的儿子将怀孕时对宝宝赞美的话又说一遍："贝儿，我是妈妈，宝宝和妈妈在一起呢！"虎虎慢慢安静下来，不再哭闹。可见，宝宝在妈妈肚子里待那么久，是有一定的熟悉度与依附情感的。

虎虎能分辨出自己母亲的声音，那是因为，虽然"音质"不同，但宝宝对母亲的说话方式、特征已经了如指掌了。这些都间接证明了胎教的功效，孩子聪明才干的启蒙教育就在胎儿期。

　　姥爷特别想过来抱外孙，但要过姥姥这一关。为了外孙的健康，姥姥禁止姥爷抽烟。只要姥爷想靠近外孙，就必须冲姥姥哈口气，以辨别抽烟了没有。姥姥提鼻子闻了闻，随后狠狠地剜了姥爷一眼："今天你抽烟了，刚才嚼了口香糖想掩盖，可口香糖后面，有一股淡淡的烟草味儿。"姥爷笑呵呵地说道："我是娶了个老婆，还是娶了条警犬？"脸上的宠溺之情溢于言表。

　　虎虎迷迷糊糊想睡觉，姥爷抱着大外孙儿啰哩啰唆像念经，这些，对虎虎来说都没反应。姥爷神情一动，眼神中闪过一丝不易察觉的亮光，随后笑呵呵一声："小坏蛋！"虎虎立马睁开眼睛【装不下去了】眼带笑意地看着姥爷，嘴角微微上扬"嗯嗯……呀呀……"地回应。

　　姥爷可喜欢大外孙儿了，虎虎睡着了，抱着还是不撒手，姥姥催促快把外孙放床上。姥爷磨叽了好一会儿，才舍得放下，可一放下宝宝就醒，还哭……许久之后，妈妈才缓缓地说道："爸，让贝儿哭两声没事，哭累了就睡着了。"姥爷哪舍得大外孙儿哭啊，三更半夜抱着虎虎在房间里来回走动，实在困极了就靠沙发上眯会儿……那脸上的表情，皮笑肉不笑的，比哭还难看。姥姥瞧了一眼，忍不住摇头："穿长裤子的，还被穿纸尿裤的给欺负了，哎！"

妈妈生了个绝版的我

2010年6月28日 星期一 26～30℃

阴～小雨 无持续风向 微风 出生第七天 农历五月十七

风儿，轻悄悄地从微雨中跑出来，穿过医院的小花园，扑进窗内，霸道地亲吻了虎虎的脸，浅浅地留下一丝凉意。

妈妈的同学诗织，本来计划昨天走的，来了后，突然改变了行程，决定多住一天。伴随着一阵嗒嗒的高跟鞋踩地声，屋里进来一个靓丽的身影，阿姨拉着妈妈坦言："漪涵，我爱'死'你儿子了，这小子，健康聪明，骨子里就透着一股伶俐，就像一盏玲珑剔透的玻璃灯——一点就明。多住一天，告诉我，你是如何胎教的。"瞬间，阿姨化身为虎虎的头号粉丝咧！阿姨在医院，已经陪妈妈、虎虎住了两天。

原来，阿姨是一位孕妈妈，已孕育宝宝五个多月了。但是，胎动不怎么积极。阿姨一脸哀怨地向妈妈诉说："我妈说，想当年她怀我的时候，别人家孩子都踢妈妈肚子，就我从来不踢，我妈说我打娘胎里就懒。我现在怀的这孩子，应该是没有什么问题吧，只是随我'懒'而已，你说对吗？"阿姨一副真挚的表情，给了妈妈信任。于是，妈妈开始了漫长的面授真谛，从自己决定要孩子起……

虎虎：妈妈！已经是过去式了，就从阿姨现在孕五个月开始谈起吧。

……省略一万字。嘚啵嘚啵地大讲一通后，妈妈总结："孩子是你们夫妇爱的结晶、情的延续、灵的升华。胎教点点滴滴的付出和努力，都能无限扩大到你孩子的未来上面去……"

"哇啊……哇啊……"虎虎以哭代颂，妈妈的话好精辟，宝宝默默地记在心里，留着以后给儿子用！嘿嘿！偷师学艺，干得漂亮！此处掌声响起！

妈妈听到儿子哭，立即停止和阿姨的交流，及时向虎虎作出回应。妈妈靠近宝宝，满足儿子想看和想听的愿望，妈妈满脸堆笑问："贝儿，饿了吗？不哭哈，妈妈在这儿呢。"妈妈把手指放在虎虎唇边触碰，宝宝没反应。"哦，不是饿，那是拉了？尿了？"

妈妈温柔地把儿子抱在怀里，一边安慰，一边料理……妈妈在虎虎的大脑边缘，建造了正向的脑电路，满足了虎虎的情感需求。

虎虎开始学着回应，当妈妈在和儿子说话时，宝宝就将头转向妈妈的声音来源，回应给妈妈一个微笑，还要加上"哦－哦－哦……嗒－嗒－嗒……"的欢快声。这些声音，是虎虎的最初语言，表明正在和妈妈初始交流。

这时候，妈妈故意突然中断温柔交流，板起了面孔，虎虎很快用打嗝、哭闹、转移目光的方式来表示不满。虽然，还是妈妈向宝宝传递信号，但虎虎已经察觉到，自己的要求和妈妈的回应脱了节，而且还知道，不合常理，妈妈没按"套路"出牌！

妈妈为自己的尝试感到开心，随即再回到起初的状态。可虎虎对刚才受到"戏弄"，表现出不满，把头高高地仰起，拒绝再看。妈妈扬声道："诗织，看见没？刚出生一周的婴儿，居然知道我这种做法，宝宝不能忍受！哈哈……"

虎虎出生第七天，吃奶的婴儿，已经有思维，有自己的看法了。【酷拽】

胎教时，妈妈给虎虎讲唐代大诗人李白小时候的故事。一位老奶奶在河边，准备把一根铁杵磨成绣花针。李白大笑："这得磨到什么时候呀？"老奶奶说："一天不行，我就多磨几天，只要功夫下得深，铁棒也能磨成针！"听了老奶奶的话，李白悟出道理"只要坚持多读书，总会读懂的。"

现在的虎虎，更新观念，解读"铁棒磨成针"，李白励志的历史真相：傻傻的"努力"只能骗自己，只有"聪明"的"努力"才有价值！

子曰："后生可畏，焉知来者之不如今也！"【龇牙】

不小了，是该奋斗了

2010 年 6 月 28 日 星期一 26 ～ 30℃

阴 ～ 小雨 无持续风向 微风 出生第七天 农历五月十七

　　吃喝拉撒睡，是人的一生中必不可少的事。很多人往往忽视了拉臭臭的重要性。近日，网上流传着一种说法："一天不拉屎，相当于吸十根烟"，虽说没有明确的科学依据表明，不拉屎对身体的伤害有多大。但是，形成良好的拉臭臭习惯，保证身体健康，应该是不破的真理！

　　国有国法，家有家规，虎虎拉臭臭也有自己的标准。下午，虎虎定点拉臭臭，姥姥脱下宝宝的纸尿裤，清理、换洗。

　　姥姥给外孙清洗干净，准备再换条干爽纸尿裤，低头竟发现，虎虎的小屁屁，还在那里尽情释放，层出不穷……更可乐的是，虎虎同时开始"发射喷泉"，效果好奇特，还挺有意思……那是因为，姥姥略微抬了下大外孙儿的两条腿，所以撒出来的尿，直接呈抛物线，落在那虎虎哇哇大哭、张开的嘴里……这顿操作，怎么说都是十分炸裂的。【有画面了】

　　顿时，虎虎不哭了，琢磨，这不可抗拒的魔幻情节，到底"错"出在哪里？

果然人类的悲喜并不相同，现在大家可以放声大笑了，亲姥姥先笑为敬！【差不多得了】

这节奏，都快把宝宝糗"死"了！虎虎本想走偶像路线，这下完咧！唉！求姥姥！往事不要再提！

出生一周的虎虎，现在只知道吃喝拉撒睡，根本也干不出什么丰功伟绩。每天就是吃奶、打嗝、睡觉、拉臭臭……睡醒之后又是吃奶、打嗝、睡觉、拉臭臭……好像是工厂里的固定流程，"单曲循环症"是"病"，得治！

诗织阿姨帮着姥姥收拾，看到卫生间里面的盆就有一大堆，数了一下，总共十四个，外面都贴有标签，成人洗脸、洗脚、洗袜子、洗内衣、洗内裤……还有宝宝洗脸、洗脚、洗屁股的盆，外带一个大澡盆，还有一个不常用的泡药脚盆，还有三个不知道用处，但不许用的盆……

阿姨擦干手，坐在床边，一边帮着姥姥包裹虎虎，一边轻松地和妈妈闲聊："漪涵啊，想当初，咱们读书时就俩盆，还不是健健康康地过来了吗？"阿姨低头忙活着，没耽误跟妈妈交流。妈妈不以为然："那是在学校，条件不允许。你家都有几个盆啊？"阿姨轻声回了句："老传统，还是俩。"随后补充道："都是自己的肉，哪有高低贵贱之分，哈哈……"

姥姥和阿姨，把干干净净的虎虎放在床上包裹，姥姥启动碎碎念模式："小屁伢，不是饿了，就是拉啦！贝儿啊！你到底是什么构造体？哎？快看，贝儿脐带脱落了！"

脐带，与虎虎身体完全分离脱落，创面微红，稍湿润，说是几天后会完全愈合。以后虎虎身体内部，脐血管收缩，皮肤被牵扯，此处凹陷而成脐窝，也就是俗称的"肚脐眼"哦。

在脐带脱落之前，姥姥、妈妈坚持每天1~2次用碘伏消毒，让脐带保持干爽、清洁。虎虎出生在六月，温度适宜，姥姥、妈妈说，在白天，尽量不给虎虎包裹，让脐带多接触空气，尽快结痂。

好了！好了！一直围绕"脐带"话题，谈来谈去多烦人啊！虎虎现在可不能安于现状，还要继续努力！宝宝要上小学、中学……读硕士、博士、博士后，博士后毕业，竭尽全力，争取读到"博士前"！【硬核男人】

妈妈帮阿姨买好回去的车票，爸爸开车送行。马上就要分别了，妈妈一再叮嘱："诗织呀，回去务必保重身体，别累着，不行，就请产假休息吧，听说早产儿不容易养大呢！"阿姨反过来宽慰妈妈："放心吧，没事的！我妈当年生我的时候，也是早产……"阿姨还没说完，妈妈就抢着问："那养大了没啊？"阿姨憋笑，客客气气地把话抛了过去："孩子没养大，早死了，我是胎盘！"

没办法，智商碾压，阿姨再说什么都没用。儿子以智商判断，虎虎终于找到组织了。【捂脸】

妈妈送阿姨至电梯，相见时难别亦难，电梯数字缓缓地显示出"1"，妈妈的眼里噙满了泪水……浮云游子意，落日故人情。分别，看你落泪，我笑着说再见。洒脱，不是无情，而是情至深。

花式少年

2010 年 6 月 29 日 星期二 26 ~ 32℃
多云 无持续风向 微风 出生第二周 农历五月十八

微风拂煦，新的一天悄然开始。虎虎出生已经是第八天了，今天上午，爸爸领着贝儿和妈妈做全面体检，准备明天出院。

给虎虎做完检查，医生让孩子的爸爸来签字，老爸问："签爸爸吗？"医生答："是的。"结果老爸就在监护人那栏里，写下了"爸爸"。当场医生们都没憋住……请原谅她们不羁、放纵、笑点低吧！哈哈……

妈妈十月怀胎的辛苦，儿子时刻记在心里，从怀孕开始，虎虎就在偷偷地保护着妈妈，回报母亲！

虎虎在妈妈的肚子里，产生一些干细胞，保护了妈妈的健康，增强免疫力；还有，胎儿是由多个干细胞形成，这些干细胞，修复了妈妈身体内的各项器官，强化器官机能。妈妈说，总感觉自己以前身上的一些小毛病消失了呢。

检查结果显示：妈妈和虎虎各项指标均都正常。就是宝宝的"黄疸"还没全退，体重从出生时的 3.1 公斤，下降到了 2.9 公斤。虎虎知道，这是正常的新生儿减重。但是，宝宝还是瞬间哭倒，呜啊……呜啊……大爆发，肉变少啦！渴望吃胖的孩子，甜美、苦涩并存的成长，嘻嘻！

妈妈最怕自己的奶水不足，可虎虎偏偏又不给力，出生几天，不但没增重，还轻了几两。难道贝儿真的没吃饱，还是喂养方式有问题？

新生儿体重下降，有一种说法，俗称"塌水膘"，也称为"生理性体重下降"。妈妈不必为此感到焦虑，在随后的日子里，只要按照科学的喂养方式哺乳，虎虎能吃能睡就好，等适应外界环境了，儿子的体重会迅速增长。

医生告诉家人，生理性黄疸一般在新生儿出生后 2~3 天出现，4~5 天达到高峰，7~10 天可恢复正常。

妈妈抱着儿子，慢慢走出来，说是前天护士小姐姐帮忙买东西，妈妈忘记给钱。来到护士站，有一对小夫妻在热烈吵架。

大家把这对闹翻的夫妻劝入病房，妈妈掏出一百元纸钞给护士，表示非常感谢。护士小姐姐推开妈妈的手，说："黄漪涵，您记性真不好。"妈妈猛然地抬起头，略微有些不悦，不明所以地看着她："我记性好着呢，现在不是还你了吗？"护士耸了耸肩，温暖一笑："我不是说您忘了不还，我是说，您忘了，当天已经给我了……"

哎哟！妈妈是不是"孕傻"！哇哈哈……

从大量临床试验结果来看，确实有所谓"孕傻"现象的存在。"孕傻"是指女性怀孕后，记忆力会有衰退的迹象。这种"傻"，是由于妊娠的前三个月，激素孕酮稳步上升，甲状腺水平也开始下降，荷尔蒙发生了变化。所以说，生理上的变化导致了孕妈健忘、思考能力下降等症状，而并不是脑子出现了问题。【懂了】

姥姥拿着外孙的出院体检手册，仔细地翻看，认真地琢磨，嘴角勾起一个满足的笑容，颇有些得意地向大家宣布："看哪！贝儿打分95耶！学霸呢！"

"快给我看看！啥情况？"姥爷凑过脑袋，四下看了一眼，有些拘谨："现在的孩子多幸福啊，全家六个大人，照顾一个宝宝。出生了，要在医院观察八天；出院时，还要做各项体检。"往事不可追，回忆仿佛冷风吹！姥爷带着哭腔，语气有些委屈："俺出生那阵儿，老娘上午生，下午就出院了，回家看着养吧。一个大人照顾六个小孩，四岁那年，走丢了两天，我家老奶奶，硬是不知道……"

时光如水，我们用沙漏倒装着回忆，虎虎怎样执笔勾勒姥爷那颗凌乱不堪的心。【傻了】

执着归巢的雏鹰

2010年6月29日 星期二 26～32℃

多云 无持续风向 微风 出生第二周 农历五月十八

入夏以来，面对全国各地出现的暴雨、台风、洪涝等严重自然灾害，全军全力投入防汛救灾。爸爸部队有任务，估计要很晚才能回来。

晚饭后，姥姥把妈妈和虎虎收拾妥当，看着安睡的母子，姥姥放心地和姥爷一起回去收拾家，明天外孙要归巢啦。

明亮的街灯与群星遥相辉映，整个江城都沉浸在一片"珠光宝气"之中，她睡熟了，安静地躺在长江的怀抱，像银色河床中的一朵睡莲。

溶溶的月光透过伞状的洋槐树枝丫，洒在洁白洁白的床单上。医院里的最后一个夜晚，姥姥、姥爷离开后，虎虎就开始折腾，怎么也不乐意睡自己的小床，非要跟妈妈挤在一块儿。妈妈只好搂着他喂奶，宝宝很快吃完两侧乳房。妈妈以为儿子吃饱了，该睡觉了，可是虎虎用小手推着妈妈，就是不想睡觉。

妈妈怎么也猜不透虎虎到底想干什么，自己又困得要命，只好抱着儿子到对面病房找混血小妞妞。妈妈观点：同龄人好沟通。可惜妞妞是顺产，上午人家就出院了……虎虎知道后，心里好一阵难受，妞妞啊！怎么没留下联系方式呢？呜啊……呜啊……

妈妈无奈按铃，让护士来检查，看虎虎是尿了拉了，还是哪儿不舒服。结果一切安然无恙，护士嘴角忍不住勾起一丝笑意，颇有些戏谑地判断："可能是明天要回家，今天心情有些激动吧，嘻嘻……"

是啊！是啊！护士小姐姐懂虎虎，快回家了，虎虎每个毛孔都往外渗透着急切……春风又绿江南岸，明月何时照我还？

好吧！妈妈眉头微皱，显然十分不满，只好和儿子采取深度交谈："儿啊！咱们的出院手续都办好了，回家要等天亮才行，天黑黑，妈妈怕怕……贝儿这么幼稚怎么行？咱能不能成熟点啊……成熟点啊！"

刚出生几天大的虎虎，一时无法理解游戏规则，悲伤过度无法自拔……呜啊……呜啊！

"怎么会这样呢？我怎么就生出一个急脾气的娃！"妈妈摇头苦笑，只好再次按铃请护士，求带走！

妈妈一把抓住护士手腕，声音不容拒绝："医院里就应该，把这些晚上闹事儿的孩子都关起来，因为他们的妈妈要睡觉！"妈妈眉头紧皱愤愤不平，眼皮再也撑不住，缓缓合上……

虎虎蜷缩着身体装小可怜……宝宝确实可怜，就是猪八戒他二姨来了，也是可怜。【卖惨】抱抱！抱抱！求抱抱！【戏精】

这些小护士，都是二十岁出头的小姑娘，有爱心，又很善解人意，其中一位，不动声色地把温度计放回去，展颜一笑：

"可能宝宝想出去玩玩，您睡会儿吧，我们带宝贝出去走走。"就这样，虎虎被竖着抱起来，陪护士阿姨们到各个房间测体温去了。突然，宝宝露出一个狡猾的笑。【真的皮】

出去后，虎虎真的没有哭了耶。宝宝以为，护士小姐姐是送虎虎回家！【犯迷糊】

虎虎在护士的怀里睡着了，然后护士把宝宝送回病房，压低嗓子对妈妈说："宝宝刚才表现得可好了，人家病房的人都说，这是谁家的宝宝呀，这么乖巧懂事啊……"妈妈小心翼翼地接过儿子，撇嘴小声嘟囔："是吗，这也叫乖巧懂事啊？乖巧懂事就不会被抱走啦！"

一个人站在窗前，看了一夜的月色，谁也没告诉，这是"诗"；一个人站在窗前，看了一夜的月色，只告诉了一个人，这是"爱"；一个人站在窗前，看了一夜的月色，然后打开电脑，登录QQ发"说说"："你若安好便是晴天"，这是"矫情"！

虎虎用眼翻妈妈，说谁呢。【友尽】

虎虎也发表一条QQ"说说"：我想快点出院，宝宝受不了了，护士小姐姐们老是找借口抱抱虎虎，亲亲虎虎，还都是很过分的那种。【开始慌了】

网友"光头萝卜"评论：不会啊，我出生时在医院都住到满月呢，怎么就没碰到过分的啊？

虎虎回复：这个……这个大概就是颜值问题吧。【摊上事了】

嘿嘿！虎虎今天已经完成了出生成长第一周。宝宝按照自己独特的节奏成长，数风流人物还看今朝！

我说虎虎没哭，你信吗

2010年6月30日 星期三 25~34℃

多云~晴 无持续风向 微风 出生第二周 农历五月十九

六月，原本不是一个适合离开的季节，不是烈日，就是暴雨，让人不得不走走停停，频频回望。然而，六月，医院，确实得离开了。离家的距离却一点点近了，欣喜，激动……来两斤幸福，带回家。【讲究】

虎虎和妈妈在医院度过了新生的关键一周，回家的日子期待已久，今天，终于，爸爸和战友来接虎虎咯！

一大早，妈妈把儿子包裹好，宝宝眼巴巴地盼望着医生快点过来。医生没来，护士倒是来了，护士小姐姐把虎虎抱进婴儿洗浴房，给宝宝洗最后一次"告别澡"。

虎虎像棵大白菜一样，在一池氤氲中，放松自我，沉浸式感受。任由温润的涓涓细流流遍全身……水波随着护士手的摆动，一层一层地向虎虎涌来，冲得宝宝轻飘飘……虎虎不哭也不闹，闭着眼睛，享受这夏日特有的舒适，浑身有一种说不出的舒畅。

虎虎洗了澡，妈妈再次把儿子，舒舒服服地卷进小抱被……

然后妈妈脱下病号服，穿上姥姥早就准备好的出院服装，呵呵，还得穿孕妇装，虽然虎虎已经出生，但妈妈的肚子，哪有生产几天，就收回去的道理？妈妈还没走出病房，姥姥就把那条红丝巾，给妈妈系上……

虎虎今天出生第九天，已经适应了崭新的世界，从视觉来看，视力有了小突破，宝宝可以看见三米开外，系红丝巾的妈妈啦！

这个时候，虎虎居然有了自己的小喜好，颜色对比反差大的物体，会更容易获得宝宝的青睐。这是因为，对于视力还非常微弱的虎虎，色彩对比越明显，宝宝能够捕捉到的可能性就越大。看来，虎虎对成就感的渴望，从新生儿时期就已经存在！

【优秀】

虎虎特别钟情于妈妈那条如同火焰的红丝巾，她生动了六月，蓬勃了六月。

那一抹红，是生命的颜色；

那一抹红，是一颗炙热的心脏！

那一抹红，是一个甜美的梦；

那一抹红，是生命，可以到处歌唱！

突然，姥姥手提两篮子鸡蛋，要给医生、护士们送去，说这是"规矩"，又担心别人会拒绝，于是专挑护士站没人的时候，偷偷地塞在办公桌下，用护士服遮盖……姥姥像"做贼心虚"一样赶快离开……多年以后虎虎会想起："家家，您给谁都没说，您是不是傻啊！白白地扔了两篮鸡蛋在医院。"【大聪明】

护士站里的护士小姐姐们，跟虎虎只说"珍重"，不说

"再见"，就这样，宝宝默默地离开……有些人，会一直刻在虎虎记忆里，虽然忘记了他们的声音，忘记了他们的笑容，忘记了他们的长相，但是，每当想起他们时的那种感受，永远都不会忘。

主治医生撵到电梯旁，冲虎虎咧出一个明亮的笑容，再三嘱咐道："黄漪涵，记着按时给宝宝打疫苗，宝宝回家，有什么异常赶快来医院……"

好吧！收获了爱与感动，和医院不说再见！妈妈怀抱儿子优雅地站在台阶上，虎虎像是蓦然地，闯进了一幅油画里面。

看哪！多么晴朗的天！它好像一幅巨大的油画，以不同的色彩、丰富的层次，揭示出大自然，难能诉诸文字的，深刻内涵。那绯红，以牧歌般的轻快，写出生命的壮丽；那墨黑和青紫，则以震撼人心的力量，表现了生命的博大雄壮！七月你好，六月再见！

淡淡的清香持久围绕

2010 年 6 月 30 日 星期三 25 ～ 34℃

多云～晴 无持续风向 微风 出生第二周 农历五月十九

"家"——广义指人居住的地方，一个住所，这是词典上解释的，人们一直以来也只是这样认为的。这个解释，让虎虎很失望，难道"家"就仅仅只是一座冰冷的房子吗？

家，令虎虎向往，那里有我的亲人，那里我能长出翅膀！它会为虎虎播下求知的种子，它会让虎虎健康、茁壮成长。

车子开进部队大院，下了电梯，打开房门，妈妈换上亚麻拖鞋，接过姥姥怀里的儿子，来到客厅中央……

我们家的客厅很大，很宽敞，站在落地窗前远远眺望，那长江，就仿佛是一条黄色的飘带，流淌在中华大地上。住在这儿，你不会感到城市的喧闹，更不会感到孤单，你所感受到的，只有精神的快乐和视觉的温暖。

家中每一寸地板，都将留下虎虎的足迹。或许，那是宝宝成长的经历；或许，那是宝宝淘气的体现。不管怎样，虎虎会始终不离开，一直都被抚养。虎虎对着超人唱："长大后，我就成了你！"宝宝的成长，宝宝的记忆，宝宝的欢乐……都在家中无限延长。

知道吗？虎虎了解到家中的这一切，必须是，努力从人群缝隙中窥望。【我太难了】

其实开门看到的是熙熙攘攘的一堆人，全是妈妈娘家的亲朋好友、诸亲六眷。有常联系的，也有很少走动的。起初，妈妈蒙了，还以为自己走错门了呢，一直抱着虎虎愣在那儿……有些面生的该喊什么啊？姥姥在一旁只顾热情招待客人，也没给个提示什么的。最后，还是妈妈，运用了二十几年的智商，来了一句中国标准式寒暄："吃了吗？"顿时，嘈杂的客厅安静了下来。

妈妈把儿子交给姥姥，招呼大家都坐下。大家你一言，我一语地关切着。

在浓浓的乡情和欢快的笑声中，虎虎看到了，追求幸福生活的眼神；听到了，渴望美好生活的呼喊。

他在掏钱我在笑，多微妙

2010年6月30日 星期三 25～34℃

多云～晴 无持续风向 微风 出生第二周 农历五月十九

原来，今天是虎虎出生第九天。在湖北省，传承着一种古老朴素的育儿习俗——送祝米。送祝米，一般在孩子出生第九天进行，通称"洗九"。日子确定后，姥爷、姥姥、舅舅、舅妈、姨父、姨妈……家人齐聚，各种送礼。

回到家，七大姑八大姨挤满了屋子。他们是昨天开着几辆小轿车，从河南来到武汉，前来虎虎家贺喜的。

见面礼"钱"是少不了。超市老板小姑姥姥，第一个走到熟睡的虎虎床前，把"红包"轻轻地放在枕头边，爱抚地，摸了摸宝宝的小脸蛋……可就在小姑姥姥放钱的时候，虎虎睁开眼，笑咧……"呀哈哈……现在的孩子，怎么这么能啊！"

听小姑姥姥赞叹，众人皆惊，大家蜂拥过来围观。"刚出生九天就会笑啊？让我也试试！"亲戚们纷纷过来，把百元大钞，一张一张地，放在宝宝的枕头边，静观虎虎笑脸……

生活中，很多问题都被复杂化了，那些"复杂"，只不过是迷惑人的假象，只要我们的思维稍微转个弯，解决问题就能易如反掌。

舅舅问身边的二姥爷："爸，你还有钱吗？"二姥爷一张脸涨成红高粱色："没有了。"然而，舅舅把手伸进二姥爷口袋，拿出钱包，把钱包里的六百块钱拿出来，全部放在虎虎枕边……二姥爷眼底有一瞬间的错愕："你掏就掏吧，为啥全掏走啊？"

人们这才发现，原来蒙娜丽莎的目光那么有魅力，它穿透一切、无所不见、又视而不见。还有，弥漫在她脸上的神秘微笑，让人牵肠挂肚，魂牵梦萦。虎虎天生一个蒙娜丽莎！微微一笑，令其慷慨解囊。【坏得很】

哈哈……虎虎在"快乐"这俩字都不知道怎么写的年纪，却看清世间繁杂，用心做事，简单做人，宝宝已飞过，却不留痕迹。【太会了】

现在的虎虎，喜欢被舅舅抱着、爱抚着，更喜欢被舅舅抱着四处转转……当听到亲戚们的赞许声，虎虎会发出"啊啊……"的声音礼貌回话。

小姑姥姥得了肾结石，石头不大，来之前刚去医院看过，医生让她多喝水，多蹦跶。小姑姥姥问："怎么蹦，石头才下来得快？"医生开了个玩笑："蹦跶之前，要把身子扭一扭，先把结石扭松动了。"

小姑姥姥就信了，好嘛，喝完姥姥端来的一杯水……身子还没动，头就先伸出去二里地了。扭的那几下，真的好像白素贞喝了雄黄酒一样。"不！像一个螺丝松了的圆规，哈哈……"大姑姥姥敢说，就像"皇帝的新衣"里的孩子，坚持说出内心真实的想法。

讲真的，没有十年以上的腰椎间盘突出，都扭不出这效果。虎虎就喜欢这种，不顾别人死活的风格。您让虎虎有了错觉，认为艺术院校很好考。

哈哈……大家愣着干吗，快笑啊！哈哈……受不了了！

此时，虎虎焦躁不安起来，在人群中，急切地想找到妈妈……

虎虎同学听课中：宝宝这一现象是正常的。因为家里一天的新鲜场景和声音，超过了虎虎的接受能力。等安静下来后，妈妈给儿子做做按摩、抱抱、摇摇，就好咯。

二姥爷家的舅舅今年参加高考，成绩还不错，心情也好，随着大人来武汉看外甥。这下好了，虎虎要找妈妈，不能陪舅舅玩了。

舅舅把虎虎递给妈妈，然后挠了挠头很大度地说："没事儿，我抱贝儿，怕掉了，我一个人待着就行。"妈妈搂着儿子，心怀歉意地道："真是不好意思哦，外甥太小……"舅舅语气一扬："没关系，见到想见的人，我就心满意足了……姐，你们院子里的女兵，简直太帅了，这趟总算没有白来。"妈妈恍然大悟，爽朗地笑："我弟，醉翁之意不在酒，也不在宝宝，嘻嘻……"

"依依不舍"的感动瞬间

2010年6月30日 星期三 25～34℃

多云～晴 无持续风向 微风 出生第二周 农历五月十九

中午,在酒店,虎虎一家人盛情款待了客人,饭后,客人们又开车匆匆回了河南……我二舅、我大舅,还有虎虎的大姨、小姨……祝你们一路顺风,却带不走虎虎深深的离愁……【鼻涕眼泪横飞】

客走主人安,私事方能干。就像诗里写的:"梅子留酸软齿牙,芭蕉分绿与窗纱。日长睡起无情思,闲看儿童捉柳花。"在夏天,无论做什么,都天然地带上几分闲适。

午休片刻,虎虎还挺精神的。妈妈提议:"姆妈,我们给贝儿洗洗澡吧?"

卫生间里,姥姥放置好婴儿沐浴盆,乳白色的盆身,给人以清爽自在,粉蓝色防滑磨砂扶手,既高雅,又能让人觉得静谧安宁。为了让外孙更舒适,姥姥还特意在辅浴板上,垫了一条柔软的毛巾,可以让外孙舒适地半躺着洗浴。

妈妈轻轻地把赤身裸体的儿子放在辅浴板上,先让虎虎尝试一下……哪知,突然离开妈妈的怀抱,来到陌生的地方,听不到妈妈心跳的声音，感受不到被包裹、不间断晃动的感觉了……虎虎不安的情绪陡然来袭"呜啊……呜啊……"

刚出生九天的虎虎，意识还有些朦胧，由于刚来到这个世界，仍处在兴奋和紧张状态。孤身一人，无依无靠躺在辅浴板上，头部不停地左右扭转，左顾右盼，哭声平和，略带颤音……

妈妈忙着给虎虎洗澡，姥姥则心疼万分，紧紧地抓着外孙的右手，轻声安慰："贝儿不怕哈！家家、妈妈都在呢，洗澡算什么呀！宝宝肯定能行……"

姥姥说话时，虎虎停止了啼哭，双眼紧盯着姥姥，可怜分分，虎虎开始走苦情路线。宝宝虽停止了啼哭，但仍有哼哼的声音，嘴唇嘟起——求姥姥抱抱嘛！

看姥姥没有抱外孙的意思，宝宝就越来越有情绪，越发委屈。看哪！那委屈的小嘴，扭曲的小手……虎虎：家家！别嘛！不要丢下大外孙儿！家家！大声说您爱虎虎！

求抱抱，虎虎在"索要"姥姥爱的抱抱。当虎虎向姥姥伸开手臂，流露出一副渴望的表情……姥姥刚把手伸过去，宝宝肢体反射一下，就牢牢地抓住了……姥姥述说心情："瞬间心都融化了！"姥姥为虎虎表现出这样的"依依不舍"，而大受感动……眼睛渐渐湿润了："贝儿，你是姥姥生命中最甜蜜的责任！"

外孙的无助，让姥姥好心疼，疼爱至极，一把抱起。抬眼望，虎虎与姥姥四目相接，那无限的爱意，四散如水……

姥姥把些许失落的外孙紧紧地拥在怀里，不让宝宝四肢动弹，这样减少了触觉刺激，帮助虎虎放松了情绪……在姥姥温柔安抚下，虎虎找到了安全感。有这样贴心的姥姥，连空气中都飘散着幸福。

虎虎平复了心绪，渐渐地在姥姥怀里停止了哭泣，回归了小可爱的模样。即使出生只有九天，虎虎也懂得：在姥姥怀抱里，沐浴着飘飘洒洒的春雨，幸福就这么简单。

画重点！虎虎的新概念很重要。一般男宝宝的大脑成长发育速度会比同龄女宝宝慢一些。所以，有时男宝宝的情感依恋需求，会比女宝宝更为强烈。这就是为何我们常会听到妈妈戏说儿子："比女孩子还嗲！"的科学原因。那么，就让姥姥抱着"小小探险家"四处走走吧！

暖暖地，外孙想给姥姥说一句：家家，虎虎爱您！是的，就是这句——家家，虎虎爱您！

我将"云舒"念成风景

2010年6月30日 星期三 25 ~ 34℃

多云 ~ 晴 无持续风向 微风 出生第二周 农历五月十九

在我们这个世界上，无论你、我、他，人人都有名字，并且天天都在使用。很难想象，这个六十多亿人的世界，如果没有名字，将会乱成什么样子。哈哈！可见，为宝宝起个好名字，既是紧迫的，也是必要的。

姥爷明天要回单位上班了，今晚趁家人齐全，爸爸、妈妈想把儿子的大名确定。

姥姥紧挨妈妈，坐在沙发上，一脸迷茫地问："猫耳朵，为什么外国人姓名中，名字在前面？而中国人，姓在前面？"妈妈一边喂奶，一边告诉姥姥："因为啊，国外社会，只看你是谁，不看你爸是谁；而在中国呢，别人不管你是谁，他们比较在意，你爸是谁！"爸爸过来爱抚地捏了下儿子的屁股，神接话："肤浅！"

姥爷抿了一口茶水，一脸认真地抬头道："因为中国，人以祖先为大，姓在前，尊重长辈。"妈妈换了警察的角度说问题："欧洲有些国家，社会治安不是太好，犯罪率较高，为防止受害人临死之前，只说一半'凶手是……'这样名字在前，比姓在前的范围，要小很多……"

呵呵！扯太远了。

从虎虎呱呱坠地的那一刻起，那个委婉动听的女孩名字——"依然"，已经不能用了。家人目前最关心的莫过于：给虎虎起个响亮霸气的名字。

中国古人起名，除姓名外，常带有字、号，后演变为"姓＋族辈＋名"为主的家族式起名方式，堪称"第五大发明"！但随着二十世纪五六十年代大量的"建国""建设"等，包含政治意味的新名字出现，中国人开始一改传统家族辈分式起名。

古语有言："名字父母所取，肤发父母所赐，故为人子，应怀感恩之心。"所以，孩子的名字，还是自家人起更加有意义。

爸爸饱含深情地，望着吧唧吧唧吃奶的儿子："妈妈怀着的时候，吃了那么多营养品，才生下你这么个小不点，那就叫你费翔吧……哈哈！"

虎虎的回应，不停地："呜啊……呜啊……"妈妈把乳头重新塞进儿子嘴里："好啦宝贝！你小子脑袋里整天想的啥？你以为你是救护车啊！嘻嘻……"不好意思，虎虎笑点有些低，直接笑到撕心裂肺的疼！咿呀呀哈哈哈……

名字，有不少习惯说法，如"名不正则言不顺，言不顺则事不成""赐子千金，不如赐子一名"等等。名字，在我们的日常生活中，具有不可或缺的作用。

姥姥依然坚持——双姓四字名，表示对妈妈付出的肯定。就像歌里唱的那样"军功章里有我的一半，也有你的一半"、所以，这份执着，颇受家人支持。同时，复姓让人感觉很独特，比如欧阳翠花、宇文铁柱……吼吼！很难有重名，当下也比较流行。【怒赞】

姥姥沿着这条思路，深思熟虑，冥思苦想，查阅《辞海》，翻看唐诗宋词……终于来了灵感，取名"云舒"。"去留无意，漫随天外云卷云舒。"出自明朝·洪应明《菜根谭》。

嘿嘿……云舒！瞧姥姥给虎虎起这范儿！姥姥的心愿寄托在名字中，寓意：翱翔云端的凤凰极其舒展。姥姥！虎虎喜欢这名字，有内涵！它传承了人的情、意、志；它蕴含了人的精、气、神。【完美】

给宝宝起名字千万不能太随意，不仅会闹笑话，还会暴露你的文学底蕴哦。现在追求个性、时尚，给孩子起名字一不小心就是文艺气息浓郁，配上一个好听的姓，听起来还是很有韵味的，姓氏都是家族血脉的传承，都是中国文化的一种丰富和积淀。

起名各方代表，提供候选名单：爸爸、妈妈取名：致远；电话中的爷爷、奶奶取名：雨泽；姥姥、姥爷取名：云舒。

云舒！融知识性、系统性、科学性、实用性为一体，通俗易懂，操作性强，好听、好看、好念、好记，是便于交流的好名字。

就是它了！虎虎一生的标志诞生——冯黄云舒！响亮！大气！

云舒！是家人送给虎虎的第一件珍贵礼物，它伴随宝宝一生，使用时间最长、使用频率最高、对虎虎影响最为深远！【起范儿】

岁月静好，一切安然

2010 年 7 月 1 日 建党节 星期四 26 ~ 34℃
多云 无持续风向 微风 出生第二周 农历五月二十

走进生机盎然的七月，走进七月滚烫的诗行，倾听柳荫深处，抑扬顿挫的蝉鸣，七月，你好！

姥爷单位有急事，一早，和外孙吻别，就匆匆地开车走了。虎虎的祝福乘着清风，姥爷应该能够听得到。

电话铃响，是社区卫生服务中心大夫打来的，说是要来新生儿家中进行家访，同时进行产后访视。

当一阵白色的轻风吹过，医生阿姨被"刮"到虎虎家。医生穿一件合体的工作服，周身透着一股青春的气息，斜挂着缀有红十字标记的方包包。

医生到来，首先了解虎虎出生时情况、预防接种情况、疾病筛查情况……观察家居环境，还重点询问和观察了喂养、睡眠、大小便、黄疸、脐部情况。为虎虎测量体温、记录宝宝出生时体重、身长……这是在进行体格检查啊。同时给虎虎建立了《儿童保健手册》。根据宝宝的具体情况，有针对性地对妈妈进行母乳喂养、护理和常见疾病指导预防……

折腾了一上午，医生临走时嘱咐妈妈："宝宝的黄疸还没彻底退干净，要让宝宝多晒太阳……"然后面带微笑，轻轻拉着虎虎的小手，一个劲儿地夸："你家孩子各方面都很突出，极品！真心可爱。看这眼神，清澈、深邃、机灵，和别的孩子不一样，长大了肯定有出息，一定要好好培养……妈妈的子宫已经顺利入盆，看来还是应该提倡母乳喂养……好了，不多说了，母子注意休息，祝你们健康！"

社区医生走后，虎虎情绪变得比较急躁，没有之前的安静，明显表现出了小躁动。除了小脑袋乱晃之外，还伸展手脚，嘴里不停地哼哼唧唧……宝宝饿了！

虎虎每天最难启齿的三个字：我饿了！最心酸的四个字：我又饿了！妈妈最无奈的五个字："怎么又饿了？"令虎虎最安慰的六个字，就是听到妈妈回应："其实我也饿了。"

中午，妈妈拉着坐在沙发上看书的姥姥开始撒娇："姆妈，您去炒几个菜吧，让您闺女享受一下节日的气氛。"姥姥一听放下书，愣住了："今天是什么节日啊？"妈妈一脸认真地抬头道："建党节嘛，亏您还是一名党员，今年咱们先在家里庆祝一下，明年再和国家一起庆祝建党九十周年……平凡的生活同样需要'盛典'。"

一般来说，产妇刚生完孩子的第一周，由于黄体素下降的缘故，妈妈都会有不错的胃口。

姥姥身子往后一靠，一副戏谑的样子看着妈妈："好吧，今天老娘给你做个'韭菜一汤'，怎么样？"妈妈嬉皮笑脸地赶忙拦住："别介！那太奢侈了，就我们俩吃不了呀！"（爸爸抗洪抢险不回来。）

一会儿的工夫，姥姥端出一盘韭菜炒鸡蛋，然后一碗蛋汤。姥姥说："韭菜一汤不奢侈吧？"妈妈："……"姥姥哈哈大笑："韭菜一汤我吃，你还是乖乖地吃你的'月子餐'吧！"

哎呀！生活要有仪式感，黄豆猪蹄汤，硬是让妈妈吃出牛排的感觉。刀叉都用上了，旁边高脚杯里盛满豆浆……姥姥环视一圈，脸上横眉倒竖："猫胡子，你这样吃猪蹄，猪蹄还有灵魂吗？可委屈了我的猪蹄呢！"妈妈满脸神清气爽："这叫享受过程，不在乎吃什么。"姥姥直接给了妈妈一记白眼："看你嚼那几下，真以为在吃顶级牛排呢，脖子上再挂条餐巾更好。"

妈妈产后需要一段时间的调补，适度的运动与休养、恰当的食补与食疗，使子宫、气血经过调理恢复到产前状况。饮食调理尤为重要，一方面要补充在分娩时的耗损，另一方面要不断地补充足够的营养，使母体分泌充足的乳汁来哺育宝宝。

于是，姥姥炖鸡汤、鸽子汤、黄豆花生猪蹄汤，还有红糖醪糟荷包蛋……虎虎有吃有喝，养得胖胖的。妈妈体质也慢慢改变过来，甚至比以前更棒！

正在成长的 "吃货"

2010年7月1日 星期四 26～34℃

多云 无持续风向 微风 出生第二周 农历五月二十

外层湖蓝色窗帘撩起，浅浅的蓝纱，把卧室遮掩得如梦境般幻奇，窗外的美景就那么静静地，映入眼帘……虎虎躺在妈妈怀里吃奶……你看！虎虎的嘴唇翘得跟鸭子嘴似的，小嘴巴一动一撅的……这认真吃奶的样子，是不是好让人心疼？让抱着虎虎的这个美丽女人，是不是很有当妈的使命感……哎呀！嗯奶，还要偷看妈妈一眼！【比心】

虎虎一边呼吸，一边吞咽，完全互不干扰。这个真的是只有婴幼儿才有的超能力！这是因为，宝宝在吞咽奶水的时候，气道不会被喉头堵塞，依然可以自由呼吸。

正吃得香甜之际，虎虎突然中止吃奶。两手握拳、双腿伸直、全身用力，好像在做运动，一直到面红耳赤地，放出一个屁后，才停止。然后，又恢复了正常的奶汁吸吮。哼哼唧唧的，吧唧吧唧吃奶的样子再次重现……超可爱！

妈妈喊来姥姥，问："姆妈，你们过去是不是认为，这是婴儿的一种长高运动啊？其实是一种误解，医学上将此称为——婴儿吞气症。"

原来，婴儿吸奶时，附带吞入的空气，进入胃的下部，被位于胃上部的奶汁所覆盖，难以排出，只好向下进入小肠与大肠。而肠壁受到空气压力刺激后，引起阵发性痉挛而出现腹痛。婴儿无法说话，只有握拳伸腿，直到肚子咕咕作响放屁后，空气排出去了，症状才得以好转。

虎虎斜靠在妈妈怀里，头下垫了一块小毛巾，这样，有利于胃中空气的排出。

妈妈生娃前，其实挺好奇的——乳汁怎么产生？库存装在哪里？又从哪儿流出去？生完虎虎才知道，乳房才是最智能的母婴产品。小小的乳房居然能一次储奶三百毫升，相当于一大瓶矿泉水耶。至于怎么流出来？别担心，妈妈胸上就像安了两个喷头，儿子的小嘴轻轻一嘬，水流、水速自动感应，哈哈……

吃饱后的虎虎，锻炼横膈膜，频繁地打着嗝，这对宝宝的呼吸运动，起着至关重要的作用。有时打嗝，是宝宝过于兴奋；现在打嗝，则是由于刚喂过奶。妈妈不用害怕，打嗝并不会让宝宝感觉不适和受到伤害。但是，妈妈还是用指尖，在儿子的唇边和耳边，轻轻挠痒痒，转移宝宝注意力，缓解了虎虎打嗝抖动，几分钟后，就消失了。

喂饱，拍嗝后，妈妈把儿子小脸侧向一边，放在婴儿床里，防止吐奶。妈妈育儿很规范，虎虎反手就是一个赞！

观者言：有的吃货，吃饱有力气谈恋爱；有的吃货，吃饱撑到吐！虎虎属于后者。【龇牙】

家事国事姥姥事，事事关心

2010 年 7 月 2 日 星期五 24 ~ 31℃
阴 ~ 小雨 无持续风向 微风 出生第二周 农历五月廿一

问一下，那个鱼粮在哪里能够买到？虎虎就是单纯地问一下。虎虎发现，养鱼这个事吧，姥姥一定得向爷爷、奶奶学习。

奶奶养鱼，那一定是从一家三口，养到四世同堂，特别是那个孔雀鱼，一抱一窝。给奶奶一公一母，就能养满一个水库！后来，奶奶养的鱼太多了，不要紧，有花生油瓶子，把上面剪掉一截，就能养小鱼……虎虎认为，这哪是鱼缸啊，它这顶多算是个"产房"！【偷笑】

人家爷爷就不一样了，就只养一条。但是，那鱼养得跟驴似的，比虎虎还能吃。据说，前一阵子，爷爷开始给鱼喂狗粮了。

文艺范儿的姥姥呢，前阵子，心血来潮养了一缸鱼，没多久就全部死了。姥姥，您是桌面清理大师啊？【笑死】

这不，姥姥又任性地养了一缸，真不敢拦哪，不知道这次养鱼使啥招。鱼缸内的青苔、水草，都被鱼儿啃食光。这次，姥姥把鱼养成了"鱼坚强"。出发点是好的，出发就不好了。【笑缺氧】

姥姥，您是怎么把这缸鱼养废的？说出来让大家避避坑好不好！

谁说养废了，鱼儿是缺鱼粮。姥姥很认真地观察鱼的动态，顿时无语了，顷刻之后弱弱地给妈妈说："猫耳朵，咱们开车去买鱼粮吧，顺便再到医院，检查一下贝儿身体，看看黄疸的情况。"

妈妈一边答应着姥姥，一边挑逗躺在婴儿车里不哭也不闹的儿子……不久，便传来了虎虎洪亮的啼哭声……姥姥嗔怪："你招惹贝儿干吗呀？快去换衣服。"

天上下着小雨，让整个武汉蒙上了水汽，也为江城增添了迷蒙与神秘。我们走进儿童医院大厅，先是导诊，然后办理就诊卡、挂号、候诊、检查、缴费、化验、返回原科室门诊、诊断、缴费、拿药……"看病像打仗，挂号像春运"，这句话，描述的就是儿童医院的情形。但是春运的紧张、拥挤和嘈杂，是一年一次，而在儿童医院，这种情形是天天如此啊。看病难，儿童看病更难！

妈妈剖腹产，刚刚十一天，忍着伤口疼痛，楼上楼下、室内室外穿梭不停……姥姥怀抱襁褓中的外孙，紧随其后。母爱，在责任面前，敢担当，这才是人的本质。

回家等结果。姥姥赶快把外孙安顿在婴儿床里，给躺在沙发上脸色煞白的妈妈，用碘伏涂擦伤口。继而灌了热水袋，套上羊驼针织布套，放在妈妈伤口处。姥姥用热敷的方法，促进妈妈刀口愈合，也能够起到局部的炎症吸收的作用，实在是妙！

　　妈妈略微缓过劲来，支撑着身体拿起遥控器，把电视机打开，这可是妈妈生宝宝后第一次看电视，那是因为，妈妈惦记着，第十九届南非世界杯足球赛。妈妈靠在沙发上精疲力竭："马上就要进入半决赛了，看不到直播，看一场重播也行啊。"

　　虎虎问：中国战况如何？妈妈沮丧地回答：要参加世界杯正赛，就必须先通过预选赛。但是，中国队在预选赛就被淘汰了，所以没法参加。

　　哈哈……风声、雨声、锅碗瓢盆声，声声入耳；家事、国事、虎虎事，事事关心！【小看谁呢】

握紧我，别走失了

2010 年 7 月 2 日 星期五 24 ~ 31℃

阴 ~ 小雨 无持续风向 微风 出生第二周 农历五月廿一

　　夏天的傍晚，就像慈祥的姥姥，慈祥得任何人都愿意和她亲近，享受她的爱抚。

　　星期五，对虎虎来说，又是一个空气中带着闲散气息的日子。空调房里的妈妈惬意地看着世界杯足球赛。姥姥在跟外孙玩"石头剪刀布"，这游戏玩得，越来越虚无，越来越缥缈。姥姥配上一个犯晕的表情，拽拽地说："今天玩'石头剪刀布'，赢了一个下午，你儿子傻傻地就会出石头！"老妈不以为然地回："家家欺负您家大外孙儿！"

　　姥姥笑嘻嘻地，用手轻轻抚摸虎虎的小手，宝宝用了洪荒之力，瞬间抓住了姥姥的手指，随即紧握小拳头……姥姥借此将虎虎提升在空中停留几秒……"宝儿快看！你儿子像那回事，抓得好紧！啊——宝宝你是谁的部将？如此勇猛！"虎虎这个难以置信的动作，令姥姥惊叹、兴奋！

　　当姥姥再将两个手指放在虎虎左右手里，向上拉时，虎虎靠上肢肌肉的主动收缩，使自己的躯体腾空而起……虎

虎：哈哈！双脚离地，聪明的智商又占领高地。【满级人类】

虎虎的抓握力量之大，撑起自己四公斤的身体，不能不令姥姥赞美！

新生儿能力的发现，被专家认为，是二十世纪科学史上的重要事件，是人类对自身认识的里程碑式的跨越。它为我们从新生命诞生时，就科学地开展其潜能，提供了依据。难怪有人把发现新生儿的潜在能力，与哥伦布发现新大陆相媲美。

抓握，帮助虎虎和姥姥建立起亲密关系，并产生良好的互动作用。当虎虎的小手，有力地抓住姥姥的手时，姥姥就容易作出积极的反应，姥姥感到虎虎超可爱，精灵、极品、雄起！突然，宝宝有点佩服我自己了。【迷之微笑】

虎虎很喜欢牵着姥姥的手，只要姥姥把手指放在虎虎的手掌中，宝宝就会微笑着，紧紧地握住，一握住，就不再松手。【爱心发射】

姥姥问：如果把现在的知识和真相，带回一千年前会怎样？虎虎答：这些知识和真相，宝宝连姥姥都说服不了，还想挑战祖宗？

"丁零零……"一阵悦耳的电话铃声响起，妈妈向座机走去，轻轻地拿起电话，很有礼貌地问："您好，请问您找谁？"电话里传来一个陌生的声音："你好，恭喜你获得了……扑哧，嘿嘿嘿，对不起，对不起，请原谅第一次……嘟嘟……"电话挂了。妈妈缓缓打出了一个问号："哼！骚扰军线，竟有如此不认真、不敬业的骗子！"

晚饭摆上桌，妈妈一副心事重重的样子，也不知道思绪跑哪儿去了……

我家有一位亲戚，一煲白米饭上来，要打散五分钟后才让吃，虎虎读不懂。完完整整的一煲白米饭，您说打散了，松软好吃点吧，虽然其他人觉得没差别，但您喜欢打散也没问题。问题是，连续搅个五分钟以上，到底是真的打散了，您吃得好吃？还是，习惯性打散，并没有口感差异？

菜都上了，妈妈在一煲白米饭面前，静静地等了五分钟，没得吃！有人说，虎虎，你都说是亲戚了，反正也不是经常在一起吃饭的。

虎虎实不相瞒，这亲戚啊？这亲戚，是，我，姥姥——
【真是没谁了】

姥姥，从不放弃，对精致生活的执念和追求。生活再庸常，都在力所能及的范围内，让平凡的日子，散发出香味，让百无聊赖的日子，熠熠生辉，嗷呜！哦嘞嘞……

演，嘴在笑，泪在掉
——转载姥姥日记

2010 年 7 月 3 日 星期六 22 ～ 27℃

大雨～中雨 无持续风向 微风 出生第二周 农历五月廿二

亲情是有深度的，是一种没有条件、不求回报的阳光浴。让爱和生命同行，伴随姥姥左右。

外孙出生后的第三天，小脸开始泛黄，咨询大夫答曰："这是新生儿生理性黄疸，不用采取任何措施，7~10 天黄疸也会自行消退。"十多天过去了，黄疸还没褪尽，家人开始惊慌。昨天去了儿童医院，晚上，专家打来电话，建议贝儿入院观察。

"一玉口中国，一瓦顶成家，都说国很大，其实一个家，一心装满国，一手撑起家，家是最小国，国是千万家。"凌晨两点，有国也有家的爸爸，从抗洪防汛指挥部赶回来，聆听了姥姥、妈妈复述在儿童医院看医生概况，再瞧儿子微黄的小脸，断然决定："不等了！住院！"

一声令下，姥姥、妈妈迅速准备好虎虎入院必需品，爸爸开车，一路狂飙挺进医院……

今天，姥姥怎能忘！

姥姥抱着褓褓里熟睡的外孙，坐在轿车的后排座位上。车窗外，铅块儿似的黑云压下来，乌云翻滚着，白天变得越来越暗……暴雨，从天倾泻而下。大雨像泼！大雨像倒！大雨像噩梦，连绵不断。听雨的深沉，听雨的咆哮，听雨的呐喊和吼叫……雨哭尽了泪，诉说着它的惆怅。

大雨使劲地敲打在挡风玻璃上……姥姥的泪啊，如窗外那断了线的雨珠，一颗挨着一颗，不住地流淌……

姥姥，一点点小事就会胡思乱想，一直想到戏剧般吓人的地步。总是觉得医生、护士，不会把刚出生几天的外孙，放在心里疼。这么幼小、脆弱的生命，交给世界上任何一个人，都不可靠。

冒雨来到部队医院再次就诊。专家根据宝宝黄疸素偏高的情况，同意家属主张，接收贝儿入院接受"蓝光治疗"。大夫还给了妈妈一个心领神会的微笑，推了推眼镜说："其实不照蓝光也能褪，只不过稍慢了而已。"

蓝光疗法：就是将患儿曝露于波长440NM的光线下，经过蓝光治疗，使血清胆红素减轻或下降。如果该黄疸已经发生，则可帮其恢复得快一些。经蓝光照射，胆红素被光氧化转化为无色物质，随尿和胆汁排出体外。

家人给贝儿办完入院手续，姥姥还紧搂着宝宝不撒手……姥姥明明知道，需要放手时就得放手，可是，这种需要放手，却无论如何也放不了，这种感觉真的很难受。如果姥姥能真正地举重若轻起来，至少在表面上，该有多好。

姥姥爱的这个孩子，也不见得有百般好，不爱睡觉还忒闹人……只是因为有了宝宝，我才成为了姥姥。

姥姥一生扮演了无数角色，而我最爱的是，扮演贝儿的姥姥。姥姥啊！有时候您不得不强装笑，表现得好像一切都OK，然后，忍着眼泪走掉……姥姥的眼泪，全流在外孙的小脸上……最终，姥姥还是无奈地、依依不舍地，把外孙交给了等待的护士，约好明天，再来探望。

瞬间，姥姥的心底被抽走了一块，力气就从被打开的缺口流出，舒展的身体，缓缓地贴着墙壁折叠起来，被光投在后面的影子，辨不出形状……这也叫留白吗？

转身回望，姥姥多想再看一眼外孙……世上最残酷的事情，莫过于眼睁睁地直视自己的外孙，被别人抱走，却没有力量去做任何挽回。

深夜，姥姥在抽泣的背景音中，笔尖摇曳。我说人生啊，如果写过一篇杜鹃啼血的文章，也就足矣……忽然发现，人在最难过的时候，文采都特别好。

这份牵挂只为你
——转载妈妈日记

2010年7月3日 星期六 22～27℃

大雨～中雨 无持续风向 微风 出生第二周 农历五月廿二

夜落了，谁开启思念的灯光，昨天的片段陆续上演……优柔的悲伤是一首歌，聆唱成笔墨间起伏的文字，那断章，那句点……此刻，妈妈的爱，已无言；情，已无声；泪，却湿了眼眶。

世界上只有一个名字——冯黄云舒，使妈妈这样牵肠挂肚，你像一根看不见的线，一头牢牢系在妈妈心上……迷人的夏天，儿子离开了母亲，这首《坏孩子》，妈妈该唱给谁听？

儿子啊！你在医院还好吗？一句淡淡的问候，引出妈妈一份不能释怀的牵挂。

儿子啊！妈妈始终不忘，宝宝进 ICU 时的哭声，使妈妈彻夜难眠，饭不下咽……剖腹产再疼，妈妈都没掉过一滴眼泪，可从妈妈把宝宝一个人留在了医院开始，那眼泪就没停……

儿子啊！这两天，妈妈要靠宝宝的照片过日子，你还那么小……不知道医生、护士照顾得好不好？宝宝脾气那么急，一会儿吃不到，你就要扯开嗓子叫……真的是不敢想啊……那份儿心碎，心中的那份煎熬，让妈妈懂得了，孩子离家时，父母的那种惦念。

儿子啊！妈妈心里好难过！妈妈心里好失落！妈妈好想念把儿子搂在怀里，给贝儿喂奶时的感觉……不会忘记，儿子认真、使劲地吸吮乳汁，用明亮的眸子注视着妈妈……那是甜蜜的幸福，那是很享受的时段。妈妈如醉如痴，与儿子相依，是我们母子最亲密的温暖。

儿子啊！吃药苦了，就想想妈；打针痛了，就想想爸。我们始终不离不弃在你身边。父母把无数的思念，化作心中无限的祈福，保佑我儿平平安安，健康永远！

森林里，猎人子弹射进了母狼干瘪的腹腔，鲜血像水一样汩汩流淌，带着伤，母狼向洞口逃窜，它拼命把幼崽全部往洞穴深处赶……而后，母狼竭力用自己的身体，把洞口堵得严严实实，企图用自己的身体，挡住子弹。

因体力不支，母狼瘫倒在洞口。突然，几声悲痛的嗥叫后，一头撞向了洞口那突兀的石尖上……母狼之所以义无反顾地，一头撞死在幼崽面前，就是为了，让自己的"儿女"饱餐一顿，何等惨烈悲壮！

母亲！就是那个宁愿用自己的血肉，喂养孩子的人！母亲！就是那个因为深爱孩子，对自己残酷到底的人！

跟黄疸相比，没有妈妈照顾的儿子好可怜，错过了儿子成长的这几天，会是妈妈这辈子的遗憾。儿子啊！妈妈依旧坚持喝着催乳汤……默默地流着泪……不间断地泵奶……泵奶，一袋……一袋……放进冰箱……奶水不能"回"，还要哺育我的儿。

爱是什么颜色？红色！也许这就是所谓的——爱你爱到血液里吧。

屋梁上的燕窝中，燕子妈妈在翘首以望，等着小燕子回家……伟大的诗人但丁曾说过，"世界上有一种最美丽的声音，那便是母亲的呼唤"。

妈妈在最温暖的地方等着你
——转载妈妈日记

2010 年 7 月 4 日 星期日 24 ~ 31℃

小雨 ~ 多云 无持续风向 微风 出生第二周 农历五月廿三

雨，依旧在下，赤裸裸地传达了妈妈的伤感。妈妈是伤感的，窗外的雨，也是伤感的。

是的，仿佛整个天，都感到了妈妈的忧伤……妈妈静静地坐在窗前，凝视着雨落；聆听着心跳；凝聚着思念……让这刻骨的感受，深深扎进律动的生命里，再融入这每一滴雨中，落遍儿子所在的医院。

思念，总是在别离的日子悄然升起，"想儿子"成了妈妈唯一的动作。我愿在雨夜里等待，等到一滴雨珠被妈妈感动。冲破寂静的长空，载满妈妈的心愿，滴落在儿子的枕边。

浅浅的睡眠，沉沉的梦幻，醒来，儿子还在医院。这两天，妈妈假装平静地做着一些事情，喝水……失眠……然后，很疼痛地想"小坏蛋"。真的很疼啊，疼得妈妈弯下了腰哭泣，站不起来。原来，心疼！是这样的！妈妈不断地催眠自己，告诉自己，我的儿子会好的！

初为人母的妈妈，过度紧张，夜里带宝宝，从来就没睡过安稳觉。前天夜里，迷迷糊糊去厕所，回来后，发现儿子不见了，哭着大声喊："啊呀！快点！贝儿不见了！……"姥姥赶紧跑过来，白了妈妈一眼："哎哟喂，快别喊了，你走错了房间！"哎哟，吓死妈妈了，生完孩子，忘带脑子出院。

半夜儿子哭，妈妈本能反应，起床的速度，比任何人都快。妈妈生完宝宝，大脑发生变化，对儿子的哭声极其敏感，自动将儿子的哭声，在预警系统中，设置为重要的情绪信号。

熟睡后的儿子，习惯性地将两手举高高。妈妈给放下来，一会儿宝宝又自动举起来。其实，妈妈懂，宝宝怀念在妈妈肚子里时的那个模样。

……

儿子啊！此刻妈妈挂念你，请为妈妈，小心照顾好自己好不好？也许，儿子已经睡着，可妈妈还在家里，悄悄地为你祝愿。儿行千里母担忧，唯愿平安此所求。

在从医院回家的路上，看到一个中年男人蹲在路边哭，他该是有多难过啊！但凡生活过得下去，谁会愿意在路边哭呢？

今天，雨停了，妈妈来到寺院，告诉方丈："儿子病了，我很伤心。"

老方丈让妈妈抬起手背，看看有什么？妈妈说："是我刚用手背擦过的泪。"老方丈又说："再看看你的手心有什么？"妈妈顺从地抬起手心，看到的是手心里，满满的阳光。

儿子啊！妈妈只愿，在宝宝的希望里，妈妈能为儿子增加一点儿鼓励！

儿子啊！妈妈只愿，在宝宝回家的路上，妈妈能给儿子一点儿力量。

不管怎样，请不要忘记，儿子！妈妈不曾离开，一直在这里，等宝宝康复回来。

扯一抹微笑，我真的很好

2010 年 7 月 5 日 星期一 23 ～ 35℃

阴～小雨 无持续风向 微风 出生第二周 农历五月廿四

细雨密密地斜织着，静静地交错。雨丝，轻轻入纱，纷纷而下，发不出一丝声响。这雨，来得似乎与往日有些不同，浸湿了虎虎的期盼，触动了那根，不曾任人拨动的心弦。

如约，妈妈拖着虚弱的身体和姥姥一起，来医院看望虎虎啦！隔着 ICU 病房的玻璃，她们看到了只穿了纸尿裤、蒙着眼罩的虎虎，躺在 32 摄氏度的蓝光箱里面……

室内，护士见家属来探视，把虎虎从床上扶起，帮忙摘下眼罩……宝宝就像一个懂事的大孩子，两眼注视着护士小姐姐，用眼神在和她搭腔……宝宝能感受到妈妈、姥姥的存在。知道，窗外站着的母女在流泪，宝宝要表现得坚强给家人看。

姥姥和妈妈依偎着，默默地站在窗外，注视着室内的这一切……看着护士喂虎虎喝奶、给虎虎换纸尿裤，再看着护士轻轻地把宝宝重新放回蓝光箱床上……隔着玻璃，十几米的距离，虎虎都能感觉到，姥姥和妈妈的情绪；感觉到，窗外传递过来的温暖……看着母亲，没有血色的嘴唇翕动着，儿子的泪已洗面……

儿子黄疸没退，急坏了剖腹产卧床的妈，突如其来的恐惧，驱赶了全部的睡意，支撑着身体，挣扎着起床，带虎虎去儿童医院看医生。看着襁褓中的儿子，那可是纯粹的心伤，妈妈满眼的泪，潮湿地划过宝宝的脸……

你看妈妈，蛾眉未描，素颜不妆，明眸积郁闪闪惆怅，仿佛在冷艳的忧伤里，尝尽了繁华落尽的沧桑。妈妈啊！您将誓言驻足，将幸福定格，将母爱写进故事……您努力地在做儿子的太阳！这是虎虎生命里，最舍不得的那一页，悄悄锁死，深深珍藏。

虎虎明白，姥姥和妈妈的"爱"为虎虎而生，宝宝触摸出了，姥姥、妈妈的心疼……虎虎告诉自己，"笑"是一种力量，会赶走悲伤。所以，宝宝一定要把"笑"挂在脸上，让亲人看看，宝宝很快乐，宝宝安然无恙。

伸开双臂，让虎虎送上一个热情的隔空拥抱吧。宝宝能，真的能感觉得到，窗外母女，清澈的瞳孔中渐渐泛出的光。

傻傻的虎虎，曾经问过姥姥：是不是，只要宝宝喊一声：家家——妈妈——你们就会出现？

当时姥姥还开玩笑地回答："傻瓜，家家、妈妈又不是曹操，怎么能说到就到？"那是姥姥的一句玩笑话，其实，姥姥、妈妈的行动，给了宝宝最坚实地回答。

唉——虎虎不想让你们知道，宝宝的孤独感还是有的。入睡前，没人和宝宝说"晚安"……等到第二天早上醒来，依旧没有啊……住院期间的痛苦，虎虎只能把它从一个肩，换到另一个肩上。独自消化了伤心，继续扮演着，那个美好的小小少年。

虎虎很想和窗外站立的家人说："宝宝很好！"宝宝是男孩，必然酸甜苦辣自己尝，喜怒哀乐自己扛。虎虎！就是自己的太阳，无须凭借光！

姥姥、妈妈满心的祝福，默默地传送，那温馨如彩云追月般……那一声声问候，那一抹抹微笑，那一片片话语，愉悦着宝宝。虎虎一直都是鞭策别人的，轮到自己了，原来，这种被鼓励的感觉好心酸。感谢家人不抛弃不放弃，虎虎会加油的！

我要回家！虎虎喜欢看，盛夏里的草长莺飞，小草在炽热的阳光下，将生命里所有美丽，一起释放！

醉倒的姥姥
——转载姥姥日记

2010 年 7 月 6 日 星期二 24～31℃

阴～多云 无持续风向 微风 出生第三周 农历五月廿五

　　诗人说：夏天，是有声音的季节，花开的声音，草长的声音……姥姥加了一句：也有我们外孙，茁壮长大的声音，哈哈……哪里有真爱存在，哪里就有奇迹。优质的生命，漫过孤寂……是一曲无字的赞歌，是这个季节里最美的符号。

　　7 月 6 日，医生要家属配合，给贝儿做各项身体检查。姥姥迫不及待地，从护士手里把外孙抢过来，将整个宝宝，拥进姥姥的世界里："贝儿呀！你受委屈了！"宝宝鼻子，传来一阵难惹的酸涩，咽了下口水，伴着呜咽，胸腔止不住地起伏，一股从心底，顺着喉头侵袭的委屈："呜啊……呜啊……"看到哭到忘我境界的贝儿，姥姥也跟着哭了起来……

　　今天，我们祖孙的眼泪是幸福的，感恩的，是姥姥可以尽情地，给大家分享的，姥姥觉得，这个眼泪应该毫不掩饰！

　　"哎呀！我的妈啊！三天没抱，贝儿变了样！胖啦！"（姥姥一点不夸张，当时就是这样）姥姥的喜悦，溢于言表，医院里每个走过的人，都能感觉得到，这是爱的味道。外孙入院几天，有了新气象，姥姥仿佛伫立在玫瑰树前，凝视花朵开放！

检查结果：冯黄云舒的血清胆红素已经恢复正常！贝儿痊愈可以出院啦！

"快看！快看！"姥姥一张脸笑得灿烂，把外孙的小胸脯扒给妈妈看："咱家的宝宝，真的不黄了耶！"然后打开包裹，全面检查外孙身体有没有异样……

"皮肤怎么有些黑呢？还给我们捂出了一身的痱子！"被姥姥折腾的宝宝，有些叽叽歪歪发出声响："哦－哦－哦……嗒－嗒－嗒……""啊！我可怜的孩子！在医院三天，宝宝的嗓子给哭哑啦！"姥姥这几句话，说得重极了，好像掉在地上，都能把地砸个坑似的。

医生有心逗宝宝，手指轻轻撩了下贝儿的头发，一脸平静微笑地告诉姥姥："新生儿黄疸，经过蓝光治疗后皮肤变黑，是由于胆红素经过蓝光照射以后，分解为色素，沉积在皮下引起的。慢慢会被机体吸收和分解，逐渐皮肤还会恢复原来的颜色，您不必过于担心。"

医生的话好像一股甜滋滋、清凉凉的风，掠过姥姥心间。姥姥眼睛里，顿时有了神采，额头和嘴角蓄满笑意，连举手投足，都带上了轻快的节奏。"我家宝宝嗓子会好的！痱子会消退的！皮肤会恢复颜色的！会健康、快乐成长的！"

其实天很蓝，阴云终要散；其实海不宽，此岸连彼岸；其实泪也甜，当你心如愿。世上再美的风景，都不及外孙回家的那段路上的景色。嗯，是阳光的味道！

笑吧，可怜的孩子

2010 年 7 月 6 日 星期二 24～31℃

阴～多云 无持续风向 微风 出生第三周 农历五月廿五

"摇啊摇，摇啊摇，摇到外婆桥……"姥姥把外孙从睡梦中拉回，俯在宝宝耳边轻唱歌谣。外婆桥？外婆桥！外婆一定又在把我"瞧"了。虎虎适时醒来，看到——姥姥面容消瘦、眼圈发黑、头发凌乱……和虎虎短短的三天分别，姥姥憔悴了。

姥姥见外孙睁开眼睛，高兴得像孩子似的叫起来："贝儿！贝儿！你看看！宝宝出院了，我们这是在家里耶！"当姥姥呼唤外孙时，虎虎转头到处寻找，感到这声音熟悉、亲热，有一种温馨、亲昵的感情在荡漾。

姥姥宠爱地，抱起刚刚睡醒的小迷糊。虎虎感觉敏锐，知道此时，宝宝正在姥姥温暖的怀抱。虎虎能区分，什么是让宝宝感到愉快的事，因此反应迅速，手舞足蹈，面带微笑……妈妈醉眼蒙眬地一笑："这是宝宝心理活动的开始，越敏感，也就越容易得到满足。"

宝宝的小手，紧紧抓住姥姥手指，宝宝赖在姥姥怀里浅笑。虎虎不会开口说话，却已经通过身体语言，对姥姥撒娇。这既显示了，外孙对姥姥的依恋，也是虎虎，在向姥姥发出"家家！我爱您！"的无声信号。对此，姥姥作出及时、积极回馈——啾……啵……狂热十连亲，让虎虎在心理上，得到了满足。

问：虎虎为何那么喜爱家人抱？答：这是虎虎缺乏安全感。

想想你们的"小可怜"，在住院"照蓝光"的那段日子里，孤单一人，静静地躺在保温箱，那感觉，就像在黑暗无边际的环境中，从高处跌落，看不见任何东西、也抓不到任何物体……心慌、害怕，就像一朵小小的花苞，在风的撕扯中，怀着无尽眷恋，依依不舍地离开了枝头那样。

想喝水，不能自己拿，想吃奶，不知道妈妈在哪儿。不能满足别人任何需要，而自己的需要，却多得不得了，吃喝拉撒睡都是问题……虎虎就是伴随着这样的焦虑、惶恐，度过了住院苦难的岁月。

实验证明，虎虎不喜欢寂静的环境，喜欢美妙的人声，尤其爱听妈妈和姥姥的声音。甚至，还可以分辨出，妈妈和姥姥，是在同虎虎说话，还是在同别人说话。

虎虎还是胎儿的时候，姥姥给外孙做"呼唤胎教"时的亲切语调、动听歌曲……都促进了宝宝大脑发育，使大脑产生了记忆。

姥姥参与做语言、音乐胎教活动，不仅增进、加深了虎虎出生后与姥姥的情感，而且让虎虎对姥姥的声音，很早便有辨别力，与姥姥相见时，早已彼此熟悉，感情上，明显对姥姥更喜欢更亲近。刚出院的虎虎，能听到一个自己所熟悉的声音，对宝宝来说，是莫大的安慰和快乐。

虎虎蜷缩在姥姥怀里，无法入睡，那些爱的痕迹，那些情的相依，都在文字中濡染了一抹淡淡的诗意。小心的晾晒、封存，将其隐匿在一朵花儿的蕊芯里，等以后回眸，在唇齿间细细咀嚼，一定会感受到淡雅的芬芳。

生活得使劲扯

2010 年 7 月 7 日 星期三 28 ~ 36℃ 小暑
晴 ~ 多云 无持续风向 微风 出生第三周 农历五月廿六

　　倏忽温风至，因循小暑来。风携着热气滚滚而来，武汉将进入"蒸煮模式"，你还好吗？虎虎很好！痊愈出院回到家，妈妈把儿子抱进凉丝丝的婴儿房。

　　来瞧瞧吧！墙面上贴着卡通人物，哆啦 A 梦呀、维尼熊……一张粉蓝色的双层儿童床，上面铺着对应颜色的一套被褥。下铺挂起了淡紫色蚊帐，床边的柜子上，摆满了虎虎的奶粉、奶瓶、保温壶……柜里堆满了湿巾、纸尿裤和婴儿服装……

　　姥姥买的婴儿床，静静地挨着墙，微微触碰，摇篮轻轻地晃啊晃……窗前淡粉色蕾丝点缀的卡通窗帘，被拉到一旁，虎虎看到，窗外几朵白云，像一叶叶洁白的风帆，在湛蓝悠远的天空，逍遥自在地飘荡。

　　今天，是虎虎出生第三周的第一天。新手爸爸妈妈已经渐渐熟练掌握了照顾儿子的技能。待宝宝吃饱喝足后，妈妈把儿子放在婴儿床上，让虎虎伴着色彩斑斓的精致床铃发出的，悦耳轻柔的歌声，安然入梦！

　　然后爸爸、妈妈和姥姥，兴致勃勃地规划着虎虎卧室再增添新设备……宝宝迷迷糊糊地听着听着，觉得哪里不对劲。

　　爸爸停下脚步询问："宝儿，你是说，在这儿再摆放个三角钢琴是吗？"妈妈鸡啄米似的点头："对啊。"姥姥看完室内布局，很有心得地说："那以后贝儿带女朋友回家，岂不是根本没地方坐，只能坐床上啦？这儿应该摆放一对小沙发。"爸爸立刻附和着："对啊！对啊！哈哈……"妈妈竖食指在唇边，眼睛瞟了一眼虎虎："嘘！嘻嘻……"

　　声音再小，虎虎还是被欢快的笑声笑醒。妈妈走到婴儿床边，看着些许咧嘴的儿子："贝儿笑起来的样子，软软糯糯的，灿烂得令太阳黯然失色，我儿子，就是这世间最美的——天使！"

　　婴儿的微笑，是一种本能的情绪活动，是身体舒适的表现，是婴儿与人交往的开始。

　　虎虎微笑着、沉默着，目光专注地看着说话的妈妈。这时，妈妈满脸堆笑犯花痴："男人最酷的瞬间动作就是——不说话的时候！鹤扬，咱们儿子内心，一定特别丰富，这一刻的贝儿，身上似乎有一种致命的磁场，让妈妈觉得儿子酷极了！"

　　这时有人敲门，姥姥迎进来的是邻居李粿阿姨，她抱着儿子来看虎虎，一坐下，急不可耐地告诉妈妈："漪涵，月子里，不用考虑节食。"妈妈嗤笑："嫂子，你这一身膘，不就是月子里吃出来的吗？"李粿阿姨谜之微笑，连忙摆手："节食不是减肥，而是减智商。如果你不吃饭，你的脑细胞就会相互自我吞噬，时间久了，脑细胞就会越来越少，人可不就傻了嘛！"

阿姨一眼望见床头柜上，刚煮的糯玉米，把哪吒塞给姥姥，撕开袋，咬上一口："我尝尝……嗯，Q弹、细嫩，关键是真甜啊！"东北玉米的香甜气息，弥漫整间屋，鲜透了！阿姨吭哧吭哧啃完一根，没心没肺地哈哈大笑："所以，月子里该吃还得吃，不然脑子就没了。"

这逻辑，还真应了姥姥的一句经典语录："吃饭不积极，脑壳有问题！"

爸爸踢过垃圾桶给阿姨，邪恶地调侃："嫂子，我给你推荐一款爆款减肥贴，才五元一卷，一天见效，一个疗程七天，七天瘦十四斤。"阿姨张大嘴巴质疑："有这事？哪儿有卖？贴哪儿啊？"爸爸嘴角带着一丝坏笑："贴嘴上！贴嘴上！记住了一定要贴嘴上！"阿姨一脸期待问："饭前贴还是饭后贴？到底是什么啊？那么神奇！"爸爸爽朗大笑："哈哈……胶带！"

在不经意的抬头间，瞧见偷跑出墙外的花枝，也正笑得乱颤……小暑，只迎清风，不言悲欢。

风，来自窗外

2010 年 7 月 7 日 星期三 28 ~ 36℃ 小暑
晴 ~ 多云 无持续风向 微风 出生第三周 农历五月廿六

小暑大暑，上蒸下煮。自从五月困暑湿，如坐深甑遭蒸炊。换上背心裤衩，等炎日余温被凉夜取代。

下午五点多钟，太阳像一个醉汉，跟跟跄跄地往西行，一路溅起一片片盛开的橘色彩霞，把整个小区里的楼房、车辆都镶上一层金边，到处光灿灿、亮晶晶的。在这个最恰当的时候，妈妈要在室内，给虎虎实行裸体空气浴了。

虎虎讲坛开讲了！在进行日光浴之前，应先进行室内空气浴，等宝宝对外界环境的适应性提高以后，再进行日光浴。适当地接受阳光照射，促进宝宝的新陈代谢和生长发育，增强机体抗病能力。

妈妈先打开客厅门窗，进行空气交流，等到室温稳定后，把虎虎衣服全部脱掉，（说错了，不是全部，留下了纸尿裤、小肚兜，嘻嘻！）将儿子放在爬行垫上。一缕斜阳，透过阳台的落地窗爬进来，调皮地和虎虎一起，仰面躺在柔软的毛毯上。

妈妈握住儿子的双手，配合着浅唱，开始给虎虎做四肢被动操："划呀划，划呀划，我是小小的划桨手，带着妈妈去旅游……"妈妈按照歌谣的节拍，轻轻移动宝宝的胳膊和两条腿，上、下、内、外、屈肘、伸脚……就好像让虎虎划桨一样，心底不由升腾起一股畅意的快感。

多么陶醉的夕阳，一伸手，已涣散，再伸手，犹能触摸到余温。

姥姥从卧室笑吟吟地走出来，身穿蓝底白花，改良旗袍两件套，优雅中满满的复古韵味。左手那块腕表，宛如一块圆滑甜美的方糖，兼具柔美和气质。你看，穿衣好看的人，无一不是把对美丽的执着、对生活的热爱、对自己的成长，统统都穿在了身上。【讲究人】

妈妈停下抚触儿子的双手，看一眼一脸陶醉笑容的虎虎，然后抬头问姥姥："姆妈，这是要出去啊？"姥姥脸上洋溢着幸福，神秘回答："是的，我出去一下就回来。"说完伸出了腕表，炫耀给妈妈看："好表就是不错哦，前几天慢了二十多分钟，五天不到撵上来了！"

听完这段话，外孙瞬间笑岔气了，感觉自己这一天无法严肃起来了。哇哈哈……

片刻工夫，姥姥手捧一束鲜花，又出现在门厅，进门啥也不做，提前交代一声："哈哈……先让你老娘笑五分钟！"虎虎一脸迷茫地，等待姥姥下文。

姥姥换上拖鞋，手捧一束太阳花，弄香满衣，插入花瓶，满室飘香，淡雅、入心。转身向着虎虎母子，悠悠飘来一段让人啼笑皆非的故事："我不是老爱掉东西吗，钱包啊，钥匙啊，手机啊，前几天，我就把裤子口袋加深了。今天去花店掏钱包时，居然一直摸到膝盖，老板娘笑死了，她说：'够深……哈哈……别拦我，让我笑完，呵呵呵哈哈哈！'"

姥姥捧回的这束花，名为"茁壮成长"，粉色太阳花、绿叶、配满天星。太阳花别具风韵，远远望去，就像几颗红宝石，镶在碧玉盘中。它热情、活力，顽强生命力的品格，令人赞佩不已。满天星独特的质地，轻盈舒爽犹如婴儿的呼吸气息，宁静中带着丝丝的喜气。

虎虎欣喜闻香而去，暖暖的阳光照进窗棂，给粉色太阳花，撒上了浅浅的光晕。风微微而过，热烈却不张扬，绚烂却不妖艳，优雅地摇曳出，一片清凉和芬芳。浅浅的香味，萦绕在室内，时光正好，虎虎并没有错过它的美丽。

冬不需要质疑夏的暖（上）

2010 年 7 月 8 日 星期四 29 ~ 35℃

晴~多云 无持续风向 微风 出生第三周 农历五月廿七

三毛说，岁月极美，在于她必然的流逝。六月的背影，在花事零落中渐行渐远，而七月的容颜，在蝉噪蛙鸣中越发清晰。中午，爸爸下班进家，放下手里刚买回的食材，第一时间就冲进婴儿室，原本睡得好好的虎虎，被爸爸折腾醒了。看到身穿戎装容光焕发的老爸，儿子没有反应，停了片刻："呜啊……呜啊……"哭个不停。

躺在床上的妈妈赶紧坐起，小小声，温柔甜美酥麻音："让妈妈看看，我儿是怎么啦？啼哭强度较轻，哭时多无泪，大多在睡醒时或吃奶后啼哭，哭的同时，两腿蹬被，当你为他换上一片干净的纸尿裤时，他就不哭了。是的！换尿布时间到！"哈哈……妈妈像是在背书。【天花板】

妈妈翻身起床，把儿子仰放在床，打开襁褓，解开尿片，继续背诵课文："来，贝儿，伸开小腿，皮肤娇嫩，小屁股不能潮湿，妈妈给你换纸尿片。"妈妈一边说，一边做，虽然只是在自言自语，但是虎虎的眼神很专注，小雷达已经开启了呢！小脑袋瓜不由自主地与妈妈的言行同步。

"咦？纸尿裤是干爽的，我儿为什么哭？"猛然抬头，看见爸爸站在床边，他歪着头笑嘻嘻，满脸不怀好意。隐隐约约闻到，一股二氧化碳和甲烷的气体味儿。

"哦！妈妈知道了，贝儿哭的原因，是爸爸放屁，把我儿熏着了……不要紧，待会儿妈妈给你做无味处理。"

虎虎画外音：现在科技有这么发达？质疑！

妈妈下床，打开窗户，空调启动换气，然后把虎虎丢进爸爸怀里，熏走咧……神经大条的妈妈摇头苦笑了一下，深深地感到悲哀："珍惜生命，远离房间！"

哈哈……太臭了。【超想哭】

父母结婚一年，非常恩爱，只要妈妈在家，夫妻俩都会一起去菜市场买菜。回来后，两人一起去厨房，洗洗切切涮涮，家长里短，你侬我侬……现在，儿子出生了，方才明白，热腾腾的厨房，往往能让人感觉到婚姻的温度。

爸爸最性感的时候，是现在穿围裙的时候。妈妈也不会闲坐着，在一旁帮忙择菜，那炒菜时发出的声音，异常美妙空灵！爸爸亲手做的一道"蜜汁鸡翅"，金灿灿油亮亮，码在盘子里，勾得虎虎嘴馋心痒痒。看吃货老妈舌尖稍一发力，便汁水四溢……

别以累作为理由，别让自己的心倦怠走远了。好的爱情，会从风花雪月，渐渐变成柴米油盐里，温暖有力的婚姻。而婚姻，就是和一个人相依相伴，品味一日三餐，走过四季。

吃完饭，老爸在卧室大声吼："漪涵！你看见我在电视柜上放的茶叶包了吗？"妈妈："没有！"说着，虎虎就看见妈妈，在客厅的垃圾桶里翻啊翻，把翻出的茶叶包拿到厨房，然后淡定地说："哦，我想起来了，我给你放厨房了，看我这记性！"老爸："你不会又给我扔垃圾桶了吧！"妈妈："不能！"你懂我套路，我知你路数。夫妻两个好欢乐……哈哈！

　　能维持的美满婚姻背后，都有一对入戏极深的最佳男女主角。而这种入戏，其实都不累，已经是一种浑然天成的条件反射。就好比，学霸也偶尔在考试时，偷看一眼笔记，无伤大雅，分数更漂亮了，皆大欢喜！

冬不需要质疑夏的暖（下）

2010 年 7 月 8 日 星期四 29 ~ 35℃

晴 ~ 多云 无持续风向 微风 出生第三周 农历五月廿七

俗话说，想留住一个人的心，要先留住一个人的胃。用心经营一个有声有色的厨房，吃下去的是柔情，幻化出来的是爱意。厨房留住的不仅是胃，更会是一段好的婚姻。

有人说，夏天的味道是花香。对于实实在在的干饭人来说，夏天的味道，离不开一个"酸"。热到灵魂出窍的暑天，总要靠那抹酸，将跑路的胃口拉扯回来。厨房小白老爸，也能轻松端出"酸汤水晶滑肉"这道硬菜！

一汪金汤倾注而下，橙黄里透着艳红，还拥着几簇青绿，光是视觉便张力十足。不加掩饰的酸香迎面而来，虎虎深吸一口气，舌尖两侧就开始泛起口水来……然后，眼巴巴地看着老妈，甩开腮帮子，不多时间，盘干碗净啦……

宝宝一岁前，是父子间建立亲密关系非常重要的时期，爸爸是宝宝安全感很重要的来源。爸爸，当您很荣幸地，晋升为一个父亲的时候，不只是享受一个称谓的变化，还有角色、责任也要跟着变。请放下大男子的身份，做儿子的快乐玩伴吧。

嘿嘿！晚饭后，妈妈去了卫生间沐浴，姥姥在厨房洗碗，室内就只剩下我们父子。在这个晴朗美丽的夜晚，爸爸让虎虎躺在床上，他将脸凑近儿子，用下巴和脸颊轻轻地蹭宝宝的脸，之后，又蹭小手、小脚丫……一边玩，一边和虎虎逗笑、说话……

爸爸的胡子，对虎虎来说，是一种特殊的按摩，这个玩法，可是老爸的专利哦，妈咪是无法给予宝宝的。【沉浸了】

虎虎的收获可真大，和爸爸的亲密接触，感觉很不一般，皮肤，这一全身最大的触觉感受器，也获得了不一样的触觉体验。

"是谁在唱歌，温暖了寂寞，白云悠悠蓝天依旧泪水在漂泊……"妈妈悠扬的歌声，从卫生间传出，如清晨，带着微点露珠的樟树叶，婉转动听，令儿子心潮澎湃。歌声好听了，妈妈相当有成就感。于是，一首接着一首，根本就停不下来。

妈妈沐浴的时候，总是能够放飞自我，而且，妈妈的嗓子，永远都是处于一个很好的状态。洗澡时唱歌更好听，原来真的不是虎虎一个人的错觉。妈妈甚至说："洗澡不唱歌，就跟吃饭不配菜一样乏味。"【讲究】

晚上沐浴，是妈妈一天中，最放松的事，身体分泌出一种产生兴奋、愉快的物质——多巴胺。因为浴室相对较小，能让歌声环绕，并且还自带混响，本来不那么好听的歌声，也会变得无比优美。不信，你试试。

歌声停止，可能是妈妈洗完了，在穿衣服。此时虎虎，头转向了一边，不太理睬爸爸了，对于外界的反应也不再专注，还时不时地打着哈欠。这表示：宝宝困了！爸爸！哄儿子睡觉！

爸爸他"老人家"不唱《摇篮曲》，也不催眠，却唱起了高亢的军歌《打靶归来》！"日落西山红霞飞，战士打靶把营归把营归……"这气场"噔"一下就上去了。讲真的，老爸今天这个样子，在 KTV 唱歌的时候，那些夸他的人都有责任。【要了命了】

白天，虎虎睡在自己的房间，由姥姥照看。晚上，虎虎回到父母卧室，睡在爸妈之间。

自从有了儿子，偌大一张 1.8×2 米的床，总是显得太小，60% 属于宝宝，30% 属于妈妈，剩下 10% 属于爸爸。哈哈！老爸好可怜噢，其中半个身子吊在床边……

半夜，老爸竟然被我们母子挤下了床，爸爸爬起来，揉揉背拍拍肩，满脸苦涩地："乖乖！摔得大爷后背疼！"这事儿，一定会被姥姥笑话好几天。【糗大了】

虎虎正处于迅速成长阶段。陪伴，老爸一定要认真对待，这本身既是宝宝的心理需求，也是对儿子的一种尊重。千万不要以为宝宝让您受委屈而生气，抱着被褥睡客厅去了，这会极大地挫伤宝宝。快！老爸，快爬上来！

有人问农夫："种麦子了吗？"农夫："没，我担心天不下雨。"那人又问："那你种棉花没？"农夫："没，我担心虫子吃了棉花。"那人再问："那你种了什么？"农夫："什么也没种，我要确保安全。"

老爸！不要怕摔，就一晚上不睡哦！您也不要羡慕别人家的爸爸没被挤下床，他们都是假装的。【有点意思】

不可思议，作祟

2010 年 7 月 9 日 星期五 29～35℃

多云 无持续风向 微风 出生第三周 农历五月廿八

夏天的早上，空气清新又凉爽，还散发着迷人的芳香。妈妈却叉着腰在教训儿子："你都多大孩子了，还尿床！嗯？尿就尿了吧，还哭！你还好意思哭！谁家孩子跟你似的，都出生半个月了耶！你这是在挑战老娘八元的拖鞋嘛！"

场景脑补，老妈把儿子骂蒙了，这咋一言不合就拖鞋呢？难道妈妈小时候，不是这个样子的？算了，不跟老妈计较，以后注意点就是了。【破功了】

在卧室宅了一晚上啦，一会儿去客厅散散心吧。虎虎格言：走出去，世界就在眼前；走不出去，眼前就是世界！忒小，必须走出去！

大家都以为虎虎没什么朋友，事实上，宝宝确实没朋友，宅在家里，又不让上网，哪来的知己啊？董永是在回家的路上，遇上了七仙女的；张生听琴寻音，遇上了崔莺莺；西门庆逛街，碰上了潘金莲……所以，虎虎没事也常出去走走，宅在家里，什么机会也没有。

新鲜的空气中含氧量高，可以促进新陈代谢；适当的冷、热刺激，使皮肤和呼吸道黏膜得到锻炼，并增强机体对外界环境、冷热变化的适应能力和对疾病的抵抗能力；适量晒太阳，可以预防佝偻病。因此，妈妈，不要把儿子养成"温室里的花朵"，让虎虎接触大自然，跟着风，来一场忘记夏天的旅行。【磕头】

妈妈说，不仅仅是让儿子走到客厅，还要让宝宝走进小区！只要十分钟，十分钟就回来。

姥姥买了一款带娃神器——婴儿口袋小推车，可坐可躺，轻便折叠，一键秒收，轻小便携，居家旅行两相宜。小车推出门，一股清新的空气扑鼻而来，一阵阵微风，围着虎虎转圈圈。虎虎伸了伸懒腰，却不小心，露出大长胳膊大长腿，痞里痞气。【耍贱卖萌】

一棵棵高耸入云、枝叶繁茂的法国梧桐，用粗壮的枝条，潦草地分割着天空。早晨八九点钟，阳光从叶缝中射过，虫儿鸟儿和人们一起，在树荫下，享受着早晨的宁静，虎虎也入围其中。

虎虎是各种张望啊，姥姥在旁边感觉挺好笑的，妈妈推着儿子，眼神中满是欣赏："这小屁孩，还没正式见过世面呢，有两次飘过，那只是蜻蜓点水。正经八百带出来乘凉，还是第一次，看啥都新鲜，刘姥姥进大观园咯，嘿嘿！"

虎虎躺在小车里，开始不停地扭动身体，有挣脱的欲望。姥姥诧异的问号脸看着外孙："贝儿，想坐起来和小朋友一起玩啊？"妈妈只瞅了一眼，提出反对意见："宝宝这是感到不舒服，是不是拉了尿啦？"

妈妈解开儿子的纸尿裤，虎虎收到指令，迅速抛出一条劲道十足的弧线，在水泥地面上画出极其美丽图画。四周的阿姨和大妈，七嘴八舌议论开："听说漪涵生了个儿子，我们都不信，怎么看怎么就像个闺女，水汪汪的大眼睛能照出人影，粉嘟嘟的圆脸煞是可爱，这么漂亮的娃娃，竟然真是一个男孩子！"

"宝宝，跟阿姨说，你喜欢什么颜色的麻袋呀？我一看到这娃，喜欢得像个人贩子。如果我把宝宝抱走，找你们要十万块钱，你们会给吗？"

虎虎：只值十万啊？传出去，哪吒都会笑话我十年，还不如被人偷了呢，阿姨，重新要吧！

虎虎再给诸位来一声嘹亮的"呜啊啊啊——呜啊啊啊——"哇！宝宝见证了，一个又一个，红色嘴唇给自己的蹂躏。惹得旁边的军官叔叔，斜眼撇嘴对自家媳妇哀怨："亲别人家老公，就是那么美吗？"虎虎眼中，闪过一丝狡黠的光。【嘚瑟】

吼吼！虎虎走一路，红一线；停一站，红一片。嚯！宝宝可真不惜夸自个儿！大家都说虎虎"帅"，究竟是谁走漏的风声？这又要麻烦宝宝，回家冥思苦想站在阳台。好气哦，又要假装着无奈。【这就厉害了】

虎虎对天吼，始终一无所有

2010 年 7 月 9 日 星期五 29 ～ 35℃

多云 无持续风向 微风 出生第三周 农历五月廿八

倚在摇篮，聆听窗外迟来的布谷鸟动人的鸣叫，醉酒般的斜阳，跌跌撞撞坠入西山，遗落满天绮丽的彩锦……虎虎定格在这幅叹为观止的油画里面。

突然，宝宝大哭了起来，呜啊……呜啊……哭声由小变大，很有节奏，不缓不急，持续不断。

妈妈听而不闻，视而不见，冲儿子咧出一个明亮的笑容："让小坏蛋增加一下肺活量。"妈妈，虎虎这是饥饿性啼哭，没听出来吗？这哭声带有乞求感。【卖惨】

初生虎虎胃容量很小，比葡萄大不了多少，所以，每次只能吃下不多的奶水，而且消化得还比较快，两三个小时之后，撒撒尿，拉拉臭臭，一会儿就又饿了。【专业捣乱】

妈妈把儿子从摇篮里抱出来，虎虎大声地哭着，一边把脸转向妈妈，小手紧紧抓住妈妈衣服；一边用小嘴，在妈妈怀里寻找食物……

妈妈笑眯眯地，用手指触碰儿子的面颊："贝儿，是饿了吗？让妈妈试验一下。"宝宝立即转过头来，试图吸吮。但是，妈妈却把手拿开。虎虎这下，哭得更汹涌澎湃：呜啊……呜啊！宝宝饿了！宝宝要吃奶！

妈妈不得不把儿子拥入怀中，把乳头送到虎虎嘴边，哈哈！哭声戛然而止。宝宝急不可耐地衔住乳头，满意地吸吮……吃得认真，巴适得很。

其实，妈妈的喂奶工作，这几天已变成了一件痛苦的事情。奶量是足够了，可是因为被儿子喔得太使劲，出现乳头破裂，每次刚开始吃的一刹那，妈妈的声音里带着一丝压抑的哭腔："就感觉被狼崽叼了一下，疼死了。"

姥姥把香油放在微波炉里加热后拿给妈妈，让妈妈每次喂奶后，都涂上一些，说这样能缓解疼痛，"香油疗法"效果极佳。【膜拜】

妈妈强忍着痛，看着狼吞虎咽的儿子，满脸爱意，幸福地唱起自编歌曲："我的小宝宝，妈妈怀里抱，一逗他一笑，再逗他再笑，老逗他老笑……妈妈笑儿子也笑……"躺在妈妈的怀里，那充满柔情爱意的，有节奏的轻拍，还有那简单易懂的词曲，使虎虎感受到那份温馨，很快地甜甜入睡。

姥姥收回晾晒在阳台上外孙的衣衫，并告诫妈妈，小宝宝的衣物，不能在外面过夜。对于妈妈来说，觉得姥姥这种说法，是封建迷信，是不可信的。

但事实上，这种说法是有科学依据的，和"封建迷信"无关。一是，过夜晾晒衣衫，容易滋生细菌；二是，过夜晾晒衣衫，容易沾染露水；三是，过夜晾晒衣衫，容易吸引虫子……够了吧？快点，把虎虎衣物全部收回来！

现在的虎虎，饿了就哭，拉臭臭了就哼哼地叫，不睡觉的时候，就睁着眼睛玩，状态良好，没事还给家人做各种怪相，逗您玩儿……您笑宝宝就笑，可虎虎哭，您咋就不哭呢？虎虎认真地坚守着自己的情绪，对其他人的世界"哭与不哭"割舍不下啊。嘻！本该玩的年龄，想一些哭的不哭的事儿，还不如，去想一些乱七八糟的好【抠鼻】。

虎虎出生都十几天了，没能为祖国、为人民做点什么，每思及此，伤心欲绝。但能让家人在照看宝宝时，从中得到乐趣，增进亲子互动，减低照顾宝宝的挫折感，也算是虎虎心灵上，得到了一点慰藉。【媚眼横飞】

二二的男生

2010年7月10日 星期六 29～35℃

多云 无持续风向 微风 出生第三周 农历五月廿九

虎虎本想把日子过成诗，时而简单，时而精致。不料，日子却过成了我的歌，时而不靠谱，时而不着调。【笑死】

葵花宝典秘籍：新生虎虎，是要按需哺乳的，即随时随地，都可以喂。当虎虎饥饿性啼哭时，可以哺乳；当睡眠超过三小时，可唤醒哺乳。按需哺乳，更符合初生虎虎的生理需求。每当宝宝因饥饿啼哭，或母亲感到乳房充满时，就应该进行哺乳，哺乳间隔，是由宝宝和妈妈的感觉决定的。

这会儿，虎虎吃奶有些漫不经心，吸吮劲头慢慢减弱，稍稍有一点动静就停止吸吮，放下乳头，转头寻找声音……还用小舌头，把乳头抵出来，妈妈再放进去，宝宝还再抵出来……四肢呈现松弛、舒服的样子……吃奶的表情及肢体动作，让妈妈觉得"儿子很满足"。吃饱后的虎虎，绝不再哭，还露出甜蜜的笑容。

虎虎生长发育迅速，需要的热量多，又胃口小，母乳更比奶粉容易消化。所以，按需哺乳的次数，就略显频繁。乳汁，也是根据宝宝的需要分泌的，而这个需要，就表现在吸吮的频率上。宝宝频繁吸吮，是在刺激妈妈乳汁的分泌量，以满足自己快速生长的需要（来自一个出生两周男宝的花式语录）。

妈妈担心儿子贪玩没吃饱，又试图把乳头送给到嘴里，虎虎立刻把头转过去，不理睬妈妈。最后，甚至用"哭"来抗议妈妈的强迫势力。

虎虎的哭声尖锐，向外溢奶，两腿乱蹬屈曲……整个人都不好了！把儿子腹部贴着妈妈抱起来，哭声加剧，甚至呕吐……"哎呀！妈妈！您可把儿撑着啦！"虎虎确诊——过饱啼哭。【被迫营业】

家人被虎虎状态吓坏了，开车火速赶往医院，向医生说明原因，言语间颇有些惊慌。结果，话音刚落，医生就赔着笑脸解释道："吃饱了撑的……撑的……"最后，医生收起笑容，嘱咐初为人母的妈妈："过饱哭闹，不必哄，'哭'，可加快消化解决问题。"

妈妈提倡，按需喂哺儿子，但这并不是说，虎虎一哭就得喂。因为宝宝啼哭的原因很多，也许是尿湿了，也许是想要人抱抱，也许是受到了惊吓……

当下，虎虎又在哭，妈妈把儿子抱起来走一走，哭声继续，妈妈停下来给儿子换掉纸尿裤，虎虎一下子就安静下来，停止啼哭。妈妈分析做出判断——不必喂奶。

鉴定完毕，虎虎是地地道道吃货一个！妈妈，儿子还可以做您的小天使吗？犯了错，您都不舍得骂，还给抱抱的那种？

镜头一：早上，姥姥揉着睡眼惺忪的眼睛，推门进来，一脸苦涩："昨天听别人说，失眠的话，放个水果在床头，有助于睡眠。这两天没睡好，晚上就放了个橘子在床头。却怎么也睡不着，满脑子都在想那个橘子。"姥姥下意识地挠挠头，嘿嘿一笑："最后起来把橘子吃了，然后，然后睡着了……"

镜头二：前天半夜，人家老爸被挤掉下床，给摔饿了。爬起来，泡了三包麦片，喝了一半，感觉不会饱，机智的爸爸，又往碗里，加了半碗开水。

特写，虎虎伏案疾书：这才是最清澈的蠢萌，这俩人，要素质有素质，要脑子有脑子。有没有人出来解释下原理，没有的话，虎虎就要开始造谣了……唉！一声长叹，虎虎结束了上午的日记。

赤脚走"猫步"

2010 年 7 月 10 日 星期六 29 ～ 35℃

多云 无持续风向 微风 出生第三周 农历五月廿九

羡慕嫉妒恨不？虎虎都有点恨自己了。虎虎自从黄疸消退后，在家人的精心呵护下，一天天地胖了起来。胖嘟嘟的小脑袋上，柔顺的头发，像生机勃勃的幼苗，散发出淡淡的奶香；一张小嘴，高兴地半开着，舌头微微卷起，好像在唱歌；微笑时的脸部肌肉，把眼睛挤成两道晶莹明亮的弯月亮；立体鼻梁，特别引人注目，小铃铛似的嵌在中央……虎虎，可招人喜欢啦！【痞帅】

姥姥抱着外孙，虎虎的两只眼睛，侧视着前方，贪婪地看着这美好的世界；耳朵向上竖，倾听周围奇妙的声响。

没事时，虎虎想将手放进嘴里，却不能准确地控制方向。还是随意蹬蹬小腿吧，这个易于操纵又很方便。虎虎已经学会了使用大块肌肉，腿也在不断地增加力量。姥姥您发现了吗？大外孙儿很喜欢踢腿呢，这是宝宝最喜欢的运动的其中一项。

姥姥挺直地抱着外孙，虎虎就把一只脚放在另外一只脚的前面，样子就像是要走起路来那样。"好吧！让爱运动的小坏蛋，疏通一下筋骨。"姥姥说着，扶着光脚板的外孙，直立在床上，说来也神奇了，宝宝竟然会一步一步向前走"猫步"，那步伐时而希望，时而斟酌，时而狂乱，时而沮丧……哇！走得就同散步一个样。【捂脸】哥一般不走路，走的路一般都不是寻常路！【有点实力】

当妈妈轻缓地，移动儿子向前走时，虎虎以一脚置于地面，另一脚举步向前，产生了几个一连串步伐交换的运动……告诉你吧，这是宝宝与生俱来的"潜能"。引起这种现象的原因，是虎虎脚心的知觉想分担所感觉到自己的重量。【真是没谁了】

当虎虎足尖落地的时候本能地行走，医学上称为"莫罗反射"，但这种生理本能，只在出生后的几周内出现，过后，虎虎就会把这种反射全忘掉。

中午，菜市场买菜回家的爸爸，推开房门瞬间被感染……于是强烈要求，也和儿子这样玩，但被姥姥无情地拒绝了："去！我们再玩会儿！我们再玩会儿！"爸爸一脸愁容问："妈，我饿了，菜都买回来了，您什么时候做饭啊？"姥姥把小眼神甩给爸爸："等会儿，再玩十分钟！"老爸装出一副不吃饭会死的样儿："好！十分钟是吧？十分钟之后，我就去外面吃了哈！"

姥姥二话不说，放下外孙，起身就走。虎虎心想：看来爸爸的威胁挺奏效的。

哪儿知道，姥姥站在客厅，摆手招呼妈妈："宝儿，去换衣服，把贝儿搁家，咱们和你老公一起到外面吃！小样！

老娘还治不了你啦！"

嘿嘿！爸爸终于得到了虎虎，抱着儿子彪悍大笑，望着卷袖子去厨房的姥姥："哎……别……妈……"

可爱专柜

2010 年 7 月 10 日 星期六 29 ~ 35℃

多云 无持续风向 微风 出生第三周 农历五月廿九

吃饱喝足洗过澡，室内，温柔的莫兰迪色贡缎床品，简直是撞在了虎虎的心巴上了，在莹莹光泽的映衬下，宛如一汪静谧的池水。姥姥给外孙扑上清爽的爽身粉，而后，妈妈提起儿子小脚丫，修剪指甲……突然虎虎"噗"的一声放了个屁，被自己的屁屁声音吓到，呜啊……呜啊……大哭！真难为小哥了，声音就从自己屁股传出来，逃又逃不掉！【好怕怕】

其实，真正被这屁吓坏的是妈妈，只听她一声惊叫："这屁怎么还冒白烟啊？"妈妈迷茫地抬起头，表示不懂，然后，趴在儿子屁屁上认真研究："不对，一定是系统坏了，不对不对，是幻觉……"笑到手软的姥姥，幽幽地飘来一句："这是屁股上的爽身粉擦多咧……信了你的邪，要命了！啊哈哈……"此糗无图，谅解！

老妈甩给虎虎一串笑，最后趁火打劫："说一个真事儿哈，昨天晚上，快天亮的时候，鹤扬让自己一个屁给崩醒了，醒了还以为有人敲门呢,坐起来就问:'谁啊?'咦嘻嘻……"

嘿嘿!老子英雄儿好汉!真正努力的人,没时间感动自己。你们笑吧,虎虎忙去了。【闲得你】

正当那母女笑得欢的时候,不早不晚,姥爷打来电话:"贝儿睡了吗?我要跟大孙儿通电话……"姥姥戏谑:"您所拨打的电话,正在给宝宝擦屁屁,请稍候再拨。"姥爷:"……"估计姥爷电话那头蒙了吧,姥姥干脆直接挂断电话。

妈妈很无奈地,剪完左脚,拎起右脚:"刚剪两天的脚指甲,又长出来了。新生儿指甲的生长速度,是成年人的两倍,好快啊!"虎虎知道,这是因为宝宝的新陈代谢比成人快很多,所以,皮肤细胞(指甲)生长速度很快。

剪完指甲,虎虎倒腾出一套有氧徒手操。细心的妈妈发现,宝宝小腿活动的时候会发出"咯咯"的声音。虎虎安慰:妈妈,不要大惊小怪,这是运动时肌腱和骨骼滑动引起的,很正常。

睡觉的时候,虎虎在床上动来动去,好像小床硌得慌,哪里不对劲呢?这可是姥姥买的名牌婴儿床呀,怎么小坏蛋就这么挑剔?当宝宝身子东扭扭西扭扭之后,又"噗"的一声屁响,安静地睡去。【爱谁谁】

虎虎出生已经第三周了,妈妈学到了许多喂养宝宝的技巧,但妈妈还是经常会受到涨奶的困扰……深夜,终于,虎虎动了一下,妈妈大喜,以为儿子要醒了;"贝儿,开饭咯!"哈哈!这只是宝宝放出的烟幕弹,这么舒服,我才不要!继续睡!

妈妈实在熬不住了,拍着熟睡的儿子:"小伙子,别睡了!别睡了!你妈喊你吃饭哪!"虎虎瞬间笑醒,还是妈妈招数多啊。

妈妈五官紧凑且端正,似乎是自带年龄的沉淀,有一种区别于世俗审美的淡泊和亲密感,眉梢眼角藏秀气,音容笑貌露温柔。从视觉上,虎虎愿意,长时间把目光停留在妈妈的脸庞。吃饱,躺在床上,扬扬自得地看妈妈。滴溜溜飞转的眼睛,伶俐到像是要跟妈妈说话。

虎虎对母亲面孔的特殊喜爱,源于妈妈是儿子接触最多的"物体"之一吧,哈哈!喂奶、睡觉、抚触、游戏的时候,妈妈与宝宝零距离接触,虎虎和那美丽的轮廓融为一体,宝宝爱漂亮的妈妈!【么么】

不小心,手机掉地上了,妈妈迷迷糊糊地,捡了只拖鞋塞到枕头底下,关了台灯,搂紧虎虎:"儿子,睡吧,别看啦,好困,妈妈爱你,晚安……"

下雨了，伞里没有您

2010 年 7 月 11 日 星期日 29 ~ 34℃

阴 ~ 阵雨 无持续风向 微风 出生第三周 农历五月三十

天色十分昏黑，片片乌云，仿佛要压下来似的，太阳婆婆害怕地躲了起来，刚刚还在玩耍的白云，也跑回家睡觉了，不知是谁，一下把上午的时钟，拨到了晚上，天地间一片黑暗。

突然，"轰隆隆——"几声雷响，乌云像一群奔腾咆哮的野马，一层层漫过头顶，越聚越厚，越压越低，如果你站在楼顶，肯定就能扯到一片黑云……

风起雷雨的午后，外孙被姥姥抱着，待在空调房里。朝着姥爷的方向，呼吸着从远方捎来的气息；收藏下姥爷的味道；感受着姥爷留给外孙的拥抱；追寻着虎虎的欢笑……虎虎守在风雨中，期待着姥爷自远方看向宝宝……

虎虎怎能忘记，在宝宝黄疸未退的日子里……姥爷抱着外孙，姥姥提着行李，跟随剖腹产后忍着疼痛的妈妈，在各大医院，楼上楼下求医。挂号交钱排队看诊，然后化验、B 超、X 光……

虎虎弱小、脆弱、娇嫩，浑身上下软绵绵的，当被人抱起时，头和颈得不到支持会害怕，有向下坠落的恐惧。姥爷在抱起外孙时，先和声细语地跟外孙打招呼："贝儿，是姥爷，姥爷抱宝宝在医院看病，不怕哈，有姥爷保护着呢……"虎虎听到这熟悉的声音，很有安全感。

姥爷更担心的是，会不会因为抱得不舒服，而弄疼了外孙？姥爷每次都小心翼翼弯下腰，将虎虎抱在臂弯里，一只手臂托住虎虎的头部，另一只手臂则托住虎虎的臀和腰。

姥爷把外孙贴在胸口，搂在怀里，满足了外孙的生理、心理需要，在和姥爷的这种亲密身体接触中，虎虎得到了慰藉，变得异常乐观、自信和坚强。

有了外孙，姥爷欣喜若狂，第一次来看虎虎，带了许多小零食，一枚一枚，非常可爱。这些都是姥爷上次出差飞机上发的，他都舍不得吃，留给宝宝。看着食品柜里那一包包果仁、奶酥、巧克力，大外孙儿开始流泪了。不知道，姥爷再出差，飞机上的小零食，您是否还偷偷留下？

新生儿虎虎，天生就有一种身体记忆力，会在潜意识里，记住家人对宝宝的好，透过身体感受家人的爱。特别是姥爷抱虎虎，这种亲密的祖孙行为，让祖孙的感情突飞猛进了！

一条光阴铺就的路，心携着怀念深深，虎虎随笔，慢慢地行走在素素的纸上，回眸，脚步儿轻轻足迹浅浅，唯恐踩疼了记忆！在时光的路口，看季节凝结成一缕清雅的风，柔柔地拂过宝宝脸颊，温热了牵挂，思念亦逐渐转浓……

没有旋律配得上您的音符

2010 年 7 月 11 日 星期日 29 ~ 34℃

阴 ~ 阵雨 无持续风向 微风 出生第三周 农历五月三十

说曹操，曹操就到！姥爷和虎虎有心灵感应，多么硬邦邦的祖孙关系！姥爷一个人在家的日子，天天单曲循环——想念一个人！今天，天不亮就冒雨开车来武汉，无论如何也要来看虎虎，哪怕不说话，看一眼就行。

姥爷在市委党校工作，党校近期正在举办"干部培训班"，姥爷担任班主任责任有些重。姥爷只能在武汉停留一天，明日就得原路返回。【超想哭】

祖孙久别重逢，虎虎有时候也挺佩服自己的，能咽下一肚子的话和心酸，只给姥爷反复说俩字："哦 - 哦 - 哦……嗒 - 嗒 - 嗒……"

中午，姥爷剁了饺子馅，让姥姥在家包饺子。然后出去给姥姥买手机贴膜，走之前告诉姥姥："饺子馅里面放了调料，只差一点姜末。"姥姥和好面，赶紧切姜末，动作急了点，中指被切掉一块皮，流了很多血。

姥爷回来知道这件事，满脸庆幸地说："多亏饺子馅是我做的，如果让你切肉剁馅，现在左胳膊都没了。"姥姥略有些不爽，愤然答曰："这就有些夸张了啊，按你的意思，是不是不用买猪肉了？"

姥姥、姥爷，以后你们想要交流，就漂流瓶联系吧。外孙已经把姥姥、姥爷设置为：井水不犯河水的——舍友关系。【一个挑事的微笑】

妈妈看儿子和姥爷关系亲密，让姥爷带外孙去卧室一起午睡。姥爷因开车来汉有些辛苦，很快进入梦乡并响起了鼾声……虎虎就睡在姥爷的枕头边，嫌姥爷呼噜声有点吵，屡次伸出小手捂住姥爷的嘴，姥爷都被弄醒好几回，拿开外孙的小手，继续打呼噜……

宝宝睡不着，躺在姥爷怀里眯眯着眼，小嘴不停地鼓动……小眼睛盯着大眼睛瞧。世界上最遥远的距离就是，姥爷睡着了，大外孙儿还醒着。【要了命了】

其实，现在的虎虎，已经能记住亲人们的声音和脸的形象了，并能将听到的声音，和看到的脸联系在一起。

新生儿虎虎，对声音是有记忆力的。你没发现吗？虎虎非常喜欢看姥爷的脸，听到姥爷那低沉的声音，会瞬间安静神情舒畅。而妈妈的同事逗虎虎，那就不同了，宝宝表现出慌乱和苦恼，显得极其不感兴趣，还呜啊……呜啊……地伴着哭声。

这一情况，被在一旁静静捣鼓手机的姥姥看在眼里，发出无限叹息："贝儿这个午睡没睡好，估计今晚小宝宝会睡得很安宁，嘻嘻……"

姥爷买的手机贴膜，就是含静电吸附技术，不含胶水的那种。

姥爷在睡觉，姥姥就自己动手了，"死虾子！别给我扯那个里格楞！全是气泡泡！"于是，拿出去找妈妈看看。妈妈拿过手机，看都没看就把贴膜撕下来了，试探性地问："您自己贴的吧？"姥姥面露难色点点头，虎虎猜，妈妈应该是僵了一下，然后一脸愁容道："我的老妈耶！您贴的是贴膜保护纸，贴膜，让您扔了！"

突然！虎虎被"啪"的一声惊醒！随即，看见姥爷从地上弯腰站起来，这姥爷，睡着睡着就掉下去咧……姥姥、姥爷，你们看大外孙儿干吗？虎虎发誓，不关我事啊，都是姥爷自己干的！

【翻车了】

掐指一算，又到了拖鞋划过天空的时间。一天天地，这拖鞋都得飞好几遍。【这也太惨了吧】

会长大的幸福（上）

2010 年 7 月 11 日 星期日 29 ~ 34℃
阴 ~ 阵雨 无持续风向 微风 出生第三周 农历五月三十

傍晚，轰隆隆、轰隆隆……哗啦啦、哗啦啦……雷声越来越响，雨越下越大，这可真所谓"黑云翻墨未遮山，白雨跳珠乱入船"啊！

虎虎一个人躺在摇篮里，配合着天气张开小嘴：呜啊——呜啊——天地间好像正在举行一场盛大的交响乐，这曲子越来越响，也越来越疯狂。

妈妈身子靠着床头，一副戏谑的样子看着虎虎："儿子啊，反正也是在哭，不如给你只拖鞋体会下！嘻嘻……宝宝是不是在给老天刷存在感啊？"

妈妈看儿子醒着，兴致也好，肚子既不饿，也不饱，建议大家给虎虎洗个澡。平常虎虎总会有点哭闹，但一洗澡，就安静了，任凭大人们怎么"折腾"，就是不急也不躁！【微醺】

胎儿时期，虎虎在妈妈宫腔里，就习水性良好，所以至出生后，在适当的时候，家人投其所好，经常给宝宝洗澡。

洗澡，可加速皮肤血液循环，促进小儿生长发育，消除疲劳。

澡盆里，姥姥只放入了十厘米深的水，把婴儿浴液加到39℃的温水里。妈妈腿上铺了一块大而软的毛巾，胸前也铺了一块。每次洗完澡，妈妈搂抱儿子的时候，总感到舒适而温暖。

妈妈边给儿子洗澡，边唱儿歌："白白的兔子，在洗白白，都分不清，哪是泡沫哪是兔……"歌声停，妈妈细致地，指出虎虎身上的各种构造，并告诉儿子，构造的功效……场景自想！虎虎也是醉了！

而后，妈妈温柔一笑，亲了儿子一口，眉飞色舞地继续道："贝儿，妈妈现在在洗儿子的手，儿子的手指卷得好紧哦！松开，贝儿，把小手松开，让妈妈洗洗宝宝的手指好不好……"

起初，妈妈在跟儿子洗澡闲聊时，虎虎并不了解妈妈在说什么，但好几回都这样说。于是，宝宝就渐渐晓得"松开你的手"是什么意思了。不就是，犯了错，就出"布"，不准耍赖嘛，儿子故意认输装糊涂，任凭妈妈做主了。【太会了】

这里是一方小小天地，卸下疲惫，亲情正浓……不小心，虎虎在水里放了个屁，结果……结果……一旁协助洗澡的姥姥、姥爷，争着抢着承认这屁是自己放的！势必有损，损阴以益阳——三十六计之李代桃僵。

这样充满无私爱的姥爷、姥姥，让外孙感受到生活中那点滴的感动！姥姥、姥爷！外孙放屁不尴尬，上下通气不咳嗽！你们快看，水里还打出了浪花……哇咔咔！这笑，似冬又似夏！

浴毕，妈妈用柔软毛巾，把儿子吸干包好，让虎虎趴在铺着柔软的毛巾上面……而后，跪在宝宝身旁，两手并排放于儿子的后颈部，慢慢左右移动，往下一直按摩到屁屁，再用同样的手法，按摩上来到后颈部……虎虎享受按摩，精力充沛，兴奋地手舞足蹈。【偷笑】

弹幕：此按摩，对宝宝的触觉发育及智能开发最有益处。

妈妈一边抱着儿子，一边空出一只手来，轻轻抚摸了一下虎虎的小脸蛋。突然，宝宝的表情变了，妈妈以为是自己不小心弄疼了儿子，要哭了呢，可虎虎，却向妈妈咧开小嘴，露出了一个笑脸……一个笑脸……

会长大的幸福（下）

2010 年 7 月 12 日 星期一 23 ~ 35℃

小雨 ~ 中雨 无持续风向 微风 出生第三周 农历六月初一

薄如蝉翼的纱帐，安然怀抱静止的空气，弥漫在精致而清澈的白色城堡里。虎虎浅浅地呼吸，随着心脉的能量，启动平缓均匀的旋律。

早晨，姥姥、姥爷出门买菜。出门前，姥爷一定要进房间，跟外孙说声再见。看虎虎还没醒，又轻手轻脚地走出去了，给姥姥说话的声音变得小心翼翼："算了，咱们走吧，把洗衣机暂停了吧，别把宝贝吵醒。"

姥爷，只要房间里声响的力度不是太大，大人之间正常的交流是不会影响到虎虎的。您家大外孙儿，有一个特殊本领，可以自动屏蔽掉那些"噪声"。【这就厉害了】

虎虎最大的困扰，就是经常睡不着，常常是刚闭上眼想睡觉，就会被自己帅醒了，哈哈……姥姥、姥爷刚走，虎虎就醒了。宝宝留恋着稍纵即逝的宁静，自娱自乐的脾性，玩着手舞足蹈的游戏，舒展着四肢，美妙的感觉，随心所欲……

突然，虎虎鼻子一酸，眼睛从开始的有些刺激感，到睁不开，

随着"阿……嚏！阿阿阿……阿嚏！"鼻子的酸胀感缓解了，却控制不住地挂了两条热烘烘的鼻涕。【就挺突然的】

妈妈赶紧翻身，给儿子擦擦鼻涕，拉了拉小被子，关心、柔柔地询问："感冒啦？"才不是呢！虎虎感到鼻子不舒服了，怎么办？宝宝又不能自己抠鼻屎，就只能不断地打喷嚏把异物喷出来，直到清理干净为止哦。【还蛮会的】

门响，是姥姥、姥爷买菜回来了。一进门，姥爷一脸的委屈，气鼓鼓地小声嘟囔："放个屁，你都骂我一路了，回家了还啰唆，就好像你不放屁似的。"

姥姥说得很认真，不像在开玩笑："我也放，谁都放！死虾子！那你能不能控制一下啊，你那屁，是充电了，还是加油了？啊？四缸发动机啊，动静那么大，安装涡轮增压啦吗？咣当一声，把前面的小孩都吓得一激灵。"

姥爷瓮声瓮气的声音，像是从乌龟壳里传出来："你不知道吗？有屁不放，憋坏心脏！"姥姥把食材放进厨房，回到客厅，给姥爷一个白眼，不过嘴角还是不经意地勾起一丝淡淡的微笑："那你心脏是没事了，你给人家崩出心脏病了啊！你赶紧上洗手间看看去吧，裤衩有没有崩漏……死虾子！"姥爷怯懦地嘀咕："放个屁也不行，都研究出文化了。活得真憋屈，时间久了，我会不会抑郁啊？"

姥姥虽然眼带笑意，但神情间颇有些霸气："闹眼子（胡闹）是不是！出去透透气吧！"姥姥帮姥爷打开房门，做出请的姿势……嘻，你还别说，外孙以为姥爷是青铜，可姥爷人家是响当当的——王者！

可是，出门不到两分钟，姥爷又回来了，气呼呼地白了姥姥一眼，眼神中满是挑衅："这天太热了，你出去！"

姥爷待在客厅和姥姥斗嘴，没有两分钟，又出去了，虎虎想，这回该不会回来了吧，可是没有五秒，又返回来了，姥姥眼神清冷又犀利，问："出去干吗？"姥爷勉强挤出了一个笑容，说："出去放个屁，害怕熏着你们……"姥姥冷哼了一声，对这个结果很满意。

哇咔咔……大外孙儿问：姥爷，是直接笑还是排队笑？虎虎可以插队吗？姥爷答：排队吧，人太多了！【笑到飞起】

都说未满月的娃，是不会笑的。实际上，是因为这些家长太粗心了。一个月内的虎虎就会微笑，虽然这个微笑非常短暂，只是抽动一下嘴角。但宝宝这个微笑的行为，是真实存在的。这种动作，是小宝宝感到舒适时的一种条件反射，并非和姥爷逗乐有关，纯属巧合。

本周，虎虎的视神经正在快速发育并完善当中。但是，你会发现，虎虎的双眼，协调能力还是不太好，这是很正常的现象，不要对初生的虎虎，有太高的要求哦。虎虎现在，还处在"近视"阶段。

夏雨，是极具个性的自然事物。它随性、洒脱，绵绵中有风骨，润物无声中却脉脉温软……

那些温暖的旋律

2010 年 7 月 12 日 星期一 23 ～ 35℃

小雨～中雨 无持续风向 微风 出生第三周 农历六月初一

倚窗听雨，凉爽惬意。虎虎喜欢云淡风轻的心情，钟情拈花微笑的表情，享受斜风细雨的天空。

家里门铃快没电了，铃声像喘不上气似的。这是老爸中午下班回家的信号，妈妈三步并作两步准备开门，扒着门缝随问："来者何人？"老爸一秒入戏回了句："你的人！"哎呀！回个家，也这么虐宝宝啊！亲昵得跟失散多年的亲人似的。

爸爸买了两盆花，送给姥姥，姥爷摇头特别惋惜，跷着腿甩了句："浪费这个钱干什么，你妈养花养不活的。"接过花盆，妈妈却是一脸的期待："养花多好啊，和养孩子一样，看着它慢慢长大，开花结果，多有成就感啊！"姥爷很拽地摆了摆手，一眼飘过来："就你那妈，养什么，死什么，也就是咱爷儿俩命大，才活到现在。"

往事不可追，回忆仿佛冷风吹！气氛降到冰点，妈妈赶快出来转移话题打圆场："姆妈，二十五年前，如果您没生我，现在攒下的钱,都能环游世界了呢。"姥姥搬着花盆往阳台走,头也不回,特霸气地经典回答:"……如果到现在还没有你,那谈鬼!老娘我,早满世界治不孕不育去了!"【憋笑中】

阳台,是家中最接近室外的地方,我们可以在阳台上呼吸新鲜空气。姥姥把爸爸买回来的一盆茉莉和一盆观果植物小石榴放置在阳台。姥爷看到姥姥犀利的眼神,默默地抱着大外孙儿走远点。

别高兴得太早,注定养不活。

午睡,在入睡前,虎虎会哭上几声。但是妈妈呢,抱起虎虎,试着在儿子的耳边,用嘴模仿心跳声"怦怦,怦怦……"太神奇了,宝宝逐渐安静。然后妈妈再把儿子放到床上,让其自己入睡。妈妈才不抱着儿子睡呢,不惯坏毛病。

妈妈被手机来电吵醒,睡眼蒙眬地划开电话,问:"你是卖车险的吗?"对方:"是。"妈妈:"你们以后别给我打电话了,我说了我没有车,你们一天给我打这么多电话,我做梦都梦见我有车了,你们知道,我醒来有多难受吗?我现在睡觉做梦都不正常了。"电话那头的笑声,虎虎都能听得到。妈妈"啪"挂断了,拒听!

干脆,妈妈起床和姥爷聊天:"午睡什么呀!刚睡着,来骚扰电话,挂了电话,想再睡会儿吧,又被小屁孩唱歌吵醒!人家自己都已经唱一个多小时了。"茶几旁的姥爷,正在慢品桂花乌龙茶,他轻轻地盖上茶盏,饶有兴趣地问:"哈哈……贝儿唱的什么歌啊?"妈妈下意识地挠挠头,尴尬地说:"嗯……嗯……啊……啊……"

茶汤鲜艳蜜绿，带有淡雅的花香。姥爷趁热端起啜一口，那天际飘来的香，应该会在舌尖轻轻荡漾……伴着独特的茶香，虎虎"唱歌"达到高潮，姥爷放下茶盅走过来俯下身子，给外孙一个憨憨的微笑，宝宝立刻还一个笑容。姥爷！可懂？这是外孙善意地向您"打招呼"。虎虎很想让姥爷知道：大外孙儿笑起来和姥爷一样动容。

虎虎和姥爷在一起的时间不多，大外孙儿逮着机会，卖萌发嗲假装很伤心地哭上几声……姥爷用温暖厚重的声音霸气承诺："大外孙儿身边，一直都要有人照看，看不到妈妈，必须要看到家家！知道吗！那谁！"姥爷实力宠孙，这波操作太暖心啦……

姥爷握住外孙的小手："贝儿，姥爷在家里已经下了死命令，给姥爷看好了宝贝，别让人贩子抱走咯！噢噢……好了，好了，姥爷不说这些虐心的事儿，姥爷给宝宝唱支歌，放松放松神经。"

姥爷唱的每一个音符，都让外孙的脑海轻松……虎虎可不管，姥爷唱的黄土高坡上，刮的是那个东北风，还是那个西南风……呼啦啦！虎虎很快就安静。

"幸福"，在许多人看来是一种盼望许久，未能得到的感觉。其实，虎虎用心回味认为，幸福就在身边，只要我们用臂膀的动力去"拉拢"，幸福就会与你并肩同行！

此刻有您，醉也真

2010 年 7 月 12 日 星期一 35 ～ 23℃

小雨～中雨 无持续风向 微风 出生第三周 农历六月初一

　　傍晚，渐渐地，渐渐地，雷声小了，雨声也小了，云散了，推开窗户，新鲜的空气带着一股泥土的清香迎面扑来。虎虎睡在小小的婴儿床上，美美地做着香甜的梦……今晚，姥爷要冒雨开车回河南，这会儿，正守在外孙的床边。姥爷希望时间再慢些吧，能让他老人家多些时间陪宝宝长大。

　　虎虎沉沉酣睡，荡漾在童话中的梦境。此时，虎虎的眼球高速转动，这也就代表着宝宝进入了做梦状态。梦到和姥爷在一起的精彩部分，居然给插播广告……和连续剧似的。藏不住的爱穿梭在梦境中……

　　宝宝在睡梦中一直是哼哼唧唧、动来动去，姥爷心疼，给姥姥说："是不是小床睡着不舒服啊，难道是硌着宝宝了？掀开瞧瞧。"掀被子就像拆盲盒——这是练什么功？睡觉的时候像是在练瑜伽，脚伸上来，像是在劈叉。【走错剧场了】

　　外孙的奇葩睡姿，在搞怪中带着可爱。姥爷刚要发话，姥姥把食指放在唇边，然后悄悄地指了指隔壁卧室，看到自己酣睡的女儿那睡姿，姥爷顿时领悟了："哈哈！一个造型！"

当姥姥回过神的时候，憋出了一串话："噫嘘！五十步笑百步哈？就你那个睡相，要不是我保护着女儿，女儿早就被压死了！遗传！"不说了，让虎虎哭会儿！【愁"死"我了】

虎虎知道姥爷守在身边，很配合地适时醒来，舒展一下五官，伸了一个夸张的懒腰……看见姥爷，手舞足蹈；姥爷抱抱，咯咯地笑……虎虎所做的梦，和宝宝的脑部活动基本有关。做梦，家人不必担心，一定数量的梦是必须的。因为有充分的做梦睡眠，神经系统才能够比较健康地发育，做做梦，会更健康。

当姥爷试图找借口"抽烟"离开的时候，虎虎赶忙连续出击：呜啊——呜啊——把姥爷喊回来。【过分了】

闻声，姥爷不但没有向前，反而后退了几步，远远地答应一声："来啦！姥爷马上到，飘移过去了哈！"刻意让外孙知道，姥爷就在自己求助的安全地带。接着，姥爷噔噔的脚步声，让虎虎在希望中等待……

姥爷面对着外孙站着，轻柔地继续喋喋不休道："贝儿，不是因为睡姿奔放而苦恼吧？姥爷知道宝宝想要什么？姥爷来帮助你哈。"几秒钟过去了，虎虎快乐的承受度在一点一点上升；自我镇静的信心，也一点一点在强化；性格的积极影响，也一点一点在加强……姥爷！您大智若愚，聪明绝顶！【还蛮会的】

外孙在姥爷的声音慰藉下，乖乖地等待。没有特殊情况，宝宝还是很有原则的。

姥爷看妈妈还在沉睡,不忍喊醒妈妈,征求姥姥意见:"林妹,给贝儿放段音乐听吧!"

《假日的海滨》柔美动听的音乐响起来,虎虎瞬间被感染安静了。碧绿的波澜荡漾在身边,虎虎仿佛躺在海洋里,轻轻地摆动,挥手、蹬腿,如行云流水般……

姥爷趴在小床边,逗外孙说话,虎虎能听得懂。宝宝挺直了脖颈,嘴巴呈O形,一双眼睛盯着姥爷,一动不动,一脸崇拜……虎虎感到开心舒服极了,发出轻微"嗯啊——嗯啊——"的声音做为回应。

在语言发展历程中,新生儿的哭声和愉悦声,是很重要的第一步哦。

若,记忆里,能雕刻出灵魂的对话,虎虎愿意用一腔深情,沾满那片真情的海……柔柔心事诉于笔端;浓浓软语呢喃,织一帘痴梦,追随到河南的眷念!轻轻吻着夜的眉间,满眼的不舍,满怀的依恋……如果风知道,如果云知道,如果姥爷您知道……

圈里的事情你不懂

2010 年 7 月 13 日 星期二 22～27℃
中雨～大雨 无持续风向 微风 出生第四周 农历六月初二

走错路，发现世界；走对路，发现自己。

一大早，卧室，妈妈喊："姆妈！为什么我的袜子一只一只地丢啊？"可以看出，即便老妈嘴角有些微上扬，但整体表情还是呈现出淡淡的忧伤。

妈妈说，这个问题一直困扰了她很多年，今天终于知道了。姥姥神秘莫测地笑着说："侪睐，因为丢两只根本你就不知道啊。"姥姥扔过来一双袜子（我们家买袜子，同色的买一打，烂一只扔一只）。

妈妈做苦思冥想状："姆妈，扔一只就行了，干吗扔过来一双？"姥姥别过头，眼睛都不翻一下："这还不简单，两个主力，一个替补呗！"

妈妈把原有的一只袜子掖枕头底下，拾起姥姥扔过来的袜子……这时手机响了。

有个朋友生了孩子，给妈妈打电话，显得特别高兴。他让妈妈猜猜生的是男孩女孩？妈妈随口说道："男孩！"他说："只猜对一半。"妈妈疑问："女孩？"他还是说："也是只猜对一半。"费劲！妈妈考虑再三："人妖！"……那边就把电话撂了，撂了！生气了！姥姥憋笑，至内伤，等喘匀了气，才悠悠地告诉妈妈说："嘎巴子（傻瓜）！朋友肯定生气啦，人家应该生了一对龙凤胎！"

忽然乌云起，忽然风满楼，忽然骤雨落，湿了小裤头！

【救命】

虎虎陪着妈妈百无聊赖地坐月子，整天煞费苦心地黏着妈。已经吃饱了，但还是含着乳头不放弃。妈妈皱着眉毛摇了摇头："不行！该叫停了，没收！"拔出乳头，虎虎大哭……妈妈眉头一拧："妈妈不是为你好啊，今天吃多了，明天就该吃药了！"几经劝阻无效，虎虎开启大音量功放：呜啊——呜啊——像汽车鸣笛一个样。【忍你很久了】

虎虎不是不会说话吗，只有用"哭"表达方式来代替。哭，是宝宝思考进行，做妈妈的，要容儿子去思考。

妈妈浅浅一笑，像只狼外婆，先来了个深呼吸，然后再屏住气，假惺惺地拉住虎虎的手："儿子啊，妈妈理解贝儿，你是想一直赖着妈妈是吧。贝儿还是个小孩子，也挺不容易的！其实，真不用这样，照样也可以，来，依偎在妈妈怀里……你看，只要需要，妈妈会毫不吝惜，就抱紧宝宝！"

妈妈郑重其事地，盯着儿子的眼睛，要同舟共济似的，哈哈！这会儿，虎虎两眼也看着妈妈，不哭咧！也是哦，世界上最伟大的人，都这样理解自己，再惦记着那乳头，就太没出息！嘻嘻……

妈妈突如其来的亲吻，像暴风雨般的，让虎虎措手不及，啾……啾……亲亲心满意足的儿子，结果……结果……虎虎吐奶到妈妈嘴里！"好啊！小吃货！儿子让妈妈尝到了自己的乳汁，嗯，不错！甜甜的！"

虎虎对妈妈的依恋，主要是满足生理上的需求：饿了，需要喂奶；尿了，需要换尿片；困了，需要拍一拍，哄一哄……在具有安全感与舒适度的抚触中安静。宝宝通过跟妈妈长期的身体接触，靠声音、气味、身影等记住了妈妈的形象，并把这一形象与获得生理需求，画上了等号。

所以，当宝宝一听到妈妈的脚步声、呼唤声，就会感到很快乐，因为，这些信息意味着，儿子的需求将得到满足。

在最初的一两个月里，宝宝已经能识别出妈妈的气味和声音。但是，在虎虎的小脑瓜里，并没有把妈妈和温暖、安全、舒适建立起牢固的联系，所以谁抱、照料，都可以。

中午，姥姥厨房做饭，喊来妈妈问："宝儿，今天，你是喝肚片汤，还是喝腰花汤？"妈妈看了看，已经在锅里的胖头鱼，疑惑地说："这事还由得了我吗？"姥姥笑笑："嗯，我只是询问一下你的意见，这不显得尊重以示民主嘛。"妈妈讷讷地："呃……"拆鱼羹的粥水呈乳白状，散发着浓郁的鲜香。【偷抹口水】

姥姥厨房里的小火慢煮，熬出香味儿。

闲来无事，妈妈又开始训练儿子了。当虎虎哭闹时，妈妈再也不急着抱起，而是在儿子的面前，晃动自己经常使用，带有妈妈体味的小手帕……虎虎，在积极的状态中等待……

给虎虎一条路，妈妈来教儿子怎么走。

加分的回忆（上）

2010 年 7 月 13 日 星期二 22 ～ 27℃

大雨～中雨 无持续风向 微风 出生第四周 农历六月初二

静静的雨夜，虎虎充满遐想，宝宝想起记忆中的那些味道，永远不会遗忘。

虎虎的成长日记，一直以来都是虎虎口述姥姥代笔。姥姥把带外孙的小日子，化在白开水中，舒眉心，一饮，一思量！于是，唯有一墨，依然执意耕耘，没有过多的修饰随心随笔，更没有一定要写出虎虎的丰功伟绩，文章简单、生动俏皮，令人解颐，留下虎虎的足印在文字里，姥姥快乐在自己的小天地！

虎虎看姥姥文章，常常拿逗号当顿号使，拿句号当逗号用，风中深邃的叹号随处可见，省略号很有淡定范儿，姥姥恨不得竖过来使。

姥姥文章中对外孙的评价：普通话标准、笑起来阳光、不善和女生说话、但对爱情忠贞；爱吃奶、不抽烟，兴趣广泛、发型清爽；灵性、好动、自带萌感、男性荷尔蒙爆棚……哈哈！

无论姥姥有多忙，每天都要抽出时间，坚持写"虎虎成长日记"。姥姥说，一天不写就感觉今天的奏折没批阅一样！
嘻嘻……

姥姥饮食有节制、生活有目标，将自律当成一种习惯，
每一天过得美好而充实。姥姥，是真正用心去写作，用脚丈
量生活的人。虎虎看在眼里，记在心里，励志长大后成为您。

【敬仰】

请岁月不要抹掉虎虎对刚出生时的记忆。

叠印：出院回到家，为了夜晚方便照顾，姥姥建议，大
家同住宝宝的婴儿房。爸爸卷铺盖睡在地板上，妈妈搂着虎
虎睡下铺，姥姥则爬到上铺休息。大家严阵以待对付虎虎。
那时的虎虎，精力非常旺盛，特别晚上很少安静，整日搞怪、
添乱从不安宁。家人除了对宝宝关爱、尊重和宽容外，每个
人都身心俱疲、倦怠萎靡……

夜色，像野猫悄悄从山梁上滑下，把所有的声音，一节
节传进江中，江水打起呼噜呼噜的鼾声……整个江城，像柔
软的帐幕一样，挂在沉睡的长江上，星星像灯光，灯光又仿
佛是星星一样……

美丽的夜晚，虎虎居然睡不着觉，实在没办法，那就开
始数羊吧。宝宝假装一只羊一只羊，从眼前跳跃跑过。结果
越数越清醒，最后数羊的节奏跟不上羊跑的节奏了……

夜半，虎虎还在精力旺盛地眨巴着大眼睛，嘴里不停地：
嗯——嗯——啊——啊——数着羊，还时不时地伴着：呜啊——
呜啊——两声哭闹。妈妈被搅得睡不成，推醒了地铺上的爸
爸："这孩子这么吵，我们一起查下原因。"

刚出生的虎虎，最主要的语言就是"哭"。饿了会哭、醒了会哭、困了会哭、热了会哭、疼了会哭、尿了会哭、烦了更会哭……用哭声，向世界证明宝宝的存在。

每次哭，家人就会感到精神紧张，要检查宝宝的身体，是否饿了、尿了、拉了、太热或太凉？老爸甚至还用手电筒，查看儿子的屁屁、鼻孔和耳朵眼……测体温、捏耳垂、弹足底……爸妈使尽浑身解数，虎虎仍不领情，继续呜啊——呜啊——像雄鸡打鸣一样。【憋住不笑】

在我们家，虎虎保持着一项属于自己的纪录。三更灯火五更鸡，正是宝宝发奋时！出生不到十天，虎虎打卡九天满勤，至今无人打破……吼吼！

有一个有名的时间"三八理论"：八小时工作，八小时睡觉，八小时自由安排。人与人之间的不同，取决自由安排的八小时。拥有资源的人不一定成功，善用资源的人才会成功。虎虎白天图生存，晚上求发展，这是二十一世纪对人才的要求。嘿嘿！

外孙的哭声，总能触碰姥姥心底那根弦，一骨碌爬起，疯狂呐喊："贝儿！贝儿！家家来了！"不见其人，先闻其声。姥姥快速从梯子上滚下来，接过了妈妈手中哭闹不停的虎虎……

哭闹？大人们都习惯这么说，虎虎也暂且相信。

加分的回忆（下）

2010年7月13日 星期二 22～27℃

中雨～大雨 无持续风向 微风 出生第四周 农历六月初二

妈妈日复一日、夜复一夜地照顾儿子，真的很辛苦。新手妈妈也会很沮丧并感到不知所措，进而开始自我否定。

虎虎思路点拨：妈妈，不妨您稍事休息，把儿子暂时交给姥姥，利用这段时间，您可以恢复自己的耐心，整理自己的心绪。

姥姥疼爱外孙至极，将一把鼻涕一把眼泪的虎虎，紧紧地抱在胸前，让宝宝感受外婆的心跳、体温……立刻开启宠溺模式，柔柔地轻声安慰，脸颊上烙印着宠爱的温度。姥姥再次浅唱胎教摇篮曲："月儿明，风儿静，树叶儿遮窗棂啊……"闻听熟悉的声音，宝宝立刻停止了哭啼，虎虎兑现胎儿时期给姥姥的承诺。承诺无声，但一诺值千金。【比心】

姥姥轻轻地拍着外孙的后背，用力度轻、幅度小的"摇晃安静法"来安抚虎虎。姥姥呼吸时的起伏、走路时的轻柔摆动节奏，完全和外孙心跳一致律动。虎虎很是享受和姥姥的这种身体接触，瞬间，在姥姥怀里安静……绝世好姥姥！

满满地，给予外孙的全是爱啊！答应姥姥，虎虎今晚不再发奋！嘘！保证！

而后，姥姥用"襁褓模拟子宫法"包裹好外孙，这样让虎虎感觉，仿佛仍旧被紧紧地裹在妈妈的子宫里……"襁褓"，确实是让哭闹的宝宝，安静下来的良方耶！等虎虎有了孩子，就按照外婆这顿操作执行。【单挑眉】

以妈妈的感觉来说，"襁褓"是紧紧的包裹，意味着束缚。但外婆却不那么认为，对于正在哭泣的虎虎来说，"襁褓"就像妈妈狭窄的子宫，令宝贝感到熟悉，既要让宝宝感到舒适，又不能让宝宝自由地四肢扭动。

夜深了，窗外依旧在淅淅沥沥地下着雨，爸妈已酣睡入梦。虎虎却还在乐呵呵地，毫无交集地和姥姥巴拉巴拉聊天。虎虎："嗯……嗯……啊……啊！"姥姥打开话匣子，与外孙谈笑风生："家家的心肝小宝贝！何必为烦恼而失去好心情？偶尔发泄一下，是必要的，但发泄久了，就会一直不高兴，嘻嘻……"姥姥说话有哲理。【膜拜】

虎虎小心聆听姥姥的声音："贝儿，家家昨天教你的一套武术，记住了多少？哦，一大半啊？不错！现在呢，现在还记得多少？什么？已经忘记一大半了？难为宝宝了……这会儿呢？还记住多少？已经全忘了……很好！很好！昨天教错了，现在家家，再重新教一遍……"

一位美国朋友问虎虎：在中国，是不是人人习武？虎虎说：当然啊！他不信。宝宝就给他看了姥姥教的这套武术视频，美国朋友佩服得五体投地，说中国人果然是自幼习武，在他

满怀崇敬地走开以后，虎虎就关掉了这个"全国中小学生第八套广播体操"。【我说啥了】

嘻嘻……大孙儿和姥姥越聊越虚无，越聊越缥缈。虎虎嘴角上翘，乌溜水灵的大眼睛，默默地对视着姥姥。这种对视的微笑，是那么不可思议和自然迷人，有一种说不出的魅力和味道。虎虎：家家！您尽管说吧，反正宝宝也听不懂，只要您讲高兴了就好！

安抚好哭闹的虎虎，也等于帮助了姥姥。当掌握了宝宝情绪、表情与动作，姥姥在照顾外孙上获得了乐趣，进而增进了祖孙的亲密。

姥姥是一个温馨的拥抱，

姥姥是一抹心仪的微笑。

姥姥是储蓄情感的行囊，

姥姥是外孙温暖的姥姥。

向窗外凝望，那如帘的雨幕，在暗夜里掀起而又垂落，那雨打树叶的滴答声，在急管繁弦中轻轻吟哦，好似吟诵着一曲，永远生动的千古绝唱。

资深小帅哥

2010 年 7 月 14 日 星期三 24 ~ 31℃

多云 无持续风向 微风 出生第四周 农历六月初三

最近，武汉都快忘记太阳长什么样子了。那个"天"啊，就像给破了个洞一样，天天下完大雨下小雨，白衣服跟斑点狗似的，都是霉点子啊！

今天，虎虎告诉大家一个好消息：您的太阳电量已满格，将自动开机。天下了几天的雨，到了今天好像也下累了，慢慢地停下了脚步，雨点到池塘里睡大觉去了，虎虎却醒着，哈哈……

妈妈让儿子趴在床上待一会儿，闲来无事，欣赏妈妈买的这套贡缎床品，这光泽如珍珠般温润，细细碎碎洒落在床单，好看得令虎虎心颤。

为什么要趴在床上？因为虎虎睡觉的时候，采取的是仰卧姿势，每天需要趴一段时间来锻炼颈部肌肉。这样对以后支起胸部、翻身、坐起和爬行都有帮助。而且，还能够防止后脑勺扁平。

与欧洲人的脸型相比，亚洲人的脸型相对扁平，面部宽阔，五官结构较散。欧洲人的脸立体感强，凹凸有致轮廓分明，比如古希腊的维纳斯，大卫雕像……所以，妈妈受西方艺术的影响，审美更偏向欧美人的面容。

婴儿的骨质很松，受到外力时容易变形，头形不正直接影响美观，虎虎是男孩子，可不能枕骨平塌、相貌平平，少了男人骨子里特有的霸气、威猛！

俯卧位的时候，妈妈把一条毛巾卷起来垫在虎虎的胸前，帮助宝宝试着支撑起胸部。虎虎慢慢地把头抬起来，看见对面趴着的妈妈，接着再左右运动一下，到处找姥姥……甚至，像只快乐的小青蛙，有积极的后腿蹬……

第三周结束，虎虎的身长和体重也在快速增长，身高增幅七厘米，体重增幅 1.2 公斤。

天气还不错，精神抖擞，准备去楼下两元店装装大款。妈妈给儿子穿了一套粉蓝色的全棉系带小睡衣。妈妈还特意用毛巾，揉湿了虎虎头发，做了三七分男范发型。这款发型，头发梳得很是中规中矩，复古范儿比较明显，特别能够表现出虎虎的成熟，颜值高就是好。【起范儿】

美国前总统林肯，有一段以貌取人的小故事，也有其可圈可点之处，我们不能忽视第一印象的巨大影响作用。因而，虎虎必须关注自己的形象，为将来讨老婆搭好台阶，奠定基础。【操碎心】

在心理学中，这叫作"首因效应"。这种先入为主的第一印象，是人们普遍的主观性倾向，会直接影响到以后的一系列行为。

妈妈呢，也特意换了套夏装。虎虎只知道，两个口袋的衣服叫学生服，三个口袋的叫西装，四个口袋的叫中山装，妈妈身上到处都是口袋，姥姥端起饮料抿了一口，喜滋滋地对虎虎说："你妈……这……如果不是时髦，就一定是乞丐！"

武装好，准备出发，啪，停电了。下了几天暴雨估计电缆坏了，应该在抢修。妈妈低头摆弄着身上那几个有趣的口袋，嫣然一笑："电梯也停了，先等一会儿吧。"姥姥"哦"了一声，就去卧室开电脑，片刻，探出脑袋问妈妈："猫尾巴，一点电都没有吗？"……妈妈瞬间无语，但，还是回复了姥姥："对，一点电都没有……"

突然听到敲门声，姥姥问："谁啊？"没回应。姥姥又问："谁啊？怎么不说话？"门还在敲，姥姥有点发怒了，提高嗓门："谁呀！"门外，一个同样愤怒的女人："没敲你家门！"

虎虎抬眼望去，一个无辜又一脸蒙的姥姥；还有个，笑得那么有深意的妈妈……

踌躇不定的态度

2010 年 7 月 14 日 星期三 24 ~ 31℃

多云 无持续风向 微风 出生第四周 农历六月初三

　　七月里，江城隐去了鹅黄，涂上了翠绿，凸显了这座城市一分老成。今天天气不错，是虎虎出去释放帅气的好日子。

　　下了电梯，楼下便是小区健身活动场地，适合老年人活动的运动器材，安装得恰到好处，有高低拉、旋转盘、扭腰盘……还有提供歇息的石桌、圆凳，社区服务人员还会在中午送来避暑的绿豆汤……

　　雨后，大地褪去了自己的炎热，换上了一件清凉外衣，清新的空气，弥漫了整个小区。太阳拨开洁白的屏障，一下子蹦了出来，温暖的阳光，不弱不亮地洒在大地。虎虎闭上眼睛，张开双臂，贪婪地呼吸着雨后甜润的空气。

　　九点整，妈妈在小区给儿子做"日光浴"。虎虎的皮肤摸上去圆润光滑，细皮嫩肉的。头发又密又长，黑里带点儿棕，棕里又带点儿黄，像在理发店里漂染过似的！车上说，禁止携带易燃易爆危险品，虎虎就想问一句，婴儿小推车算吗？宝宝默默地下了车，因为——虎虎可爱到爆！咯咯……

妈妈拿着小铃铛，在儿子眼前晃动，宝宝不错眼珠地盯着望，脑袋还随着铃铛变化的位置，转动着方向。虎虎头上，妈妈给儿子顶了块小方巾，看上去呆萌呆萌的。玩闹了一会儿，为了保护小脸和眼睛，妈妈把虎虎背向太阳。尽可能地，让儿子的全身皮肤多接触到阳光。

捡一片阳光，晒晒宝宝的四肢和脊背；捡一片阳光，晒晒宝宝的臭脚丫，虎虎的屁屁老妈并没忘，让儿子撅着屁股对着太阳……日光浴做了十分钟，妈妈抱儿子到树荫下，渴了饿了自带食粮。有时虎虎睡着了，妈妈也照常做，每天坚持四次，每次十分钟。

晒太阳，能够增强人体的免疫功能、增加吞噬细胞活力；调解人体生命节律，提高造血功能，对血液循环和新陈代谢有所促进，极好。

今天，邻居李槑阿姨抱着儿子哪吒也出来晒太阳，看到虎虎精致的五官，招来阿姨笃论高言："贝儿给人感觉，坚强、果断。深邃的目光、高耸的额头，说明这孩子头脑灵光、意志刚毅坚强……"再看看自己怀里的扁头哪吒："嘻！都是他奶奶害的……贝儿！以后找到好的女朋友，一定要让给我们家哥哥哦！哈哈……"

停放虎虎的小推车的地面上，有一只蟑螂，看到它的时候，它一动不动，好像是已经死了。妈妈本来想将它赶走。可是当妈妈刚刚拿起树叶，它突然像打了鸡血一样左冲右撞……

女人太神奇了，妈妈没生虎虎前，看到蟑螂都会尖叫。虎虎以为这次妈妈又被吓到，结果却出乎意料。妈妈迅速拿了树叶直接抓起秒杀蟑螂，眼睛都不眨一下。李籴阿姨问："漪涵，不怕吗？"妈妈秒回并反问："怕！但是我更怕它咬到我儿子，蟑螂会咬人吗？"妈妈最怕节肢类昆虫，嘻！这么胆小的女人，儿子以后还要格外关照！

一位爷爷在小推车旁逗虎虎，他个子高身材不瘦也不胖，满面红光精神抖擞，看起来是一位刚离休的高级干部，长相斯文谈吐优雅。突然，爷爷咳嗽了一下，紧接着，一声屁响压倒了咳嗽声，虎虎被吓到，随即大哭：呜啊……呜啊……有响应，太霸气了！

爷爷原本是想用咳嗽掩盖住屁声，结果没把握好节奏，来了一个上下交替进行……爷爷糗大啦，羞得满脸通红，一个劲儿向妈妈说抱歉，埋怨自己不该吃红薯……此时的虎虎没想那么多，心里只有一个念头——关照妈妈的事以后再说，拜托大家，还是疾速拯救胆子更小的虎虎。

发点小脾气，闹点小情绪

2010 年 7 月 14 日 星期三 24 ~ 31℃

多云 无持续风向 微风 出生第四周 农历六月初三

生活不是一场赛跑，生活是一场旅行，要懂得好好欣赏每一段风景。

这段时间，妈妈自己拟定了有氧运动计划，悠然自得地适度锻炼，诗意飘洒地放飞心灵，分娩的痛苦经历被渐渐淡忘，心情得到了极大的放松。再通过姥姥饮食上的调养，妈妈的身体恢复得很棒。

吃过午饭，妈妈要到公安局(武昌区)，参加警务管理考核，临走前，妈妈给儿子泵好了满满一大瓶母乳，把宝宝交给姥姥看管，这可是虎虎出生后，第一次离开母亲。【快哭了】

妈妈伸出手臂，把儿子圈进怀里，低头看着，眼神晶亮得恍若夜空中闪烁的星，妈妈似笑非笑地："儿子啊! 看不见妈妈，不等于妈妈不存在，宝宝在妈妈心里，乖乖地，听家家话，考完试妈妈就回来……"虎虎抬头浅笑，掩盖心中那分伤心。妈妈! 开车小心，早点回家!【偷抹眼泪】妈妈把一条小手帕交给姥姥，转身离开。

妈妈走后，姥姥把婴儿床推到自己卧室，一边上网写日记，一边方便照看虎虎。尽管新生儿虎虎还不能做翻身、爬行的大运动，但也需要有人二十四小时不间断地照顾。姥姥您可以有很多朋友，但是，脆弱的虎虎，现在只有您！

姥姥闲来喜欢读书写字，让自己的精神世界变得充实。姥姥常常愿意对着屏幕，敲击着心语，如今的气质里，藏着姥姥走过的路，读过的书，和爱过的至亲。

每当姥姥放下鼠标走过摇篮，外孙要么手舞足蹈，要么满眼的幽怨……躺在摇篮不闲着，一张小嘴，模仿着大人一开一合，还不时发出好多怪声，"嗯——嗯——啊——啊——"拉个臭臭也"嗯吱，嗯吱……"的，动静可大啦。【嗨翻啦】

虎虎进入出生后的第四周，体重开始增长，肤色也变得更加健康。

这会儿，虎虎躺着没动弹，姥姥以为宝宝睡着了，就拿手轻轻戳戳，没反应，姥姥慌了，吓到破音："贝儿！贝儿！"拽耳朵都没动静，侧耳细听，呼吸声均匀，姥姥一脸的惊魂未定"这宝贝怎么啦？"想给妈妈打电话，刚走了两步去拿手机，回头居然发现，外孙偷偷地斜眼瞄姥姥，嘴角还带着一丝坏笑……"嘿嘿！让小坏蛋给耍了，感觉家家这智商余额严重不足……还有救吗……"每场漫不经心的调皮，其实，都是虎虎深思熟虑的结果。【戏精】

啊啾！虎虎打喷嚏啦！下一个节目宝宝开始用"哭"来表达不满情绪……姥姥开始查找，引起"啊啾"发生的条件，疑似原因逐个解决……换了尿片、喂了奶，可外孙还是哭个不停，姥姥颇为无奈，抱着虎虎在房间里来回走动……而后，努力保持着严肃的语气告诫虎虎："宝贝，别哭了，这不是你的风格！"虎虎看了看姥姥，愣了愣，继续哭……【摆烂】

前几天，虎虎通过小手帕训练，渐渐地，对妈妈这块小手帕产生了依恋。今天，姥姥在束手无策的情况下，拿出小手帕。宝宝得到依恋慰藉，瞬间停止了啼哭。

虎虎从对人的直接依赖，转化为对物的依赖。妈妈两天的训练，使得宝宝的独立性和自信心，已经有所增强。

姥姥目光搜索房间，抬头看到了空调温度显示仪，"俺里个娘耶，可找到了宝宝哭闹的原因！"本来，新生儿房间的温度应该控制在27℃最适宜。好嘛！低了两度，敏锐的宝宝感觉到了冷！

天气晴朗，姥姥抱外孙背对着阳光，在客厅里晒太阳。

虎虎奔跑在理想的路上，回头有一路的故事，低头有坚定的脚步，抬头有清晰的远方！

一不小心欧了个耶

2010 年 7 月 15 日 星期四 25 ～ 35℃

多云 无持续风向 微风 出生第四周 农历六月初四

计划生育条例中规定：实行晚婚的，予以男方护理假 15 天。爸爸把护理假与正常军校暑假一并休。排除部队有任务外，妈妈月子里的每一天都有老爸照应。这就是"有计划的生育"！嘿嘿！你说妙哉乎？不妙哉！

妈妈窝在家里坐月子，已有二十多天了，今天阳光正好，心情不错，约姥姥一起去购物。妈妈满脸写着神清气爽，喊过来老爸，狡黠地笑着："老公，我们实行承包吧，儿子在我肚子里十个月，已经到了承包期，现在该你买断了。"老爸从妈妈怀里接过儿子，抬头，发现妈妈居然在偷笑。于是，不屑地回了句："离了你，地球照样转！爱去哪去哪！今天爸爸带宝贝！"儿子爱"死"了这低嗓门，沧桑厚重又苦情。妈妈侧头的时候抛媚眼，又甩了个飞吻……

妈妈先是怔了一下，然后顽皮地问："真的，准假了？"

爸爸潇洒地挥挥手："是的，放风去吧！"

随后老妈肩膀垂下来，声音变得小心翼翼、深情款款："老公，你老婆昨天做了个梦，梦见捡到五百块钱，忘了给你讲了。"

老爸边往摇篮走去，边轻描淡写一句："哦，知道了，你梦里捡钱了，恭喜！"

妈妈上前拦着老爸，照例抛个媚眼，嗲嗲地说道："不是，我的意思，你今天小心啦，梦是反的。"

老爸停下来，似笑非笑地问："那你说我今天要丢五百块啦？"

妈妈嬉皮笑脸地拿起床头柜上的钱包，一脸兴奋："鹤扬，你钱包里这五百块钱我没收了，省得你丢了，嘻嘻……"

老爸无可奈何地摇摇头："这梦，可真准啊！"

一通撒娇耍赖后，妈妈挎着姥姥胳膊逛街去了。

妈妈这一套丝滑小连招，其他人真的来不了，当"大冤种"这三个字写在老爸脸上的时候，儿子怎么就觉得，以前的地球，好像是在硬撑着转。【抠鼻】

关于气味这个小细节，姥姥可是一直有在用心经营，姥姥前天从邻居家，采摘来生长旺盛的薄荷叶，留在室内，散发出那丝丝的优质天然香，好闻极了。摇篮里的儿子在听爸爸唱着歌曲："摇啊摇，摇到外婆桥……"爸爸双手的摇晃和小床的摆动，培养了虎虎对节奏、韵律和语言的理解，使宝宝把声音和动作结合了起来——孔子不能帮忙解决的问题，老子帮儿子解决啦。

时间久了，虎虎就开始啼哭。宝宝又不是仙人掌，何必装坚强……爸爸知道儿子是要变换睡姿了。从仰卧到侧卧，持续了几分钟，虎虎又哭……正常情况下，婴儿一出生就会有眼泪了，但爸爸发现，儿子哭的时候没有眼泪。哦，这是因为虎虎不是真的哭，只是为了引起爸爸的注意。【皮一下】

没有眼泪，虎虎也不愿停止哭泣。很快，枕头上湿润了一大片，那深深浅浅的口水印，带着某种嘲讽的气息，冲着宝宝龇牙咧嘴……想形容下当时虎虎的心情，姥姥的键盘肯定不乐意。

爸爸带孩子循序渐进，最后张开双臂，全心全意地将虎虎抱在怀里……爸爸晓得，儿子要求拥抱是在寻求安全感，是想通过和爸爸的身体接触，来获得一种感受上的亲密。拥抱时的交流，不仅仅是体温，更重要的是，无形的情感交流。

父爱，如一丝丝细雨，即使在炎热的夏季，儿子也能感受到阵阵的惬意。

骨子里迸发出野心的汉子

2010 年 7 月 15 日 星期四 25 ~ 35℃

多云 无持续风向 微风 出生第四周 农历六月初四

盛夏，展开大自然的舞台，当帷幕倏然拉开，一个个表演者纷纷登场。夏蝉练就了一副好嗓子，高亢激越的大合唱，能把天空高高地举起来。虎虎也趁势打开迷人的歌喉：呜啊——呜啊——演唱生命的流淌。

"哦，宝宝不哭，是不是妈妈没回来，儿子饿了？爸爸冲奶给贝儿喝哈。"虎虎以一口闷的气魄，咂吧……咂吧……把一瓶奶瞬间给干完。【天花板】

慵懒的午后，紧紧地贴在爸爸胸前，满足地蜷起身体，饱饱地睡上一觉……一是表示很轻松；二是向爸爸表达纯粹的情感。

爸爸对儿子轻柔地爱抚，这不仅仅是皮肤间的接触，更是一种爱的传递，是心理需求。虎虎熟睡在老爸怀里，四肢弯弯，姿势像个小青蛙，其实那感觉，就像还在妈妈的子宫里，嘻嘻！

突然，传来楼上掉落物体撞击地板的响声，虎虎被吓着了，本能地甩肩抓住爸爸哭了起来。爸爸搂紧儿子，温柔地轻拍："哇，好大的声音哦，儿子不怕，什么事情都没有，只是楼上小宝宝在拍皮球而已，不怕，有爸爸在！"

虎虎这个时期，还不知道如何区分什么是异常的声音，天生有演进的过程，不自主的冲动又称作反射。

被爸爸安抚放松后，宝宝又回到原本状态。对于现在的虎虎而言，满足基本需求是最重要的。在人生的最初阶段，要给予宝宝持续稳定的爱，这将有助于发展良好的亲子关系。

爸爸斜抱儿子到窗前观景——引导对景物的兴趣，开发虎虎的好奇心。

部队大院，一排排直冲云霄的法国梧桐，高大挺直不屈不挠。阳光从层层叠嶂中投射下数道金光，此时的梧桐，更显得英俊挺拔伟岸。

当所有小婴儿还在吃奶的时候，虎虎已经在规划城市的未来。

窗前的虎虎，眼神干净清澈，眉头轻蹙，表情专注，一双圆溜溜的大眼睛连眨都不眨，将整个窗外，扫描一遍又一遍……嗯，下一步城市规划已成竹在胸啦，眼神中闪烁出一丝兴奋的火焰。【燃爆了】

爸爸在背后悠悠地逗虎虎："儿子，你是在规划城市的建设和完善？还是在整个迷茫的城市中，寻找奶粉店和儿童游乐园？"

虎虎紧抿嘴唇，沉默不语瞟了一眼。老爸还是有些担心，毕竟不确定性太多，眼神中颇有些玩味，赔着笑说道："纵使宝贝心中有千军万马,也要等到乳臭干!"

《孙子兵法》里讲:善战者,求之于势。三国的曹操就是借势的高手,他挟天子以令诸侯。是的,单凭虎虎个人能力真的很有限,但是,儿子借老爸力,就能轻松四两拨千斤,打破个人能力的局限。【这就厉害了】

一支壮歌由远而近,"向前,向前,向前,我们的队伍向太阳!⋯⋯"列队走来一个营的兵力。战士们步调一致整齐划一,目光如炬气吞如虎。为中华挺直了脊梁,为国家撑起一片晴空。

很幸运,虎虎生在军营、长在军营,伴着军号作息,听着军歌长大!无忧无虑地生活,始终保持着热血气盛,努力坚守火种,狂热、激情⋯⋯血管里流淌着军人的血液,有着与生俱来,拯救一切的踌躇满志。冯黄云舒是军队的儿子!"咱当兵的人就是不一样!"和父辈一起,共铸共和国的辉煌。

嘿嘿!不管身处怎样的环境,出来混,气场很重要!要有范儿!懂吗?就算看看风景,也要看出气质,看出与众不同!【有点实力】

一部永远不能倒带的连续剧

2010 年 7 月 15 日 星期四 25～35℃

多云 无持续风向 微风 出生第四周 农历六月初四

中午时分，太阳把树叶都晒得蜷缩起来，知了扯着长声吵个不停，姥姥、妈妈大包小包地购物回来。

一进家，鞋子都没来得及换，姥姥便跑去厨房做饭；妈妈则冲去卧室看虎虎，结果被老爸数落了几句，妈妈估计是看在他带娃一上午的分儿上，忍了。这让爸爸很意外，眼神在妈妈身上扫了一眼，颇有些忌惮："哟，平时脾气那么大的人，今天怎么不顶嘴呀？说说看。"妈妈瞟了老爸一眼，嘴角咧出一个狡黠的笑容，用手指头点了老爸的脑门下："我长大了，不跟你一般见识！"【格局打开】

"哈哈……亲爱的，我现在才知道，人家嫁女儿的时候，妈妈都是哭得很伤心。你出嫁的时候，咱妈笑得合不拢嘴的原因了。"妈妈抱起儿子，很傲气地瞥了老爸一眼，极其得意地："你现在才发现，不觉得太迟了吗？"

夫妻就是：一辈子吵吵闹闹，不分开，一辈子唠唠叨叨，成习惯。妈妈嘴角勾着一抹得逞的笑意，和躺在摇篮里的儿子对视了一眼，母子俩的脸上，是如出一辙的坏笑。

突然，虎虎尖利、刺耳的"呜啊啊——"转移了话题。虎虎拉臭臭了，感觉极不舒服，提醒妈妈，及时更换纸尿裤。【急眼了】

妈妈在大喊："孩儿他爸！快拿湿纸巾！"老妈接过纸巾，给儿子擦拭屁股。擦干净后，再用清水洗屁屁，好仔细哦！妈妈的笑脸猛然收敛，只见虎虎屁屁处有根飘带洒脱异常，微风乍起……"呵呵！小坏蛋！你诚心让老妈对着屁屁唱《志忑》嘛！"

姥姥说，那些很科幻、很抽象的，就算他们是打高尔夫也像在铲屎！哈哈！外婆笔下，亲亲的外孙，就连拉屄屄都透着"大气"！

妈妈又一次地大喊："孩儿他爸！快拿湿纸巾来！"老妈接过纸巾，又一次给儿子擦拭屁股。擦干净后，又一次用清水洗屁屁，好用心哦！然后把干干净净的儿子，放在纸尿裤上，比比整齐……嘀沥沥！一股泉水，直接喷进老妈嘴里！哈哈……尿咧！根本停不下来的画面，老妈只有呵呵了……【讨打】

嘿嘿！这就是虎虎，二十多天的陈酿，都快馊啦。老妈！老妈！别冲动，等儿子拉完、尿完，再揍！【气人不】如果你遇上一个，只穿着纸尿裤，但还很拽的男人，不要怀疑，没准他就是超人哦！【起范】

新生宝宝在很长的一段时间里，都不会控制排尿和拉屄屄的，全靠先天的生理机能自动排便。在一周岁以内，宝宝总是在饭后的几分钟内拉臭臭哦，妈妈，您切记！切记！

打理完毕，妈妈把儿子交给爸爸，老爸抱着虎虎，一边摇一边说话："贝儿，喊爸爸，爸——爸——"虎虎清脆地："哎"了一声。爸爸拨浪鼓似的摇头，有些期待地："不对！不对！你不能答应，你不是爸爸！儿子！看我口形：爸爸——"软软的小奶音："啊，啊——"看爸爸错愕的表情，虎虎知道我肯定是喊错了。老爸勾了勾宝宝的下巴，全程一脸矜持的微笑，说："错了！错了！又错了！还没学到阿姨那一课呢，请张开小嘴喊——爸爸！爸爸！"

夜色里，高高的天空上，星星一颗一颗地跳了出来，那么多，那么亮……可虎虎此刻，却还在扯着嗓子使劲号："呜……啊……呜……啊……"号得那叫一个响啊，音调跟防空警报似的。【搞事情】

爸爸轻柔地抱起儿子："来，贝儿，爸爸抱，爸爸给你唱首歌！"而后，爸爸轻声地给虎虎说："千不该万不该，不该给宝宝的胎教音乐放红歌！现在，贝儿不听红歌，睡不着啊！这都是老爸惯出来的坏毛病！"

妈妈、姥姥正准备倾听男人温柔版的摇篮曲，只听一高亢男声响起："起来，不愿做奴隶的人们……"妈呀！吓得虎虎哭声停了两秒后，继而开始撕心裂肺地号啕……然后，妈妈冲了过来，抢过爸爸手中涕泗横流的儿子："我对你的深情，已无法付诸言语，除了那一句：'滚一边去！'"

惯了，千姿百态

2010 年 7 月 16 日 星期五 25 ~ 32℃

多云 无持续风向 微风 出生第四周 农历六月初五

问：新生儿虎虎能记住所看到的东西吗？答：灶王爷上天——有啥说啥。不但能看到，而且还能记住所看到的东西。

妈妈在儿子的床栏边，挂满了一些五颜六色的小玩具，把婴儿床布置得非常美丽。虎虎躺在里面，目不转睛、全神贯注地认真看，虎虎喜欢这些色彩鲜艳的玩物。

一样玩具看得时间长了虎虎会厌烦，妈妈每天有更新哦。今天是黑白脸谱，明天一定要换上会发出悦耳声响的小摇铃，宝宝又会重新感兴趣，这叫作对"新奇东西的反应"。虎虎对已经看过的图像，有早期记忆的能力，嘻嘻……当虎虎对取得的小成就，不拿出来炫耀的时候，说明宝宝已经成熟了！【迷之自信】

记忆的小舟划进时间的湖水，泛起圈圈涟漪。虎虎在很早以前，就能认出妈妈脸上的变化。那是在出生后的第八天，妈妈有一点小感冒，为了保护儿子，戴上了口罩喂母乳。虎虎将眼睛睁得大大的，频繁地看妈妈的脸。眼光明亮停止吸吮，全神贯注地凝视……有什么事情不大对头呢？妈妈的脸，

怎么和以前不一样？结果，宝宝拒绝吃奶，入睡也很费劲，睡眠时间明显减少，睡着时表现得也十分不安定。【脑瓜子疼】

虎虎能认识自己母亲的脸，并记住那副秀丽的模样，一旦稍有改变，就会忐忑不安心神不宁。【要了命了】

那晚，妈妈带上框架眼镜，查看住院清单，日龄只有一天的虎虎，表示迷惑不解。害得宝宝人生的第一个晚上直数羊——一只羊，两只羊，三只羊……

嘿嘿！虎虎从一出生开始，不仅会看东西，而且还能记住看到的形象，有更高一级的脑功能，活跃的视觉记忆超强。【快夸我】

回忆虎虎出生的那一天，往事如昨不是传说。姥姥把外孙抱进"母婴护理室"，有一段安静觉醒的时光。那时的虎虎很少活动，周围环境舒适，室内光线也不太亮，宝宝慢慢睁开双眼，专心地听家人交谈，好奇地注视着亲人们脸上的表情，用自己独特的方式和感觉，开始与人交往"哦-哦-哦……嗒-嗒-嗒……"

在睡醒时，虎虎忙于观察周围的世界，喜欢看复杂的、多样的和运动的物体。宝宝眨眼比成人少，天生有奇妙的凝视，虎虎是带着好奇心来到这个世界的。

虎虎有着一双带着稚气的、被浓浓睫毛装饰起来的、深邃大眼睛。当睁大眼睛与爸妈互动的时候，对儿子抱有殷切期望的父母，从那无言的热切感情交流中，得到莫大的精神满足，增进了亲子之间真挚和谐的感情，加深了彼此的印象。

这会儿，虎虎看起来好没精神。可能是累了？可能是病了？最大的可能是——饿了！【超想哭】

小误会，让人心碎

2010 年 7 月 16 日 星期五 25 ~ 32℃

多云 无持续风向 微风 出生第四周 农历六月初五

　　时值盛夏，老槐树上虽然没有鹊儿，但知了却不停地鸣叫。虎虎也想放开歌喉唱首歌儿……但只能眯着眼睛，不紧不慢地哼哼……你看，羞得知了扑棱扑棱飞走了，换来清风徐徐从窗前走过。

　　姥姥在超市给妈妈发来信息："宝儿，樱桃 25 元一斤，刚进的货好新鲜，吃不？" 妈妈："买两个！" 姥姥："樱桃啊？"妈妈："贝儿还不会吃，你一个，我一个。"姥姥："伢咪，老娘我知道，有了宝宝日子难过，可是这也太难过了吧！买樱桃，只买俩啊？"瞧您这俩樱桃把姥姥绕的，都快喘不上来气。【愁啊】

　　哇咔咔……妈妈这是，抱黄连敲门——苦到家了。【龇牙】

　　姥姥完全不把妈妈的话做参考，直接买了二斤回来。姥姥小心翼翼地，把它们清洗过放在茶几上……哎呀妈呀！二百个都不止呢。【我倒】

　　樱桃，颗颗饱满圆润，呈亮丽红宝石色，果皮如珍珠般莹润，散发出诱人光彩。姥姥一捏，嘿！就爆汁，蜜糖汁水红如绸。虎虎多看一眼，仿佛就会被吸进樱桃的红色海洋，忍不住了！【口水哗哗掉】

而后，姥姥擦干手，着急忙慌拨通电话："喂，请问，是你在菜市场张贴求购买房信息吗？"听到对方连连肯定："对，对，您有房出售？"姥姥摆手："不是，我只是想提醒你一下，你信息里面写的因工作需要买房，工作的'作'写错了，写成做事的'做'了，我看着别扭！"对方："神经！嘟嘟……"挂了电话。

姥姥气呼呼地扔下手机，愤愤不平："挂了！也不说改不改呀？中国人连最基本的汉字都写错，没道理呀！"弘扬汉字文化，使中华民族文化的精髓，融入世界文化的血液之中，这是中华民族每一个炎黄子孙，责无旁贷的大事。【讲究啊】

姥姥，算了，算了，振兴民族文化也不缺他一个，不要影响好心情。

虎虎很快就要满月了，到了本周不知怎么啦，就特别偏爱橙色。妈妈在婴儿床的床头，优选悬挂橙色系的宝宝用品，刺激虎虎视力发育。妈妈、姥姥也在衣橱里，翻出橙色的衣服穿在身上，可姥姥那件羽绒服，是冬天穿的，啊哈哈……【捂脸】

妈妈哺乳时，儿子一边吃奶，一边直视妈妈的眼睛，这是宝宝情感发育过程中的视觉需求。妈妈试着一边温柔地和儿子说着话，一边将头慢慢移动，让虎虎的目光，追随着妈妈的面孔走……妈妈这样做，是在有意识地锻炼宝宝的视神经，促进大脑发育。

吃饱了，精神好，妈妈把儿子放入婴儿床里。将一根绳子的两端，系在婴儿床的栏杆上，把一些小个儿的，色彩亮丽的玩具、照片、小铃铛、蝴蝶结等，用夹子夹在绳子上。宝宝在绳子下面挨个儿瞅，看看哪个最漂亮。

妈妈在旁边，逐一给儿子全方位解析……而后，取下一个橙色彩球，轻轻摇晃缓慢移动……当虎虎注意到以后，稍稍抬头看，眼和头就追随着彩球走，小脑袋向左向右转动着，竟然转了180度。【击掌】

虎虎兴致勃勃地想伸手抓彩球，但手眼协调能力还不足，手举到半空又落下来。听说，虎虎要到四个月的时候，才能掌握这个本领。眼下，还需要妈妈把玩具放到儿子的手里。【尴尬了】

妈妈陪儿子一起玩，带领虎虎探索新奇而陌生的世界。那根挂满可爱玩具的游戏绳，让虎虎看、听、拍，这样既锻炼了宝宝的胳膊、手，还促进了手指的协调能力发育。同时，当虎虎一个人躺着的时候，感觉不孤单。

中午，姥姥系上围裙问妈妈："猫胡子，快满月了，想吃啥？"妈妈："蛋炒饭！"姥姥："吃了那么久的月子饭，今天改善一下，吃你最想吃的！"妈妈："肉末蛋炒饭！"姥姥一脸失望："你就不能有点追求啊？"妈妈思索了一下："两份！"姥姥："噗！"直接醉了……

像妈妈这样的女儿，总是以一个难题的形式，出现在姥姥面前。【乌鸦飞过】

虎虎靠谱，您随意

2010 年 7 月 16 日 星期五 25～32℃

多云 无持续风向 微风 出生第四周 农历六月初五

　　爸爸单位有事，中午没回来吃饭。妈妈可怜兮兮地打电话过去："老公，我难受，要吐……"电话那端的声音明显很紧张："怎么了？病了吗？为什么要吐？"妈妈弱弱地，上气不接下气："下班记着买点药回来，你老婆吃多了，撑的……"电话那端，传来很响亮的一句："撑的……的……"半天，无话。然后，爆语："老婆！请善待珍惜自己的身体，因为零件不好配！有钱不一定有货！哈哈……"

　　妈妈自行消化两分钟，才恍然大悟，一脸睿智的地笑："哎哟妈呀！这是要脱粉的节奏！"【幼稚鬼】

　　下午，爸爸下班回来，根本就没给妈妈买什么药，而是买了一大兜酱排骨。姥姥在厨房低头干活忙得很，接过卤菜先说话再抬头："鹤扬，上午你老婆都吃多了，下午，你又买回这么多排骨，故意的不是！"爸爸脸色略带为难地支吾道："不是，妈，老板问我要多少，我说给我称三十块钱的吧。一称 32.6 元，老板又掰了块说凑个三十三块吧。一称三十三块四角，老板看了看我，干脆三十四块吧……结果，有多少，干脆全买了……"突然看见，妈妈在姥姥背后不停地给老爸做鬼脸。【皮得很】

姥姥，您完全不用担心，小辈们会在你们的路上跌跤——他们全朝另一条路跑了，哈哈……

很多人以为，新生儿是看不见东西的，其实并非如此。在出生头几天里，虎虎虽然大部分时间都闭着眼睛，但不表示宝宝没有视力，只是因为，在妈妈肚子里从未使用过。之后，就慢慢学会并熟悉这个器官的应用。

这不，餐桌上那盆酱排骨，在落日的余晖下，泛出点点的油光，扑鼻的香味阵阵袭来……虎虎只是看一眼，口水就快流出来。不必文绉绉，妈妈抓起一大块排骨直接上嘴，先嘬一嘬上面香甜的杏子酱。牙齿与手合力，肉肉嘶啦脱骨，后槽牙上下翻腾，腮帮子跟着一鼓一鼓……唯有爱与美食不可辜负。【可劲儿造】

尽管虎虎视力很差，却对光线很敏感，对灯光的变化也是有反应的。所以，虎虎常常会对着天花板上的欧普照明灯具"出神"……爸爸、妈妈爱贝儿吗？爱！那为什么，不把灯具卖掉？给宝宝买切糕吃？【小纠结】

虎虎一天中，很多时间都是在呼呼大睡中度过，当宝宝睁开双眼时，妈妈一定会把握住这短暂的第一时刻，用温柔的眼神凝视。要知道，婴儿早期就能认清别人的脸，每次当虎虎看着妈妈的时候，都在加深对妈妈的记忆，"记忆"在完善积累逐渐聚集。

刚开始的时候，妈妈得到的只是儿子茫然的目光，但妈妈从没有放弃。而且，还在希望得到回应的地方稍做停顿，留给一些时间。如今，虎虎掌握了对话节奏，用友好的"咿咿呀呀"，填补了妈妈留给的那张白纸。宝宝从婴儿时期就具有意识、懂得思考。

晚餐间，爸爸被战友电话喊走。两个小时后，聚会喝高了的爸爸扭回家，瘫在地板上，开始呼呼……妈妈想把爸爸架到床上，实在是太重了，费了九牛二虎之力，才把老爸搬坐起来。这时老爸放了一个响屁，好似身体里蕴含着巨大的能量。妈妈吓得愣了愣，眼睛猛地睁大，无比震惊，满脸的不可思议："鹤扬，你这是要起飞了吗？"

虎虎眼神迷离地看向老爸……爸爸突发奇想，想知道虎虎是否能听得懂。于是，操着松懈的口音跟儿子说："看！看狗屁啊看！"想想不对，改口说："看你大爷啊！看！"老爸偷偷瞟了一脸嫌弃表情的虎虎，力避儿子视线，一脸我懂了的表情："好吧，看我儿子那副正经的样子，貌似真的听懂了！算了，算了，看就看吧！"

虎虎做人原则：别人放屁的时候，喜欢默默地看着，说他一句：没意思！【翻白眼】

三毛却说：爱情如果不落到穿衣、吃饭、数钱、睡觉这些实实在在的生活里去，是不容易天长地久的。真正的爱情就是不紧张，就是可以在他面前无所顾忌地打嗝、放屁、挖耳朵、流鼻涕；真正爱你的人就是那个你可以不洗脸、不梳头、不化妆见到的那个人。

小子！拽得很哪

2010 年 7 月 17 日　星期六　25 ~ 31℃

多云　无持续风向　微风　出生第四周　农历六月初六

虎虎就好比那黑夜里的萤火虫、田地里的金龟子，就连发呆、放屁，都是那样鲜明，那样出众。

吃过早饭的时候，黄澄澄的太阳在东方含羞地露出了头，没有一丝的风，一切都静悄悄的。妈妈斜靠在沙发上，抱着一本书在看，爸爸到银行取钱去了。闲来无事，虎虎陪在妈妈旁边思考人生。

姥姥哼着小曲走过来，看见外孙，歌声戛然而止，眼珠子一骨碌，压低嗓子问虎虎："猫心，这会儿在放空自己呢！"经姥姥这么一升华，宝宝突然觉得自己好文艺，然后，然后虎虎，就放了一个响屁……【渐显】

一个多小时后，爸爸取钱回来了，进门就一直在笑没有停。老爸坐下喝口水，缓了缓气，给我们大家讲了一段在营业厅里的经历。

爸爸在银行大厅拿号排队，坐在旁边的一位四十多岁阿姨问："先生，你有儿子吗？"爸爸自豪地连忙点头："有！

有！有一个儿子！"阿姨："唉，我的儿子，天天抽烟，抽得可厉害啦，我真是没一点办法呀，你儿子他会吸烟吗？"爸爸一愣，而后使劲摇头："不，啊不！他不会吸烟。"

阿姨投来羡慕的眼神："你儿子真不错耶！我的儿子，还天天晚上不回家。你儿子，是不是晚上经常很晚回家啊？"爸爸爽朗大笑："哈哈……没有！没有！他天天晚上都在家。"阿姨竖起大拇指："噢，您儿子真是好样的！"爸爸连连摆手："也不是，我的儿子刚出生，才二十多天大……"

"快点吧！赶紧给儿子擦屁屁！"妈妈拎着带有臭臭的纸尿裤，在喊讲故事的老爸。

虎虎被平放在床上，老爸轻轻地将儿子下肢伸直，略微抬起，乐呵呵地拿着湿巾给宝宝擦屁屁，擦得那叫一个卖力！"我们是害虫，我们是害虫……"嘴里还高唱歌曲："很干净！很干净！俺们的小屁屁很干净！"虎虎满意地舒了一口气，肛门收缩一下，冒出一缕气体。嘿嘿！肛门反射，老爸，躲开！小心伤害到您！

没有人知道刚刚发生了什么，虎虎已经掌握了用微笑掩盖一切的本领……宝宝在搞事情之后，对老爸是否接受儿子的这种行为，会呈现怎样的态度，宝宝十分介意，这是真的不骗你！

也许，有人对婴儿会具有这种复杂的心理动态而感到惊讶。然而，虎虎的确存在着期待的心理，这当中还包含着期待被认同以及被表扬的心理。婴儿作为一个人，与成人一样喜欢自己得到人们的承认。

在虎虎默默地祈求老爸的认同时，爸爸表现出认可的表情："嗯！不错，上下通气不咳嗽，很好！"满脸幸福地回头问妈妈："再来一个要不要？"妈妈脆生生地回答："要！儿子！再来一个！"

虎虎看到了爸爸、妈妈非常满意的喜悦后，大大地增强了勇气从而积极地成长。有屁不放，憋坏心脏；没屁硬挤，锻炼身体；虎虎要放屁，大家请注意；屁声一响，大家一定要鼓掌，啊哈哈……

爸爸神采飞扬地竖拇指："嗯，我儿子真好，深居简出不给老子在外招惹烦恼，尤其喜欢儿子不喝酒、不抽烟……哈哈！儿子啊！以后老爸给你擦屁屁，有屁只管放，不然自己熏自己损失有点大哦！"虎虎满眼充斥着稚气、满足的光芒，手舞足蹈，高分贝大叫："啊——啊——"小得意呢！

看见了吗？赞美虎虎的时候，一定要明确地指出原因、理由，让宝宝感觉到"赞美"不是虚伪、客套。同时，还能让宝宝知道，爸爸认同儿子的哪一部分价值，这不仅让虎虎对自己有自信，也让宝宝更愿意继续去实践和完善这个目标。

对孩子而言，终其一生或多或少地，都在寻求父母的认同，而这种对父母认同的渴望与日俱增。所以，一定要在这个时候，尽量满足宝宝的愿望。

优哉游哉的小日子

2010 年 7 月 17 日　星期六　25 ~ 31℃

多云　无持续风向　微风　出生第四周　农历六月初六

夏天，是成熟的季节，看吧，阳台上花盆里，姥姥种下的黄瓜，它们像在暗地里比赛似的，一天一个样。黄瓜结了嫩绿的双胞胎，一个荡着秋千，悬挂在枝蔓上；另一个，是怕晒太阳的小淘气，躲在肥大的叶子下乘凉……一阵微风吹来，姥姥的黄瓜摇摇晃晃……爸爸送给姥姥的两盆花茉莉、小石榴，在阳台上经历着生存与希望。

突然，姥姥在客厅惊呼："哎！哎！苍蝇怎么飞进来了？"于是拎起衣物肆意追赶。妈妈三下五除二，把拿在手里的酸奶喝完，拿起报纸拍苍蝇。刚拿起，飞走了，放下报纸又飞回来……反复几次，姥姥挺着急地拉住做最后挣扎的妈妈："猫尾巴，你俩玩得挺高兴啊！能不能一下拍死它啊，么板眼（为什么），玩精神折磨？老娘看着揪心！"

说着，修空调的师傅夫妇敲门进来，还是人家技术过硬，稳准狠，就一下，苍蝇一命呜呼了！

姥姥递过两瓶矿泉水，关心地问师傅："高空作业，万一手滑了怎么办？"师傅很有霸道总裁范儿，蛮有把握地说："安全绳在我老婆手里，我把她养这么胖，就是为了坠住我。【憨笑】"姥姥听得心惊肉跳，声音瞬间变得小心翼翼起来："你黑我！如果师傅真的掉下去了，老婆是拉不住的，重力大于拉力，一定要注意安全。"

姥姥领着师傅走到阳台，一副委以重任的样子："来，把绳子固定在阳台栏杆上，你老婆再拽住绳头……"姥姥从来不跟下苦力干活的人讲价钱，即使知道他们要价高，还是会如数给钱。

片刻，空调修好了，师傅夫妇提着维修箱出门，跟我们说再见。姥姥把他们送至门口，目送师傅们坐电梯下行，姥姥这才轻轻把门关上。

这对夫妇的背后，是姥姥的一份尊重，不是关门声的沉重和冰冷，即便三伏蒸笼时节，他们心里也会掠过一丝清凉。姥姥就像一朵小小的雏菊，没有美得惊天动地，却静静地散发丝丝缕缕的芬芳。

一段柔和的背景音乐……更加营造出朦朦胧胧的氛围，妈妈在给儿子轻柔地按摩，在温馨的环境中，虎虎感觉放松又温暖。涂上温和的婴儿油，然后配合妈妈高低起伏的手法，组合成一个整体，什么时候儿子满足了，妈妈才住手。每天按摩三次，每次十五分钟。

这个阶段的虎虎，有着强烈亲密接触的心理需求，妈妈决不会冷落了儿子。没事的时候妈妈就多抱抱，轻轻地抚摸宝宝的后背，柔柔地亲吻小脸，握住小脚，做做健身操……妈妈的热切关注轻柔爱抚，不仅仅是皮肤间的亲密接触，更是一种爱的传递。

做完抚触，虎虎躺在沙发上，混混沌沌地听妈妈讲睡前故事。这时，小区里三岁的歪歪，被他姥姥拉着来看虎虎。小哥哥温和的白 T 恤，就像宁静的初晨，撞色口袋是划破天空的朝阳，简单不失个性，给虎虎一个宁静的身影。

歪歪特别喜欢小弟弟，嘴里含着糖，趴在虎虎脸上咯咯地笑，吧唧吧唧亲亲……一个不小心，口水流到了虎虎的嘴里……宝宝一下子来了精神，小嘴卖力地吸吮着甜口水……目不转睛地盯着歪歪，虎虎渴望，再次与小哥哥亲密接触，期待着下一嘴。

君子藏器于身，待时而动。没办法，人帅路子野！【欧耶】

颠覆，想象

2010 年 7 月 17 日　星期六　25 ~ 31℃

多云　无持续风向　微风　出生第四周　农历六月初六

晚风，带着月季的幽香，飘进这间舒适的客厅，全家人有说有笑地看着电视。虎虎很认真地想告诉家人，电视剧演得可都是真的哈，都是实时录像的那种，一般不会看串戏。【不骗你】

《还珠格格》和《情深深雨濛濛》一起播了，这下虎虎蒙了，一会儿小燕子紫薇，一会儿又如萍依萍的。关键是，这两个主角两部戏里面都有，而且男主角也是哦！他们几个，怎么一下子在这边生活，一下子又去别的地方生活了呢？

为了搞清楚原理，在姥姥两个台来回切换的时候，外孙特别留意了下，这边的小燕子，会不会同时出现在另一边啊？唉！太乱了，脑壳疼！

妈妈抬起脸，忧心忡忡地问老爸："鹤扬，儿子今天怎么了，平时吃一侧乳房就饱了，今天两侧吃完还在找，怎么回事啊？要不再给宝宝加奶粉哈？"老爸头都不回地说："别问我，你问他！"问他！问他？爸爸，是问虎虎吗？

虎虎呀，就是忍不住想吃奶……又为什么，别人都是吃几口就饱了，而虎虎，是吃饱了还能再吃几口……虎虎的最高境界：宝宝喜欢吃奶吃到撑，管他多少烦扰事，没心没肺地呼呼睡大觉！

爸爸才不信儿子没吃饱呢，递过一片奶酪包，切面涂满了一层厚厚的奶酪，奶酪上又镶嵌着密密麻麻的干果，一颗颗黑加仑、蔓越莓像珠宝一般，看着，就一副香到爆炸的样子！

但是，虎虎不屑一顾，瞄了瞄老爸摇了摇头。爸爸抹了把嘴角的奶酪，惊讶地问妈妈："怎么？咱儿子都会说不想吃啦？"妈妈看看儿子，对老爸嗤之以鼻，故意拉长音："老公！是你想多了，儿子刚刚在尿尿，抖了一下，哈！"

妈妈奶水不足，要采用混合喂养。妈妈在网上搜索婴儿奶粉价格，放下鼠标长长叹了口气，很深沉地拍拍自己的胸："一定要争气啊！"

虎虎从不示人的《葵花宝典》：宝宝混合喂养，有两个"不"，一是，不允许母乳、牛奶一顿混合喂；二是，不要放弃母乳喂养。

母乳的脂肪和碳水化合物含量极低，却含有大量活性蛋白质、免疫球蛋白。新生儿自己的免疫系统，在六个月之前处于不成熟状态，缺乏足够的保护性抗体。这个时候，母亲的乳汁是保护宝宝不受病菌病毒侵袭的天然屏障。如果放弃，就等于放弃了宝宝吃母乳的希望。【真理】

妈妈冲了个澡，想给肌肤加点儿"营养餐"。最近，妈妈在网上买了一盒面膜粉，要用酸奶调制。妈妈边看电视，边打开了一盒酸奶。当把酸奶打开的时候，虎虎就感觉妈妈的脸，

已经没有那么重要了……吃货的悲伤。【捂脸】

躺在沙发上睡意蒙眬的姥姥，拿着遥控器不停地换台，妈妈把空酸奶盒扔进垃圾桶，回头柔柔地询问："妈，您不睡了啊？""睡啊，我换个好点的节目再睡……"嘻嘻！软绵绵清醒的身体，沉睡的灵魂看。好吧！我们出去散步，姥姥您就在家看《铁梨花》吧！【擦汗】

这个晴朗美丽的夜晚，不正是观看星星的好时候吗？妈妈把婴儿小推车撑上蚊帐，和爸爸一起推着儿子漫步在小区。

虎虎仰望漫天星空，感觉这夜晚，就是把宇宙罩上一层蛋壳，而星星，就是蛋壳上的小洞洞里漏下来的光。妙哉！对于写文已经炉火纯青的虎虎来说，辞藻早就在追求之外了，语言的精练和传神，自然而然就可得。【有点实力】

哈哈……嗝！

好想再次，聆听那声音

2010 年 7 月 18 日　星期日　25 ~ 33℃

多云　无持续风向　微风　出生第四周　农历六月初七

清晨，湛蓝的天空上，飘着雪白的云彩，像是被爸妈牵着手的乖巧小孩儿，悠闲地散步逍遥自在。远处，几片零星的云朵，像极了两年后的虎虎，欢乐地奔跑……嘿嘿！各式各样，千奇百怪。

爸爸在外过早（吃早餐），然后提着大兜小兜的热干面、豆皮、面窝、发米粑粑……往家里赶，这些都是姥姥、妈妈最爱吃的早餐。刚进门，就听到儿子哭闹，那对母女各种为难，怎么都哄不好……

刚把早餐放在餐桌，好巧不巧（极度真实可能引起不适），老爸一个悠长的屁赶来报道，高八度的音调……虎虎先是一愣，停止了啼哭，嘴角微微上扬……姥姥、妈妈深深地出了一口气……不一会儿，虎虎又很有节奏地哭了起来，似乎更加凄惨……妈妈、姥姥无计可施，同时一起看向老爸，那恳切的神情凝视着他……爸爸尴笑，脸色略带为难地摊开双手："没办法！我只能帮到这里了！"

哈哈……虎虎误把屁声当说话，是不是有点傻啊，笑死了，让宝宝缓缓吧！

热干面，一勺芝麻酱，两勺酸豆角，一勺酱汁，一筷子专心致志的沉浸感，一如武汉人混杂着江湖气的恣意潇洒。未食而乡情浓浓，食之则香气喷喷！姥姥在用力地拧芝麻酱瓶盖，只见她脸憋得通红，使出了全身的力气，可是瓶盖就是死死地待在上面。唉！算了吧，随手把瓶子递给了妈妈。

温馨提醒：前方高能预警，请系好安全带。妈妈接过瓶子，甩开膀子，轻松旋转拧了一下，一脸蔑视地瞟了姥姥一眼，把瓶子递了回来。姥姥特崇拜地点了下头，然后拧瓶子……然而，瓶子并没有拧开。

哈哈……妈妈，您那傲娇的表情，是怎么来的？姥姥玩不赢妈妈，虎虎给多彩的生活比个——耶！

吃过早餐，虎虎只想进行一场漫无目的的旅行，在一个有花有海、安静的地方晒着太阳。妈妈移过身子，愉快地和儿子打屁聊天，夸张的表情，回答儿子的旅行问题："咯咯""咕咕""嘎嘎""哼哼"……妈妈把自己出去旅行发生的故事，讲述给儿子听。虎虎喜欢这种氛围，并用"尖叫"和"笑"发表自己的"意见"。

新生儿时期的虎虎，平时都是紧闭着小嘴，只会用哭声表达自己的情感。但是，却对声音非常敏感。所以，家人经常会跟宝宝说话，不断刺激语言神经，这种刺激，不仅有助于发育，还能稳定情绪呢，嘻嘻……

虎虎还特别喜欢外婆的高音调、拉长声的交流方式：

"调——皮——人——精——小——坏——蛋！"每当这个时候，宝宝的大脑中，迅速输入传递过来的丰富而有趣的信息，学习语言的结构和作用，继而编码、储存……

画重点！虎虎的新概念很重要。亲子要早交谈，不怕"对牛弹琴"。令人惊奇的是，宝宝的神经键，比成人要多两倍。当家人用丰富的语言，向宝宝表达关爱的时候，就会使宝宝大脑的神经键，得到更多的刺激机会和连接。继而，使宝宝的语言能力、逻辑能力和计划能力，都会得到强化发展。

爸爸、妈妈、姥姥……云淡风轻的从容，丝丝入心的温暖，新生儿时期的虎虎，为"爱"遵循原则：我爱家人，因为我被家人所爱！

虎虎就喜欢赖着您

2010 年 7 月 18 日 星期日 25 ~ 33℃

多云 无持续风向 微风 出生第四周 农历六月初七

进入第四周，虎虎比过去活跃了很多，运动能力有了很大提升。俯卧在床上将下巴抬起，兴致勃勃地观察四周，然后，头转向一侧找妈妈。妈妈只需用嘟嘟嘴的表情，随意逗一下，就能引起宝宝微笑的愉快反应。

虎虎喜欢凝视，尤其是陶瓷罐里千姿百态的南天竹，在凝视的过程里，它们会从一种名称和概念，变成活生生的生命和存在。

妈妈把换下来的纸尿裤递给老爸，并对其灿烂一笑："鹤扬，给，你儿子的作业，赶快扔了吧，要不作业都写毯子上了。"爸爸听话地拎着纸尿裤扔进垃圾桶，很开心地赞扬："也是哦，这么说我家宝宝学习还挺努力的啊！"

爸爸！不管您老人家是真喜欢还是假喜欢，已经不能控制宝宝的存在啦。【飞媚眼】

妈妈换好纸尿裤，把虎虎塞到爸爸怀里，说："跟你儿子谈谈吧，不让尿不让拉，人家就是不愿意听妈妈的话！此尿片禁止大小便，违者没收工具！太费钱！"爸爸将儿子搂进怀里，拍拍屁股，嘟起嘴，佯装生气道："贝儿，你怎么敢不听妈妈的话？你认为你比你老爸还能干是吗！嗯？哈哈……"

虎虎将头转向爸爸，注视着他的眼睛，手动微笑，应和着爸爸的说话和动作，发出声音：啊——啊——

话归正题，虎虎多想告诉妈妈，即使您的儿子出现任何状况，也都只是阶段性的，一切都会慢慢好起来的。虎虎是特殊的，独一无二的，宝宝有自己的成长速度，有自己的步伐。

妈妈拢了拢头发，然后一脸希冀地望向爸爸："老公，这会儿贝儿不睡，我们看电影吧？昨天我刚买的，你喜欢的警匪片，据说是经典老片呢。"爸爸倚靠在客厅沙发上，妈妈也和虎虎一起窝进老爸的怀里。老爸一手搂着儿子的屁股，一手搂着妈妈的腰，五十二寸的大荧幕上，出现四个字——"黑猫警长"！

爸爸把妈妈推出去，一个略带愤怒又沙哑的声音："去！自己看吧！"然后轻轻帮助儿子，打开总是紧紧攥着的小拳头，抬起小手，抚摸自己的脸颊，同时还轻柔地按摩、抚触、逗玩虎虎的手和手指头……爸爸把自己的大手指，伸到儿子的手心里旋转，让虎虎握一握，老爸诚心早早开发儿子手的功能啊！吼吼！

一天之中，虎虎有几个小时是清醒的，明白的时候会强烈要求被抚摸，有人陪着玩耍。这会儿，虎虎舒服地闭眼沉思……然后，送给老爸一个会意的"笑"，呵呵！宝宝要睡觉了……【呵欠】

请把时光定格于暖色系

2010 年 7 月 18 日 星期日 25 ~ 33℃

多云 无持续风向 微风 出生第四周 农历六月初七

夏夜，特别安谧静美。知了睡了、青蛙也睡了，可虎虎还没睡，在拼命地在跟妈妈对抗，不相上下。【我都烦死】

这两天，虎虎有些拉肚子，妈妈想喂儿子喝点水补充下水分。拉扯了半天，虎虎就是不肯喝，妈妈怒目圆睁生气了："贝儿呀，你又不是三岁小孩，拽什么啊！找你爹去！"虎虎一脸无邪地望着老爸，爸爸却无辜地看着儿子："宝宝啊，你妈没说错，你不是三岁小孩，你还没满月呀……走！和爸爸一起泡泡浴睡大觉！"随后爸爸抱着儿子，扭起屁股，一展歌喉："我爱洗澡，皮肤好好……"

妈妈去拿榴梿酥饼吃，被姥姥阻止："晚上吃甜食，不怕长胖啊？"说着，姥姥把零食抢过来，妈妈却又从姥姥手里抢过去，傲娇调皮卖萌："可以吃啊，关键在于怎么吃……"妈妈说得眉飞色舞，姥姥却意兴阑珊："姆妈，我告诉您啊，一般，我都是假装看看老公，看看儿子，再看看电视……然后，趁零食不注意，以迅雷不及掩耳之势塞进嘴里，咿呀呀哈……"

姥姥身子往门上一靠，一副戏谑的样子看着妈妈："伢咪，你的才华就是把与人相同的聪明，用到与众不同的地方去了。"

妈妈一把拽住要去卫生间的姥姥，一脸蠢萌："别走啊，我还没说完呢。这速度啊一定要够快，让零食和身体反应不过来，它们就不会知道发生了什么，一切风平浪静，一切就像没发生过一样，嘻嘻……"

姥姥甩开那拽着她的手，一脸迷茫地回应着："猫蹄子，你想过没有……吃了会怎样？算了你别想了，想也想不起来。"头也没回，径直去了卫生间。

烦恼好像虱子搅，你越在乎它越咬。不如脱个赤条条，跳入水中洗个澡。【大聪明】

浴缸里，姥姥放了一缸的水，水温适中的泡泡浴。儿子躺在老爸的胸前，身体一半泡在水里一半露出水面。爸爸轻轻呼唤着虎虎的名字，循环着那一句歌词："我爱洗澡，皮肤好好……"

爸爸缓缓地把温水泼在儿子的四肢和身体上，再搓搓小屁屁……儿子和老爸玩着轻柔的"水"游戏。虎虎在爸爸强有力的臂弯中，享受着水带给的舒适，对水的恐惧感大大降低，取而代之的是，水带来的乐趣。

除了妈妈的温柔体贴外，和爸爸一起游戏，对虎虎来说更是至关重要。亲子游戏，不但给宝宝带来了快乐，还是哄宝宝入睡的绝招。

妈妈将似睡非睡的儿子抢了过来，搂进怀中："肉嘟嘟的小迷糊，妈妈爱死你了，唔嘛，唔嘛！"妈妈柔柔地抚触虎虎细嫩柔软的皮肤，一股清香萦绕在母子鼻间……这不是玫瑰的浓郁，也不是雏菊的淡香，儿子这体香，真的使妈妈感到爽！

虎虎的皮肤细嫩柔软，这是因为在羊水里，浸泡了整整十个月。假如你，也在一个充满液体的健身中心待上十个月，说不定你的皮肤，也会这么柔软呢，嘻嘻！再加上婴儿的皮肤分层少，较硬的角质层尚未发育好，又比成年人的脂肪水分含量高，所以，摸起来像丝绸一样顺滑呢。【我羡慕了】

虎虎的体味清新好闻，这主要得益于宝宝的汗腺还没有发育成熟，没有汗自然不像大人那样有一股汗味咯。另外，家人对虎虎格外呵护，洗浴频繁，衣裤常换，体味当然就好闻。【放电】

温暖是在一个静谧的夏夜，窝在妈妈的怀抱，抬头仰望那一颗颗闪烁着的星辰，耳边伴随着虫儿鸣叫，虎虎展开了无限的遐想——那每一颗星星的背后，是不是都有一个美丽的传说？还有那初七的月亮，调皮地跳过树梢藏在屋檐下，又突然掠过屋顶，跃过矮墙不见了……宝宝在等候，你承载着虎虎无尽的梦想。

画出一群人的感伤

2010 年 7 月 19 日 星期一　25 ~ 33℃

多云　无持续风向　微风　入伏日　出生第四周　农历六月初八

风愈燥，日愈长。荷花三百里，草木正葱茏。今日入伏，这天气，拌个凉菜都要赶紧吃，不然都要变麻辣烫了。走出空调房全凭"壮士一去兮不复还"般的意志，全家只有爸爸还要坚持上班。

虎虎疑惑地问：爸爸，是什么让您在这样的高温下还坚持工作，是爱吗？爸爸笑答：这么热的天，还能让老爸坚持上班的主要原因是——穷！【抠鼻】

大清早起床，爸爸以为我们母子还在熟睡，遮阳窗内不敢惊动，揉揉还闭着的眼睛，摸索着穿衣裳……"裤子穿反了，衬衣穿反了，袜子也穿反了，唉……"最后，抱着一堆衣物，穿衣模式去卫生间重启了。

爸爸速速穿好衣服，提前出门，没乘单位接送班车，而是坐上了 3 路电车，老爸此次出行路线——拐弯帮战友办件小事儿。

车上大妈拍拍爸爸的胳膊，很认真地问："小伙子，去百步亭啊？"

爸爸回："是啊，阿姨您认识我？"

大妈说："不认识，你大老远坐公交去丢垃圾，我还是第一次见！"（垃圾转运站在江岸区百步亭）

爸爸低头看，局部特写——虎虎用过的纸尿片，随着车子的颠簸，白里透着黄，翩翩起舞像仙女一般……行吧！出门把垃圾带上，还差点带到部队！【太尴尬了】

妈妈！对着手机您笑啥？您笑啥？能不能帮忙提醒爸爸——下一站丢了吧！亲爹耶！儿子的节操何在？满满的都是泪啊！【已哭瞎】

自从有了虎虎，家里就像被原子弹轰炸过一样，尿片升腾，鞋袜飞舞，虎虎的哭声在耳边震荡……请记住虎虎的话：生活是美好的，烦恼是暂时的。不信吗？家人虽然睡得晚，但是起得早啊；照顾虎虎的工作虽然不起眼，但是责任大啊；固然虎虎很小，但是屁事多啊……嘿嘿！是吧！

这个时期的虎虎，已经开始寻求与人交流了，而家人往往被折腾得筋疲力尽。从前悠闲的生活已不复存在，宝宝完全变成了他们的生活中心，整天得哄、得抱、得与宝宝讲话……任何一个环节都不能忽略。家人的责任，不仅仅是喂饱穿暖，而是让宝宝认识这个世界，真正成为家庭里的一员。

什么叫"被爱"？就是连自己都不能容纳的缺点被容纳了。能认真带孩子的家人，都自带光芒。【真爱啊】

姥姥的QQ提示音，不停地"滴滴！滴滴！"这是远在河南的姥爷，在上班之前想和大外孙儿视频聊天。对话框里，虎虎两道浓浓的眉毛泛起柔柔的涟漪，一双闪亮的大眼睛凝视着姥爷，一张坏坏的笑脸，咧开的小嘴，吐出一串口水到键盘上……

知道吗？孩子在新生儿期，大脑是最聪明的，具有惊人的吸收能力。教育家蒙台梭利女士，把它称为"胎生的吸收精神"。越是接近零岁，这种吸收能力就越强。与零岁至两岁的孩子相比，成年人是无论如何，也无法与之相提并论，厉害着呢，不骗您！

十分享受的姥爷，突然在那边喊："林妹，是信号不好吗？光能看到你动嘴，咋听不着声儿啊？"姥爷以为姥姥在旁边，讲解虎虎动作表情。可在一旁的老妈，很淡定地回答："爸，不是信号不好，是我妈在那啃鸡腿，压根就没说话！"这回，姥爷是太跟得上节奏了，哈哈……

姥姥啃完鸡腿去卫生间洗手，不知怎么的，把洗发水弄了一手，急忙跑到妈妈卧室……虎虎以为，姥姥是要纸擦手。结果，姥姥把洗发水都抹在妈妈头上……然后，然后，姥姥淡淡地说："猫耳朵，去吧，我看贝儿，你去洗个澡！"妈妈站起身，留下一个生无可恋的背影……

妈妈！不历尘埃三伏热，孰知风露九秋凉。不管多煎熬，记住，人生都要眉眼带笑！耶！

这个，可以胖

2010 年 7 月 19 日 星期一 25 ~ 33℃

多云 无持续风向 微风 入伏日 出生第四周 农历六月初八

　　一到夏天，武汉就变得跟其他城市不一样咯！人家的城市：不经历风雨怎么见彩虹！而我大武汉：不经历风雨怎么迎接狂风暴雨。昨晚，下了一场毫无征兆的滂沱大雨。

　　吃过早餐刷洗过，姥姥把虎虎母子安顿好，自己打扮得优雅得体、干净利落，准备去菜市场。出门前照照镜子对自己笑了笑，充满自信地出门。

　　危险，危险，危险！林妹，今天的菜少，且贵！

　　姥姥买菜回来，手里只拎着两根葱，跟妈妈学着菜农的抱怨："我的菜，昨晚在雨水里游泳，我告诉它们，你们洗洗就睡吧，不要游太远。谁知，它们如鱼得水，一去不回……"

　　正在妈妈怀里吃奶的外孙被呛到，差点没把宝宝憋"死"！哈哈……家家，收起您那幽怨的眼神……待虎虎问候全体菜农好！

　　虎虎一阵咳嗽，小脸通红，家人见状十分心急，姥姥赶快捏起耳朵，妈妈忙着从上往下抹儿子胸口……妈妈、姥姥耶！告诉你们，不要太着急，这是宝宝听姥姥说话忒搞笑，不小心吃奶呛进呼吸道。咳嗽，是人体清除异物的保护性呼吸反射动作，你们的宝宝为了保护自己，而体现出的一种聪明举动而已。

出生后的虎虎，吞咽反射已经发育健全。但是，偶尔还是会因为溢奶或吃奶太急而有咳嗽的反应。甚至有时还会出现轻微的呕吐，这些都是正常的现象。宝宝的整个口腔运动会随着呼吸、吸吮与吞咽等动作而发展。吞咽反射功能也会随时间推移慢慢成熟。

妈妈最近适应了家庭的环境和生活秩序，母乳分泌有所增加，奶水质量已趋于稳定。妈妈尊重儿子的人权，选择按需哺乳，虎虎给妈妈的回报必然是——良好的身高和体重。

这胖嘟嘟的体形，说明虎虎体内的发育已经步入正常的轨道。姥姥晚上照顾虎虎，好让妈妈休息充足。姥姥试着夜间给外孙补充一些配方奶，以免宝宝因哭闹不止睡眠不足而影响体重。这种短时间加配方奶的方法，并不是意味着放弃母乳喂养，仅仅是一时的权宜之计。

虎虎为了答谢家人，会一直保持圆乎乎、胖嘟嘟直到蹒跚学步。多余的脂肪为婴儿保温，这是宝宝的自我保护。虎虎要长到三岁以后体形才会发生变化，那时脂肪会在全身重新分布。

虎虎好害怕哦，万一刮起十二级台风，人家都刮不走，我刮走了，好丢人的！这个，可以胖！【野性吃奶】

爸爸突然接到命令执行任务中。姥姥今天不想做午饭，自己出去买点吃的回来。这不，都出去一个多小时了还没回来。这会儿，正好姥爷的电话打过来，妈妈着急地跟姥爷说，言语间颇有些惊慌："我妈出去买饭了，出门都一个多小时了还没回来，咋办啊？"当时姥爷一听更着急，用阅尽沧桑的声音一顿输出："宝儿，你快打电话给她，真怕你妈吃完了，空着手回来！"

出乎意料，姥姥抱着一束花回来了。昨晚突然下的那场暴雨，养花大棚被风吹开，被雨水淋过的花儿都蔫儿了，看上去状态不是太好，店主说花还没醒，让姥姥等等，这一等就等了俩小时啊。价格便宜不少，回家放洗碗池里浸着，枝条充分吸收水分后，每一朵花都神采奕奕，捡漏成功！

姥姥眼睛里写满了故事，脸上却不见风霜，每天画个淡妆，穿上自己喜欢的衣裳，不嘲笑谁，不嫉妒谁，也不依赖谁，只是悄悄地努力活成自己喜欢的样儿。

辛苦了，自己

2010 年 7 月 19 日 星期一　25 ~ 33℃

多云　无持续风向　微风　入伏日　出生第四周　农历六月初八

医生经常叮嘱虎虎，不要熬夜，要进行光合作用，做一个安静的美男子。遵医嘱，玩了一天该睡觉了。虎虎对外界的反应停止专注，把小脑袋转向一侧不理睬妈妈，小嘴张得圆圆的，哈欠连天睡意蒙眬……妈妈见此状态，将儿子轻轻放置于舒适的婴儿床上，盖上柔软的小被子不再打扰。

新生宝宝的大脑皮质发育尚不成熟，意识不如成人清晰。但研究发现不论宝宝是睡还是醒，脑电波的形态大同小异，这表明宝宝的大脑，全天候皆在意识状态，即便在睡眠中仍然在学习。即使入睡了，妈妈也不着急关掉莫扎特的音乐CD。

肉嘟嘟香肠一样的睡姿，和煦的灯光，轻轻洒入虎虎沉睡的梦里……

如果说，人体是一个充满问号与悬念的王国，那么，新生宝宝身上的"为什么"就很多了。比如说，为什么呼吸香甜呢？虎虎画重点：首先"得益"于宝宝没有牙齿，口腔没有残留。其次，宝宝大部分时间张着嘴，空气流动抑制了细菌。

呵呵！每个人都有盲点，最大的盲点就是维护自己的盲点，否定别人的盲点。【偷笑】

古话说：亲不亲，一家人，打断骨头连着筋。梦西湖姥姥的表弟邢栋夫妇，带着儿子邢军来看虎虎。宝宝一直睡着不睁眼睛，无论你们怎么折腾，睡得正酣的虎虎就是不愿醒。舅姥爷一家三口，只好在客厅和妈妈、姥姥侃大山……

姥姥泡桂花乌龙热茶招待客人，你看那水一触茶，茶香瞬间炸开，是馥郁雅致的香与甜，花香与茶香糅合得极好。慢酌细品，聊琐事，聊柴米油盐酱醋茶，刚转个话题聊邢军舅舅的女朋友，"噌"地一下全家都站了起来，呵呵，聊天就此结束。

舅姥姥纳兰嫣然，走近婴儿床，转身朝姥姥笑道："姐，给孩子个小红包，算是见面礼吧。"

说来奇怪，虎虎一下子就睁开了眼睛，紧盯着舅姥姥手里的红包不动……舅姥姥掩口大笑，揉了揉虎虎头发说："这小屁孩，是个财迷，见钱眼开呀！"舅姥姥喜爱地抱起宝宝："让舅姥姥亲亲……哎呀，吐奶！吐得我一嘴都是……甜的，哈哈！"

虎虎必须是"财迷"，因为钱是个好东西。每次跟妈妈去沃尔玛购物，结账的时候都有一个奇怪的仪式，妈妈给收银员一把钱，收银员再还妈妈一把钱，然后妈妈还能把东西拿走（虎虎只知道纸币、硬币是钱，但不知道是有面额的）。

　　舅姥姥把虎虎重新放进婴儿床内，妈妈赶快拿湿纸巾帮舅姥姥擦拭……这时，你再看虎虎，可是有点闷闷不乐呢，隐隐中，还伴随着瑟瑟发抖，妈妈吓得嘴里不停地喊："贝儿！贝儿！你咋的啦？"只听"噗"的一声响，恢复正常。"哎呀！是屁憋的！"就这样，这一声悠长的声音，把室内的笑声再次推上了高峰……

　　虎虎给自己点了个赞，辛苦了，自己！快夸我，在线等！

　　然而，虎虎一直在为一件事情苦恼至极，姥姥您跟外孙说过，新生儿应该学会矜持，宝宝懂。可是，假如没有虎虎的豪放，别人还怎么快乐？不想太坏，但也不想变乖。哎，真上火！

穿过阳光，还是感觉到了凉

2010 年 7 月 20 日 星期二 27 ～ 34℃

多云 无持续风向 微风 出生第四周 农历六月初九

刚刚起身的太阳，露出了早已涨得通红的脸庞，像一个害羞的小姑娘到处张望着。姥姥悄悄来到外孙床边，特别喜欢看虎虎睡觉时的样儿。

有时候，虎虎睡梦中经常会笑醒，每次把自己笑醒后，就闭着眼吧嗒一下嘴，然后装作很严肃地继续睡……甜美、安静。而这个时候，睡熟之后的宝宝表情依然很丰富，时而甜美微笑，时而锁紧眉头，时而咧嘴哭泣……让人搞不清楚究竟是做着怎样的一个梦。

这"梦"虎虎只告诉尊敬的姥姥，姥姥答应过严守秘密。梦到奥巴马女儿向虎虎求婚！被婉言谢绝。拒绝后的虎虎好紧张，不知道这样会不会因此影响到中美关系？【小纠结】

哈哈！姥姥忍不住亲亲外孙细嫩的小脸蛋，还有那光滑有弹性的小屁股……满面桃花的样子对虎虎乐呵呵："终于知道，贝儿的皮肤有多嫩了，一口气就能在宝宝脸上，吹出一个小酒窝。"

姥姥忘情地趴在外孙脸上嗅来嗅去，尤其喜欢身上那股淡淡的奶香……妈妈也凑过来在虎虎脸上猛劲儿地吸，还带着配音的那种，冲姥姥咧出一个明亮的笑容，打趣道："姆妈，我们是要把这小坏蛋给吃了嘛！"

哈哈……纷吾既有此内美兮，又重之以修能。

每到换季，家里的床品也要随季节更换。贡缎四件套铺上的瞬间，视觉上就能给卧室降温五度，非常有夏天的感觉。

姥姥、妈妈一起在卧室训练宝宝爬行。在这沁人心脾的嫩绿色氛围中，俯卧的虎虎慢慢地抬起头。姥姥用手抵住宝宝双脚，宝宝先是腹部蠕动了几下，然后四肢不规则地划动……虎虎是不是很了不起！一出生就具有爬行反射能力。【天赋啊】

灿烂的阳光，穿过花叶间的空隙，一缕缕地洒满了阳台，突然，发现姥姥的额头，竟出现了水波纹一样的皱纹。虎虎一点都不喜欢皱纹，恨不得用力磨一磨，将那几条岁月的痕迹抹去！

那些个爸爸不在家的日子，虎虎常常以"呜啊——"的长鸣，打破夜的宁静……姥姥每每起身抱起外孙："嘻！小坏蛋！可以哭，但咱们不要哭太久哦！"在姥姥给外孙开过的玩笑里，藏着好多好多的"爱"。

姥姥满眼的疼爱，把外孙贴于胸口，将虎虎整个拥进姥姥的世界……轻拍宝宝在客厅里来回踱步，轻柔平缓地浅唱《摇篮曲》……姥姥身上，有股淡淡的水清莲的味道，直入虎虎鼻腔……姥姥，您给的幸福，外孙永远不会忘。【熊抱】

　　姥姥把睡得正酣的外孙，轻轻放在正在神游的妈妈身边，然后疲惫地挨着外孙靠墙躺下，虎虎甜甜地睡在姥姥、妈妈中间……爸爸不在家的日子，有姥姥陪在身边。

　　奇怪！头一天晚上，姥姥睡的时候在床上，第二天，姥姥醒的时候，怎么在墙上？姥姥像谜一样！【当机中】

　　今年，五十一岁的姥姥，岁月虽然在她身上留下了痕迹，却没给她身上带来一丝暮气，眼角眉梢都是一分悠然恬淡，有着不一样的风韵。姥姥值得这样优雅地老去，不急、不争、不怨，从容地走过生命里的每一处风景。

　　阳台上，姥姥精心养了几盆好花，像照顾虎虎似的照顾着它们。淡淡地看着蓓蕾开花枝儿发芽，独自享受那份宁静……为了新的一代轮回，感受那绿叶青翠，感受一朵花儿、一片新叶的内在生命……唉！虎虎真心不想长大，因为长大，外婆会老的！【莫名心酸】

追随触动心灵的旋律

2010 年 7 月 20 日 星期二 27 ~ 34℃

多云 无持续风向 微风 出生第四周 农历六月初九

家人们都发现，虎虎有很强的模仿能力。其实，宝宝从出生的那一刻起，模仿能力就已具备。

场景，虎虎现在正处于安静的觉醒状态，姥姥距离外孙的脸有二十厘米，俩人互相注视着。姥姥聚精会神地看着外孙，外孙也在目不转睛地望着姥姥，仿佛姥姥往外孙心里灌输着一种能量，使虎虎振奋。

这时，姥姥边说，口形边夸张地起着变化：

"贝儿，看着家家的嘴巴，家家说'贝儿走了！'"姥姥做着表情——伤心的嘴角下撇；

"哦，贝儿又回来了！"姥姥嘴角又欢快地上扬；

"贝儿放屁臭家家！"姥姥委屈地噘起嘴；

"贝儿会洗尿布了！"姥姥惊讶地张大嘴；

"啊呸！贝儿又拉臭臭啦！"姥姥捏着鼻子，使劲地摇晃头……

虎虎嘴巴张得大大的，认真地看着姥姥的面部表情变化，姥姥对外孙微笑，宝宝也微笑；姥姥对外孙伤心，宝宝紧缩眉头，噘起小嘴露出悲伤……姥姥一逗，宝宝的鼻子就一纵随之小嘴一咧，笑咧。哈哈，原来虎虎没有一颗牙！【捂脸】

特写：虎虎继续盯着姥姥的脸，渴望能有下一个有趣的表情。姥姥定了定神，接着冲外孙做鬼脸、吐舌头……开始时，虎虎朝着一侧面颊移动，在嘴里运动着自己的小舌头……大约 20 秒钟后，宝宝的舌头慢慢地出现在嘴边，最后，快速地将舌头伸向唇外——冲着姥姥俏皮地也"吐舌头"！【嘿嘿】

姥姥一下子愣住了，吃惊地把嘴巴张得像箱子口那么大。茫然地咽了两口唾沫，惊喜无比地喊："我的天！小屁孩会模仿，是真的！"

虎虎的模仿行为，是复杂而又很有意义的，当宝宝看到姥姥的面孔，马上就会联想到自己身体的具体定位，这是一个复杂的认识过程。这是真的，虎虎不是说大话！【简直了】

虎虎：我就是我，颜色不一样的烟火！姥姥：呵呵！瞎扯！江湖上没有这种传说！

这个时期的虎虎，模仿基本上是需要透过思考的，宝宝看到、思考，再跟着做出来，此动作即为模仿而不是反射。

值得做的事情，都值得一做再做。虎虎盲目地践行着这句格言：思想和表情总有一个在路上。这是宝宝看完《划过天空的拖鞋》第一卷后的感悟。原来，虎虎也是可以有文化的！【沉浸了】

这种模仿，不见得虎虎是有意识的，但是已经足以引起姥姥的喜爱，并继续和外孙做这种游戏。模仿，也是虎虎主动选择和姥姥互动的方式，当虎虎模仿姥姥的动作后，姥姥要是不及时给予回应，虎虎就只是玩一下而已。

相反，此时的姥姥立即给予情绪上的回馈："家家很欣赏贝儿在模仿方面的才能，宝宝和家家一起继续游戏好不好？啊……"（姥姥拖着长音）虎虎嘴巴慢慢张开，没有牙齿不要紧，还更方便吐舌头，哦啦啦！

姥姥歪着头微笑着，柔柔地询问："贝儿的小舌头呢？吐出来让家家看看。"姥姥放大了外孙的优点，增强了自信，虎虎觉得十分有趣，再度引发下一个动作。唔哈哈……好好玩哦！

新生儿的这种模仿能力，是被一位希腊天才心理学家，马勒特斯注意到的，他说，人要生存就会学着观察环境、学着变动，环境与人是相互影响的。当孩子还没开始和环境互动时，第一个所接触到的环境就是——家庭。

如果有一天，虎虎成了"吃货"，请告诉别人，宝宝是模仿妈妈的……黄漪涵，您拥有把儿子带走调的本领。【沦陷了】

轻妙，幸福的旋律

2010 年 7 月 20 日 星期二 27 ~ 34℃

多云 无持续风向 微风 出生第四周 农历六月初九

落日余晖，褪去了晚霞的最后一抹酡红，夜，像半透明的油墨纸，渐渐地铺展开来。刚出生时的虎虎和风景是一体，自己不会观赏自己，观赏的都是成年人。宝宝不知道自己身上长着胳膊长着腿。可现在不一样了，宝宝开始探索自己的身体，最先发现的是自己的手和脚。

为了提高虎虎的兴致，妈妈试着在儿子面前，晃动着宝宝的双手和双脚，然后，把儿子的手臂高高举过头顶，嘴里唱着民谣："报告司令官，没有裤子穿，捡了一块布，做条三角裤，东缝缝西补补，还是漏屁股……哈哈……妈妈的贝儿，露着小屁股！"虎虎看见了，也感觉到了自己存在的小手。

然后，妈妈一边给儿子唱："一二三四五，上山打老虎……"一边数儿子的脚指头……这些活动都激发了宝宝对自己身体的兴趣。

夜色里，月亮像是一个婆来的新媳妇，羞答答地钻进树林……妈妈给儿子洗过澡，将虎虎赤裸平放于平整的床上，这套淡青紫色床品，赋予它轻薄柔软的肤感同时，触碰还能感受到一丝丝清凉感，每晚睡觉，虎虎都感觉自己是滑进被窝的。

虎虎最喜欢换纸尿裤的过程，这是和妈妈亲密接触的时间；是和妈妈共同体验亲切与愉悦的时候。

妈妈打开纸尿裤，默默地放慢了语速："贝儿，感觉到了吗？妈妈在给你穿纸尿裤，什么？'隐私'？我是你妈！在老妈跟前你小屁孩，还有隐私啊？有隐私的话，那你出生的时候，咋不穿个裤衩呢！哈哈……好好的，配合妈妈，噢，握住双腿，并将双腿略微抬起……妈妈警告：这会儿可不能撒尿！家家！把护臀膏拿过来。"妈妈冲着客厅喊姥姥。

妈妈清一清嗓子，找回话题："妈妈挤出来一点护臀膏到棉棒上，然后均匀地，涂抹在儿子的小屁屁周围，再接触一下空气自然风干，好咧！齐活！穿上纸尿裤，打包！"

说话间，虎虎连着打了两个喷嚏："阿……阿……阿嚏！"打喷嚏，常常被虎虎视为感冒的信号。妈妈说："感冒打喷嚏只适用于大孩子与成年人，四个月以内的小宝宝，例外哟！"

是的，这时候，虎虎调节自身体温的能力还不强，血液循环系统还不完善。家人们要记住哦，宝宝身体热量的一部分是通过手和脚散发出去的。所以，换完尿不湿，要注意把小手、小脚都盖好。

原来，新生儿刚从密封的、与外界隔绝的子宫里出来，自然界的温度与湿度的任何改变，都可以刺激鼻黏膜里丰富的嗅神经纤维末梢，诱发宝宝不断地打喷嚏。妈妈不用担心，虎虎适应环境要有一个过程。月子里的妈妈，每天都要测量儿子的体温，妈妈发现虎虎的体温有时很不稳定，会随着环境的温度上升或下降……妈妈知道，这是新生儿体温调节能力还发育得不够完善，皮下脂肪薄容易散热造成的。

天上星星闪烁，一阵阵凉风驱散了白天的余热。妈妈搂着儿子看电视，突然，妈妈到处摸震动过的手机……虎虎多想告诉妈妈：不用找了，是您儿子放了个屁！哎哟，妈妈会不会晕"死"！【憋笑中】

同一个频道心在跳

2010 年 7 月 21 日　星期三　28～35℃
晴～多云　无持续风向　微风　出生第四周　农历六月初十

　　清晨，朝霞不断扩大着它的范围，转眼间笼罩了一切，笼罩住了梳妆台前的妈妈。妈妈捯饬大半个时辰了，到现在还没搞清楚。虎虎此时，饥肠辘辘，稚嫩的哭声："呜啊……呜啊……"那是惊天动地！妈妈，您细听，儿子哭喊中分明伴有"ma——ma"的呼唤！

　　这不是瞎扯，从世界范围内来看，各种语言之间的差异甚远，但例外的是，对"妈妈"的发音，是极其惊人地一致。婴儿时期饥饿的时候，大多都会发出混有"ma——ma"音的哭声。"妈妈"是最简单的发音，是婴儿张嘴吐气的自然结果，由婴儿发音特点和对温饱基本本能需要的一致性造成。

　　妈妈一边丢下化妆品往卫生间跑，一边大声安慰："宝宝等等啊，妈妈去给你准备。哺乳前，妈妈要先洗净双手，然后呢，也是最重要的，要用温水清洗下乳头……"哈哈！儿子习惯了碎碎念，懂得妈妈的安慰，懂得暂时不要哭，等待妈妈满足宝宝的要求。

妈妈育儿科学即是讲卫生以免交叉感染，家里的母婴用品，绝对是分开使用的。另外，还配备了吸奶器，在虎虎吃饱后吸出剩余乳汁，这样有利于乳汁分泌并且还不易患乳房疾病。

妈妈知道，儿子有一定的智慧和能力，所以，从一开始就和虎虎说话讲道理，这就是新生儿学习的方式和最初条件反射的建立。总之，妈妈把儿子当作懂事的孩子来对待，以促进虎虎认识世界的能力。

妈妈准备就绪，关掉电视（由于虎虎还无法应付太多的感觉刺激）抱起儿子，坐在稍矮的椅子上，专心地低头看着虎虎，进行哺乳。宝宝除了手脚忙乱外，那张小嘴还要不时地冲妈妈哼哼几声。【太会了】

虎虎出生之前，妈妈看见撩衣喂奶的妈妈们时，心想：以后饿死宝宝都不能让妈妈这样做，忒难为情了！当真的虎虎出生，不用饿死宝宝，儿子一个眼神，一句哼哼，妈妈马上撩衣喂孩子！不为别的，因为这是母亲拥有的基本权利，是天职，是最原始的生理本能，像油画主角般唯美神圣！与风化无关，更不会妨碍他人，不是素质不素质的问题，是爱与不爱的问题！【掌声无数】

虎虎吃奶的样子超可爱——小嘴鼓鼓的，把乳头和手指都塞进嘴里，晕哇！那画面真美丽！咔嚓，照片太美，无法显示。【沉浸了】

吃饱，拍嗝后，妈妈把儿子放在婴儿床里，坐在旁边逗引宝宝高兴。妈妈离开，虎虎就"呜啊……呜啊……"地号唧；妈妈返回来抱抱，虎虎就"哦……哦……"地发音回应。仅仅出生几个星期的儿子，赖在妈妈怀里十分享受地眯起眼睛……这种紧密协调的关系，被称为"母婴同步性"。

虎虎特别地依恋妈妈，早期交往能力是在妈妈的搂抱、爱抚、逗笑中得到发展的。直到虎虎几个月以后，这种母婴之间的协调活动仍旧保持着，甚至在很大程度上影响着虎虎成年以后与家庭的关系。

屋外有人敲门，房门打开，盆栽紫薇映入眼帘。花，白色微带淡茧色，朵朵娇嫩动人，惹人欢喜。紫薇树又名"痒痒树"，一旦有人靠近触摸它，花叶就会随之震颤，人们都会情不自禁地伸手"挠痒痒"取乐。

姥姥说，紫薇，有净化空气的作用，生活在芳香环境中的虎虎，无论是在视觉、知觉，还是在接受与模仿能力方面，都会比其他孩子有明显的优势。所以，姥姥煞费苦心，为培养虎虎创造条件。昨天，抽空去花卉市场，订购了两盆紫薇，可谓用心良苦！

家家！家家！别把花儿搬到阳台，就把紫薇放在客厅吧，虎虎有了时间，还要"拈花惹草"哪……【有点意思】

一次次地深陷其中

2010 年 7 月 21 日 星期三 28 ～ 35℃
晴～多云 无持续风向 微风 出生第四周 农历六月初十

临近中午姥姥要去准备午饭了，妈妈把儿子从婴儿床里
抱出来，放在卧室的席梦思床垫上，然后笑嘻嘻地躺在他身旁，
说是要教宝宝一款"奇怪"的游戏。看着儿子很迷茫的样子，
妈妈沉着脸，故意给虎虎施压："儿子啊！你这么年轻，不
必活得好像历经沧桑，明天就要满月了，咱们不能整天只会
拉啊吃啊，尿啊喝啊的……"

还没等妈妈说完，姥姥站起来连忙反驳，把手一挥，非
常干脆地："哎！哎！猫鼻子！把话说开了，什么只会'拉
了吃、尿了喝'的，我们贝儿是游泳健将！不是吗？当初来
这家的时候，是谁游得最快的那一个啊……贝儿还小，暂时
还没有理想！"

原来，懂虎虎的，竟然不是自己，是姥姥。【草率了】
虎虎眼神迷离地看向妈妈……老妈管这表情叫"迷茫"，虎
虎则称，其表情为"深思"好吧！这会儿，宝宝都不知道该
走小清新路线，还是大哥路线？

妈妈压根就没理会儿子，虎虎索性也不去考虑她到底想干什么，惯着她。妈妈深吸了一口气，用余光扫了姥姥一眼，有恃无恐地强势喊话："好啦，别多想了，下面教儿子一款，看家本领——打哈欠！"

妈妈为了鼓励儿子，反复做示范，一个接一个地打哈欠……当虎虎注视着妈妈的面部表情时，宝宝的双眼集中到妈妈的眼睛和嘴上。然后，按照虎虎所见来改变自己的眼睛和嘴的表情。最后……直到母子睡着，呜哈哈……【躺赢】

在所有的表情中，虎虎最喜欢看到的，还是妈妈的微笑，这说明宝宝能够记住，这个表情代表的是——甜蜜和安全。虽然，这只是一种游戏，但这种游戏直接影响了母子的行为。虎虎现在的行为，比较有规律有安全感，容易感到舒适，无论是积极的还是消极的，都会很快地适应。但开始时，会有一点点"害羞"，一旦接受了新的刺激，立刻就产生积极的反应，活跃起来的虎虎你拦都拦不住啊，嘿嘿！

英国著名精神病学家韦尼考顿博士观察到，母亲对婴儿来说，就像是一面镜子。从母亲脸上，婴儿看见的是自己。

姥姥从厨房出来，摇醒目光呆滞、神游中的妈妈："猫胡子，饭我已做好啦，家里豆浆机坏了，我出去一下到售后修修去。"妈妈揉揉睡眼惺忪的眼睛，姥姥还特意帮妈妈找来眼镜："给，戴上，仔细看看是咋回事？"妈妈把眼镜随手搁一边，还特硬气："不用，您闺女眼睛只是近视，多发作在看书的时候。修理家电用不着，我只是近视又不是瞎……啥？您问我能看多远？我能看到月亮，您说看多远？"一脸傲娇！

你看哪！餐桌上，一群灿烂的豆浆机零件，正在跋山涉水，穿透坚硬的机头壳，走过残喘的打浆杯体，被妈妈卸得七零八落的组件，安然地躺在那里……豆浆机不但没修好，连装都装不起来了。【脑瓜子疼】

然后，妈妈很淡定地，把零件都装到一个袋子里，腼腆地笑了笑，交给姥姥："给！姆妈，拿着！一会儿您去修的时候，就这么提着去就行，省的人家拆啦！哈哈……"姥姥横了老妈一眼，霸气回击："不清白！遣（离）远点！老娘有一种想打人的冲动！"对！姥姥这句骂，用在这个地方最为合适。【龇牙】

天使说，只要站在用心画的九十九朵郁金香前许愿，上帝就会听到。于是虎虎把花儿画满整个房间……终于上帝对宝宝说：许愿吧孩子！虎虎祈愿：姥姥、妈妈，惬意逍遥，牛气冲天！

那歇斯底里的笑

2010 年 7 月 21 日　星期三　28～35℃

晴～多云　无持续风向　微风　出生第四周　农历六月初十

虎虎翌日满月，悉数起来，明天要做的事情可真不少，有理发、办酒，还要接种第二次乙肝疫苗，小慌张哦！接人待客会不会把虎虎累到？【卖惨】

接种前一天，要先洗个澡，穿上清洁宽松的衣服，便于医生施种疫苗。虎虎吃奶后过了一小时，妈妈开始给儿子脱衣解纸尿裤，准备洗澡咯。

给宝宝洗澡，可不是一件容易的事儿，操作很规范……姥姥小心翼翼地抱起外孙，先让小脚试一下水，妈妈一边配合地拍水在儿子小腿、大腿、屁股上。适应水温以后，姥姥慢慢地扶着虎虎坐在浴盆里，腾出一只手撩水在外孙前胸："拍拍胸，不伤风。"之后，再撩水至虎虎后背："拍拍背，我家贝儿长命百岁！"

窗外岁月流动，房里笑声起伏。虎虎把软乎乎的小手，时不时搭在盆沿上，在那一缕透窗的斜阳下，像个静谧的小精灵。

浴盆中，放入一个装了凉水的小脸盆，妈妈把儿子双手先浸入浴盆里，告诉虎虎："这是温暖！"五秒之后，再让宝宝双手浸入凉爽的水里面："这是冰凉！"让虎虎感觉温与凉的差别，这个活动，提升了宝宝的智能触觉呢。

而后，先洗净小脸再洗头，在这对母女配合下，清洗全身……妈妈动作轻柔地洗净儿子皮肤皱褶处，还特别留意观察皮肤是否有异常。

虎虎一边被妈妈洗洗刷刷，一边聆听姥姥在耳边唱着歌谣："小青蛙，呱呱叫，蓬蓬头，哗哗哗。快快乐乐洗个澡，干干净净人人夸。"

妈妈将儿子抱到床上，用大毛巾轻轻沾干全身，在颈下、腋下、腹股沟处撒上爽身粉，屁屁部分还擦了那个什么软膏……一旁观望的姥姥，起了玩心，贼笑了一下逗宝宝："哈哈！看见了，家家看见了！贝儿没有穿衣服。"虎虎一看不妙，一秒入戏，赶紧双手捂胸，很有力度噢！

"哈哈……咱是男子汉，不必护胸。"妈妈嬉笑着把儿子小手拿开："人家腹肌锻炼的，都是八块六块的，那算什么啊？家家，您看！咱们家贝儿，胎教时练成的这一块大'腹肌'，谁人能比得上！哈哈……"妈妈、姥姥一边给虎虎兜纸尿裤，穿衣服，一边拿宝宝寻开心。头发细密而柔软的虎虎，却意外的有几绺贴卷在额头上，可爱极了！

妈妈特别注意给儿子保暖，把儿子包裹好搂在怀里，摆弄起虎虎的头发……

这时，邻居敲门来家借东西，李縻阿姨是前几天看到过虎虎的，几天之后再见宝宝，一脸真诚使劲地夸："漪涵，你这孩子怎么长这么快啊？都长这么大啦！"接下来阿姨夸的一句话，虎虎被这奇葩比喻给整醉了："你这宝宝，像淋了大粪似的长得这么快！"瞬间，虎虎感觉不会再爱了！阿姨！有这么夸人的吗？可是，家里的这仨女人，都快笑出了腹肌了。【我都烦死了】

算了，习惯啦！笑到飞起，谁不会啊！吼吼吼哈哈哈……

明天虎虎满月，不少朋友都送了红包，妈妈逐个给他们打电话："明天办满月酒你们要不要来啊？看看我帅气的宝宝？"其中一个朋友回答得很经典："不用了，从你家宝宝出生到现在，什么拉屎、撒尿、睡觉、胡闹……天天都在 QQ 空间看，我们已经看了宝宝一个月了……哈哈……"

掠过眼眸的胡茬

2010 年 7 月 21 日 星期三 28 ~ 35℃

晴 ~ 多云 无持续风向 微风 出生第四周 农历六月初十

窗外阳光灿烂，虎虎仿佛身临世外桃源，趴在床上练"俯卧抬头"，感受到无尽的舒适与力量。独自把头抬高，机警地环顾四周，对生活的好奇愈加强烈。

啊，虎虎听到钥匙开锁的声音，风尘仆仆进来一人，此人留着乌黑的小平头，黝黑的脸庞上俨然一副年轻有为的神情，一身军装嵌在身上甚是威猛。姥姥笑靥如花迎上去，并且告诉外孙："贝儿，爸爸回来了！"

爸爸把公文包放在客厅，一路喊着朝虎虎摇篮快步走来："贝儿！爸爸回来了！"虎虎看此人，满脸胡茬，邋里邋遢，扭转头尽量不理他。

虎虎悄悄话：哦，拜托，妈妈教导说，没礼貌的孩子不是好宝宝。虎虎又不能说不认识您老人家，不过……您还是识趣点儿，离宝宝远一些！

自称"爸爸"的这个人，不但不生气还俯下身子，笑嘻嘻地用胡子扎虎虎……姥姥事不关己高高挂起，虎虎照业（造蘖）。哦！哭吧！用哭声喊妈妈……巧的是，妈妈抱着小说，刚刚去了卫生间，客厅里只有姥姥照顾宝宝。就算妈妈排完毒，还得看完一章才能出来。【好气哦】姥姥置身事外冷眼旁观，看看老爸如何应对。

从爸爸进门虎虎就开始哭，五分钟过去了，还没停下来的意思……脸色红润，呼吸正常，声音响亮，音调柔和……这种有节奏性的哭声，宝宝定性为"运动性哭声"。充分运动肢体，这对肺的舒张和呼吸肌的锻炼，很有益处。

新生儿出生后，就具有与环境互动、与成人互动的能力。虎虎追随爸爸说话微笑着的脸，用哭叫的方式唤起大人们的注意，以使自己的要求得到满足。

爸爸此时急出一身汗，抱起床上的儿子又是唱歌，又是不停地抚摸胸口："好了宝贝，是爸爸，真的是爸爸！执行任务两天，没刮胡须没睡觉,憔悴的爸爸吓到了儿子？一会儿，那个，妈妈出来了，爸爸把胡茬处理处理。好了宝贝，爸爸的宝贝！爸爸帮你捋捋气，咱肺活量小，别把自己哭晕厥过去……"老爸一顿输出，他长长地呼出一口气，像是惊叹又像是如释重负。

让虎虎万万没想到的是，本以为姥姥是个观战的，没想到她居然是一个拱火的："鹤扬，儿子不听话，可以适当地打一打，这是在测试老爸的拖鞋能飞多远，要不就显示不出老爸的威严！"简直有毒！老爸笑裂了："哈哈哈哈哈哈哈！当蚊子停在儿子屁屁上的时候，我深深体会到——暴力，是不能解决问题的！哈哈……"姥姥，咱能不能不挑事啦！社

会很单纯，复杂的是人！【救命】

"别给我演苦情戏，哥没那么脆弱！"老爸想彻底地把儿子从头到尾骂一遍，却一个脏字都没带，硬是把虎虎的人生，从出生否定到现在……送了两个大写的——呵呵！

哎……现在没点文化，都不好意思出来吵架。【草率了】

爸爸俯下身子凑近儿子，虎虎盯着父亲的眼睛认真确认。爸爸启动狠招，用胎教时常用的话语喊宝宝："贝儿，是爸爸，是爸爸啊！"虎虎听到熟悉而亲切的呼唤，瞬间打消了紧张和不安，心理上很快适应并停止了哭泣。爸爸湿润的眼睛，流露出特别温暖的光芒，怎么瞧，就怎么显得那么和蔼可亲。宝宝抬起红扑扑的小脸，唇，落于额头。

丢什么不丢豪放（上）

2010 年 7 月 21 日 星期三 28 ~ 35℃

晴 ~ 多云 无持续风向 微风 出生第四周 农历六月初十

爸爸洗浴过后判若两人。清爽蓬松的头发散发出自然清香，白色印字短袖 T 恤，百搭及膝休闲裤，既大方得体又不失稳重。爸爸的眼神神神秘秘，仿佛可以给虎虎编出许许多多快乐的故事。爸爸搂着儿子倒在床上，瞬间，像穿堂风吹过夏天的皮肤，凉丝丝地在心底，我醉了！

爸爸回家不久，姥爷，还有爷爷、奶奶，也陆续分别从两个地方来到武汉。虎虎满月，亲人齐聚，甚欢！

哈哈……妈妈推开房门喊家人，指着裸睡的儿子开怀大笑："贝儿刚出生的时候吧，我以为那一脸的熊样，只是年幼的懵懂与无知，半个月的时候啊，我以为那一脸的熊样，只是对世界的好奇与迷茫，现在我终于明白了，这是'熊孩子'一种与生俱来的气质，看来咱家一个'熊孩子'要成型啦！"来自全家广大群众正义的凝视。【啥人啊】

妈妈鬼头鬼脑地飘到姥爷面前提个醒："爸，你们看贝儿睡觉那姿势，直接跪了吧……咿呀呀哈！"姥爷还没回话，姥姥把姥爷扒拉到一边，抢着答："是那个调调，宝宝一定是在练失传已久的神功，废寝忘食啊！"

睡觉神操作，雷人又奇葩。虎虎的头侧向一边，一只手举过头顶，直达老爸鼻孔，撩开两条腿，一只小脚十分霸气地搭在爸爸身上……头、身体、腿完全没有在一条直线。虎虎的睡姿风格多变，时而霸气，时而动感，时而乖巧，时而搞笑，妥妥地看宝宝七十二变！

这画面太美，不忍直视，匿了吧，匿了吧！

中国现代著名作家林语堂说"安卧眠床是人生最大乐事之一"。虎虎睡觉喜欢一丝不挂光屁屁，那是因为皮肤会感到凉凉的，触觉刺激对大脑成熟事关重大。

虎虎呢喃着，半梦半醒中，从爸爸怀里探出头来。窗外夕阳透过窗帘，窥视着宝宝的一举一动。来吧，待虎虎捧几把阳光洗洗脸，挤一节夕阳露刷刷牙；盛一碗蓝天做晚餐，摘几叶空气泡杯茶。生活，原来可以如此神话；希望，原来可以这样涂鸦。【飞媚眼】

姥爷过来帮外孙起床，祖孙对视……姥爷那凌乱的头发，稀疏的胡茬，仿佛、可能、大概、也许那样挺潇洒。什么？您说这样显得资格老。虎虎受累打听一下：姥爷，辛亥革命您参加了吗，五四运动您又在哪儿呀？【表示不服】

大外孙儿冲姥爷眨了眨眼睛，姥爷一脸得意地冲虎虎笑："小坏蛋给姥爷抛媚眼呢，嘿嘿！"

虎虎：哦，姥爷，宝宝认出了您！请接受外孙表达爱的方式吧。【么么哒】

这段时间，宝宝能力发展得很快，会因为"一切尽在掌握"而暗自得意。支撑住头，视线追随姥爷移动，美滋滋地听着姥爷说："贝儿！满月了呢！"很激动，很亢奋，小手举起，与姥爷击掌，唉！姥爷没懂。【抠鼻】

姥爷把外孙直立抱起，使虎虎的小脚与床面接触，宝宝随即把一条小腿伸直，另一条小腿抬起，虎虎脚下生风，走T台……姥爷把手指放入外孙的小掌心，虎虎马上抓得紧紧的，绝不会轻易再松开。而另一只小手，试图去触碰姥爷说话的嘴……尽管这些动作，看起来很莫名其妙又不协调，但实际上，宝宝是在用运动的方式，和家人情感交流。

今天全家人都很累，虎虎也睡眼蒙眬地躺在床上，睡觉关灯之前，老爸大声宣布："贝儿，请注意喽！睡觉咯！爸爸要关灯了！"让虎虎慢慢领悟这因果关系。

夜深，虎虎的纸尿裤湿了，翻来覆去睡不安稳，索性哭了起来，这是告诉妈妈该换纸尿裤。经验不足的父亲，决定唱一段催眠曲哄儿子入睡，结果，刚唱了几句，隔壁就传来姥姥的抗议："那谁，还是让孩子哭吧！"

丢什么不丢豪放（下）

2010 年 7 月 22 日 星期四 27 ~ 37℃

晴 ~ 多云 无持续风向 微风 满月 农历六月十一

一抹瑰丽的朝霞，像熔化的水彩，令人神往地在地平线
上朦胧地渗开。姥姥在衣柜里，目标清晰地扒拉衣服。

虎虎今天满月要接触客人，这对宝宝来说是一次人际交
往的机会，是否能收获别人羡慕、赞赏的目光，很大一部分
取决于外在形象。英国形象设计师罗伯特·庞德说："这是
一个两分钟的世界，你只有一分钟展示给人们你是谁；另一
分钟让他们喜欢你。"因此，虎虎的着装也应该是很有讲究、
有礼仪规范的。

对于新生儿来说，衣服就是一种语言，是随身携带的"袖
珍电视"。

虎虎出生前，家人准备的衣物都是粉色的。出生后，妈
妈、姥姥为避免宝宝性格发展出现偏差，补买了一堆男孩衣物，
培养虎虎的性别意识。并且告诉虎虎，穿衣男女是有差异的，
逐渐地宝宝形成了生理、心理性别，开始以男人自居。

姥姥扒拉出一套很符合虎虎气质的婴儿纯棉绑带套装。

贴心开襟设计，漂亮舒适的桃心领，宽松的裤口，充分给宝宝自由活动的空间，还方便轻松穿脱。淡雅清新无骨缝合，不浮夸、不张扬，舒适柔软精细，像宝宝的第二层肌肤。姥姥从此开启了，外孙健康穿着的第一篇章。

穿上融合了克莱因蓝的小套装，减少夏日的滚烫，一下子世界都爽朗起来。虎虎媚眼一抛：完蛋了，又变帅了！从今以后，一定要保持低调和神秘，对自己的英俊与帅气，只字不提。【痞帅】

姥姥把从头到脚焕然一新的外孙抱入客厅，全家人惊呆了，光了一个月屁屁的虎虎，穿上衣服竟"人模狗样"的！妈妈痴痴地盯着儿子看了几秒，突然惊叫："我分明注意到，这厮竟然在鄙视我们，你看！你看！小屁孩在冲着我贱笑！"

爸爸颤抖地指着儿子，冲着妈妈暴跳如雷："黄漪涵！你看看你的儿子！你看看！" 妈妈听话地看了看儿子——虎头虎脑，非常讨喜可爱。于是，妈妈用力一拍桌子，冲爸爸恶狠狠地吼道："冯鹤扬！这！就是你养出来的好儿子！"

然后夫妻俩勾肩搭背得意地大笑，呀哈哈……哎哟，可吓死宝宝了！虎虎第一次知道父母还能这么夸儿子，还能这样夸自己。【太会了】

爸爸很正式地换上了军装，要和儿子合张影，虎虎拽拽地应允。

妈妈抱着儿子捏了下小脸蛋："贝儿，你觉得自己长得帅吗？是不是想走偶像路线呢？"虎虎谨慎地环顾四周，确定没人注意，然后，默默地点了点头……哈哈！自恋都如此

低调。【还有谁】

世界上觉得虎虎"帅"的女人只有两个，一个是妈妈，还有一个是姥姥！

电脑上淘宝客服"叮咚……叮咚"地在回复："美女，货收到了，孩子穿着感觉怎么样啊？"妈妈鸡啄米似的直点头，手指在键盘上跳起了华尔兹："挺好的，挺好的！我儿子穿上帅炸了，女朋友觉得配不上分手了都。"淘宝客服："下巴都惊掉了耶！您儿子有多大？"妈妈爽朗回复："满月！"

满月拽起（上）

2010 年 7 月 22 日 星期四 27 ~ 37℃

晴 ~ 多云 无持续风向 微风 满月 农历六月十一

虎虎非常羡慕那些有故事的人，不像自己，一个"帅"字就总结了。【酷拽】

姥爷一再强调："小坏蛋穿得这么漂亮，不能躺在床上，我要抱贝儿出去见见世面。"是的，虎虎现在视力模糊、身体柔软，除了哭泣之外，没有更多语言。可是你知道吗，即使这样，在姥爷进入房间、走到床边的时候，宝宝是有感应的。马上微微侧目，敏锐地扭动身体，尽管找寻动作的幅度很小几乎察觉不到，可是宝宝确实已经知道姥爷到来。

在去防疫站之前，妈妈在家里找出《儿童预防接种证》，这是虎虎接种疫苗的证明，以后宝宝办理入托、入学时都是需要查验的。姥姥带上外孙心爱的小玩具，用来将宝宝注意力从医学注射中转移。

一切收拾妥当，一大早由姥爷开车，陪虎虎踏上去往防疫站的路。你看哪！武汉的大街小巷，无论小孩还是成人，手里都端着各样饮食，边吃边赶路。为什么会这样？很少有人能给你精确答案。但是，这却是武汉人一直传承下来的习惯，哪怕社会发生了日新月异的变化，这种习俗也已经融入了骨子里。

走进防疫站，传来各种异样的声音。有注射区播放的轻快音乐声；还有鬼哭狼嚎声，打一个哭一个各种惨叫……

大厅里好多新出生的宝宝啊，姥爷得意地对大外孙儿说："这些宝宝中，没准儿会有一个是贝儿的老婆！贝儿，打针咱们不哭啊，让你媳妇看看咱们有多爷们儿！"哈哈！真是应了那句话，养个女儿看谁都像坏人，养个儿子看谁都像亲家。

排队轮到虎虎，坐在护士对面宝宝吓得大气不敢出，钻进妈妈怀里，现在的虎虎是有疼痛记忆的。【好怕怕】虎虎已经开始有思考、有判断，遇到状况通常也能分辨善恶、危险与否，对接受到外界刺激而产生反应。肢体疼痛刺激时会哭会退缩，如果针刺过猛，会哭叫的。【红牌警告】

医学上，为了减轻宝宝打针时的疼痛，为婴幼儿设计的注射器又细又短。但是，宝宝对"异物入侵"会心慌，该怎么办呢？这就需要家人的抚摸与安慰咯。

这不，家里来了这么多人陪伴，妈妈还一个劲儿地抚摸、轻言细语，战前鼓励："儿子啊！妈妈带你来，咱们打的是预防针，就是护士姐姐往你身体里加入能量，给病毒一顿打，跟病毒说再见。也许会疼，但是肯定没有姥姥飞拖鞋疼，想哭就哭没人笑话你，以后你就是男生宿舍舍长了，冯黄家的男人都是纯爷们儿！"姥爷竖起大拇指："这样教育出来的男孩，有担当！"

别以为虎虎听不懂，心理学研究发现，亲人的语言与肢体安慰，对孩子有类似于"情感镇静剂"的作用。虎虎还与母亲心心相印呢！妈妈如果感到惊慌，这种忧虑感会传递给儿子，当宝宝感觉到气氛不对时，会哇哇大哭！妈妈一直都要保持镇定，让虎虎始终感觉到，有母亲在很安全！有母亲在很温暖！

虎虎那精致的脸蛋微微一扬，打了一个大大的呵欠——睡着了！呼吸匀称嘴角含笑，十足是个好梦……姥姥和妈妈，轻轻地慢慢地给虎虎脱上衣……针头，一点点扎进嫩嫩的小胳膊里……家人看着都揪心替宝宝疼啊！结果，虎虎只是在扎针的时候，睁开眼睛看了一下，短促地"啊"了一声……然后，继续睡，连醒都没醒！妈妈哑然失笑："这是典型的熊孩子苗！"

一秒一卡十分潇洒，一秒一停十分有型，嘿嘿！正在缓冲……

满月拽起（下）

2010 年 7 月 22 日 星期四 27 ~ 37℃
晴 ~ 多云 无持续风向 微风 满月 农历六月十一

　　午时，蓝蓝的天空悬着火球般的太阳，云彩像怕被太阳烤化了似的都躲得无影无踪，蝉儿在一边无辜地拼命叫着："热啊！热啊！"头上热汗流，马路烫脚指头，路人街上走，恨不南极游。

　　注射疫苗回来，虎虎在温度适宜的空调房内睡觉，刚刚吃过午饭，慈眉善目的理发师傅顶着酷暑就来了。

　　满月这天，旧俗要给新生儿剃胎毛，又叫"剃毛头"。宝宝剃胎发后光溜溜的头又叫"满月头"，有祈求宝宝圆满、毛发浓密的祝福之意。胎发做成胎毛笔、胎毛水晶、胎毛印章。把宝宝的胎毛和手足印都做在漂亮的水晶里，是非常有纪念意义的，是宝宝成人后最好的礼物之一。

　　甩刘海甩得脖子都扭了的虎虎，打算理发了。第一次理发，妈妈找了一家武汉市品牌级的婴儿手脚印纪念品制作公司。理发师有十几年的经验，并通过了健康检查还受过婴儿理发、医疗双重培训，并得到父母们及医疗部门的赞许。

妈妈有些伤感："七天掉脐带，满月剃胎发，从此和妈妈没有了牵连……"姥姥则持反对意见："岂止是头发和脐带才是母子牵连？儿子就是你身上的一块肉，怎么会没牵连？"

理发师开始理发，虎虎却说什么都不肯，又是哭又是闹，在姥姥怀里挥舞四肢，双目露出倔强的神色来，还忤逆地看着，仿佛在嘲笑无助的妈妈。

妈妈只惆怅了一分钟，失望了一分钟，唏嘘了一分钟，随即恢复了愉快的神情，迷之微笑："儿子，家里有客人耶，麻烦儿子，含蓄内敛高贵点好吗？"妈妈忒高大上了，儿子没听懂，涛声依旧……姥姥看妈妈说的没起效，只简单说了一句直戳大外孙儿萌点："贝儿，剪不漂亮就娶不到老婆了啊！"瞬间，安静了……

姥姥对虎虎评价：看一天外孙少活好几年，费体力还费脑！【笑中带泪】

下一环节要取手脚印了，师傅和爸爸两人配合，师傅动作干脆利索，一点都不拖泥带水，直到取得满意的手足印为止。他毫不嫌麻烦，因为取印品质会直接影响水晶手足印的整体质量。

取印完成后，只留下合适的手足印，并在手足印边上注明虎虎全名。姥姥再三叮嘱师傅："水晶印、毛笔和印章，一定要是我们真实的毛发，千万不可假冒哦！"然后，父母送上赠语——"摘下我的翅膀，送你去飞翔"烙印在水晶小老虎纪念品上。

说到"赠语"来源，几天前妈妈走群众路线，广开渠道多形式征求意见，在家人候选词条中，姥姥的推举被大家首选，这句"摘下我的翅膀，送你去飞翔"，让虎虎震撼，感觉温暖。

【天花板】

望着 A4 纸上蓬松柔软的胎发，妈妈憨憨地笑着说："我家儿子的头发，能做好多支胎毛笔呢。"爸爸沉思了下，满眼算计地说："做一支留作纪念，剩余的那就做个胎毛拖把吧！"

如果，剃光头是为了做"拖把"，决不剃光头！主要是因为气场吧！有的人比较文静，剃了光头像僧人；有的人比较霸气，剃了光头像个黑社会老大……而虎虎！妈妈说："剃了光头，像是个说相声的！"姥姥不以为然："能像说相声的就不错了，有的剃了光头，像劳改犯，哈哈……"

夏日炎炎，虎虎伴随着美妙的阳光度过，轻柔而自在。不经意间，淡淡的空气中，多了一丝甜甜的味道，那是风的味道。

组装梦想，再度出发（上）

2010 年 7 月 22 日 星期四 27 ～ 37℃

晴～多云 无持续风向 微风 满月 农历六月十一

　　婴儿出生后满一个月，古时称为"弥月"，今俗称"满月"。满月之日，家人为婴儿办"满月酒庆贺"，谓之"做满月"。此风俗从汉代起就有记载，一直沿袭到现在。满月，是虎虎出生后的第一个喜庆日子，诸多亲友今天都来庆贺。

　　按规矩，虎虎满月后姥姥要接妈妈回娘家吃"满月饭"，给外孙"移尿窝"。一般情况，我们母子要在姥姥家，持续住上十天半个月。介于虎虎尚小姥姥家又太远，第一趟走"姥姥家"，就这么轻而易举地被取消了。姥爷！等虎虎再长大些，您别只接闺女请女婿，还要接外孙虎虎一起去！【讲究】

　　满月宴定在了晚上。刚要出门，虎虎看着镜子里的自己大哭不止：呜啊……呜啊……宝宝的头发哪去了？都光头了哪儿还谈什么发型啊？好难过哦，虎虎的悲伤你们不懂！妈妈瞥了儿子一眼："换个发型而已，至于吗？快，客人都等急了。"急？您急，虎虎不急，我要拉臭臭。【爱谁谁】

　　妈妈给儿子洗了屁屁，涂抹完毕交与姥姥，去了卫生间。

正在洗手的老爸，看见照镜子的妈妈，忍不住责备："漪涵啊，你化妆水平可是越来越差了啊！你瞅瞅，就鼻子一周和眉毛上有粉，其他地方都没抹匀！"老妈看了一眼镜子里的自己，回头瞪了老爸一眼，气愤地说："还不是你那宝贝儿子！刚才给他屁股扑个粉，臭小子居然放了个屁，害人！"爸爸："……"

妈妈补了妆，一双明亮清澈的大眼睛，放射出柔和温暖的光芒。妈妈皮肤很白很细腻，栗色的头发又柔又亮……妈妈身着云一样飘逸的白色长裙，让飘逸的裙摆轻轻抚摩儿子的脸颊，这是母爱的感觉，这般美丽融洽。母亲，像极了一本书，在七月的诗集抒情上。

嘻嘻……客厅出现唯美画面,妈妈抱着儿子笑意款款："贝儿，今天你满月，来！"妈妈伸着手，慢慢在儿子眼前掠过，虎虎看到了妈妈的手掌，然后，妈妈停下，一脸陶醉地："儿子，击掌！"虎虎慢慢抬起小手和妈妈掌心相对。【定格】哎呀！都知道互动了，能听懂话的意思和妈妈一拍即合。天哪！宝宝真有这个意思！

另外，妈妈还特意嘱咐虎虎："有客人要来，妈妈一定要收拾得漂漂亮亮，儿子啊，妈妈有一句家训金言——再不能随意放屁毁了老娘妆容！"虎虎独白：家教甚严！【翻白眼】

"好啦，别陷在'家教'里出不来了，儿子，妈妈知道宝宝想说话，满月宴时间还早，那就陪老妈聊聊天吧？"虎虎突然一脸郑重地看着妈妈，摆出一副很有心事的样子，看这架势一会儿真的要说话了呢……虎虎小心聆听妈妈的声音："贝儿，出生这么久了感觉怎么样啊？有什么收获没有啊？"虎虎津津有味地回忆，想了想心语：刚出生的时候吧，是屁都不懂。妈妈暗暗叹气："那现在怎么样了呢？"虎虎很认真地：现在懂了个屁。【笑抽】

虎虎把汉字"悟"字拆开看——心＋吾。就是找到了自己的本"心"，发现了自我，也就"悟"了。《水浒传》里的鲁智深，最后的"大悟"就是"今日方知我是我！"

奇怪，爸爸出门带了把铁锹干什么？妈妈怀孕，都说是女孩的时候，爸爸在小区里的桂花树下埋了一箱酒，说等女儿出嫁的时候挖出来喝。结果，妈妈生了个儿子，今天老爸要挖出来喝咯！姥姥闷声狞笑："趁早喝了是对的，不然等你儿子长大了，挖出来送给老丈人。"

吼吼！不倾国不倾城，虎虎今生只能做一个安静的美男子——实属无奈。【草率了】

组装梦想，再度出发（下）

2010 年 7 月 22 日 星期四 27 ~ 37℃

晴~多云 无持续风向 微风 满月 农历六月十一

满月酒，是指婴儿出生一个月后而设立的酒宴。该仪式需要邀请亲朋好友参与见证，为孩子祈祷祝福。

轻轻摇晃高脚杯，一缕葡萄酒特有的香气，扑鼻而来沁虎虎肺腑。看大人们轻抿一口，齿颊留芳，连打嗝、呵欠都余香韵味。

席间，妈妈抱着儿子，以虎虎的口吻，逐一称呼来宾并向大家问好，众人也纷纷向虎虎呈上"红包"贺礼。

姥姥封了红包，递过来时再三叮咛："贝儿，满月了，家家祝福你！满月了，就不用宅在家里了，宝宝可以出去到处玩了哦。但是！（姥姥的"但是"加重了语气）不许出国，不许出国，出国……"唉！遇到这样调皮的姥姥，也是没办法！

虎虎看着那一沓红彤彤的"毛爷爷"，心里说：家家您过来，宝宝想跟您谈谈人生！两千块钱能去哪个国？

那道硬菜"红烧肉"，是家味，也是国味。中国人爱吃红烧肉，似乎是天生的，它是一场视觉上对五花肉的重构。

有形却不散,装入盘中轻轻一晃,那晶莹饱满的肉块左右颤动,呵呵!勾得虎虎哈喇子直流……哦,饿了,大哭着要奶吃。

一大桌子人啊,妈妈不好意思喂,冲儿子笑了笑,编个瞎话骗宝宝:"妈妈没把咪咪带出来,落家里了。"虎虎只好失望地咽了下口水……这样也行?【偷抹口水】

唉!被特别在乎的人忽略,虎虎会很难过,而更难过的是,宝宝还要装作自己不在乎。【戏精】

虎虎闲来无事做,只好观察餐桌周围,发现妈妈同事的儿子,一个六七岁的男孩子长得好有范儿,脸上光光的好洒脱啊。再看看自己,光着个脑袋,还赖在妈妈怀里……虎虎沉默良久认真思考,大孩子和小孩子就是不一样哦,长大了是不是都像大哥哥一样,有这执拗的造型?虎虎陡然抱拳,上升到敬佩!

阿姨发现虎虎用好奇的眼神盯着他的儿子,于是热情地向宝宝解释:"贝儿,我家哥哥是趁家人不注意,偷偷把他爸爸的电动剃须刀装进书包带到了学校,一推开关'嗡嗡'直响,几个玩得要好的同学,好生羡慕,他们都想试一试。"

听到这儿,虎虎也有跃跃欲试的冲动,阿姨拍拍虎虎轻声抚慰:"小屁孩,淡定!阿姨接着给你讲,我家哥哥啊,死死地把电动剃须刀搂在怀里,说:不行,你们又没胡子!一帮男孩子反驳:我们有眉毛……课间十分钟,他们班里出现了一道亮丽的风景——最后一排冒出七个无眉的小孩子!哈哈……"【炸裂】

对孩子们来说,在他们的日常生活环境中,到处蕴含着可供探索的资源，随便哪个情境都可能引发孩子们的好奇，由于年幼认知有限，可能会有很奇怪、超出成人逻辑的设想，这个时候妈妈切忌，以成年人的思维方式来束缚孩子的想象。

阿姨放下筷子，喊了声："漪涵!"然后，向妈妈提出了埋在心里的问题："漪涵，你儿子两眼弥漫着稚气的好奇，当心以后会步我儿子后尘咯!" 妈妈回顾而笑，遂低下头，一脸幸福地望着虎虎："随他，只要儿子乐意!"放养! 虎虎窃喜!

爷爷不慎被鱼刺卡住了，奶奶出主意，费了九牛二虎之力，好不容易用馒头把鱼刺咽了下去。过了会儿，这老人家酒又喝多了，狂吐! 鱼刺又卡回原来的位置。【糗大了】这不，我家爷爷，仍在那儿大口大口地吃馒头，还一个劲儿地埋怨奶奶："你想把我撑'死'啊!"啊啊啊……嗷嗷嗷……

大家笑成一团也就算了，最夸张的是姥姥也不，例，外!

姥爷今天高兴，也有些喝多了，这不挨桌子挨个送牙签："您剔牙! 您剔牙!"

爸爸也喝得差不多了，全程跟同学、战友说英文，下电梯的时候对着满满一电梯的人，鞠躬九十度："Thank you for your coming!"

姥爷，先不说您是怎么把路牌扛回家的，大外孙儿就想问问：姥爷，您是怎么把路牌从地上拔下来的? 鲁提辖倒拔垂杨柳啊! 哎呀! 哈哈……妈妈用羡慕的眼光望向姥爷："爸呀，我那个，喝多了把小区大花盆搬回家的同事，输给您了!"

哈哈! 壶里乾坤大，杯中日月长! 喝酒，喝的是一种氛围、一种情感、一种需求。

《世说新语·排调》：顾长康啖甘蔗，先食尾。人问所以，云："渐至佳境。"虎虎喜欢出发！凡是到过的地方都属于昨天。哪怕那山再青，那水再秀，那风再温柔。

不走寻常路
——转载妈妈日记

2010 年 7 月 22 日 星期四 27 ～ 37℃
晴～多云 无持续风向 微风 满月 农历六月十一

　　盘桓在记忆里的画面如此扶疏，妈妈将一地的鸡毛拾起，信手拈来一片飘逸的花瓣捧在手里，浅浅的幸福如一丝凉风在空中弥漫，老妈顺着儿子的方向分享那淡淡的香。

　　做父母真不容易，儿子出生一个月了，睡眠习惯发生了翻天覆地的变化，妈妈没有一个晚上是睡好觉的。宝宝晚上要吃夜奶，首先，夜里起来两次喂乳；其次，还要起来很多次，是儿子拉了尿了、热了冷了、饿了渴了……早上，宝宝起妈妈就得起，妈妈总觉得萎靡不振没睡醒，好想卧榻鼾睡，睡他个昏天黑地啊！【憋住不哭】

　　怀着宝宝的时候，妈妈希望赶快生下来，至亲骨肉承欢膝下。生下来后，当妈妈熬不住的时候，到在医院生产的那一天，感悟妇科医生意味深长的那句话："别着急，黄漪涵你可别着急，等生了你会发现，真不如在肚子里……"生儿生女全家欢喜；育儿育女全是惊喜。连惊带喜强身健体；一

旦开始，深不见底。【脑瓜子疼】

昨晚，给儿子喂完奶，本打算，等宝宝熟睡了的时候放到床上去，然后妈妈再陪着歇息。结果是痴人说梦，妈妈等啊……等啊……靠在床头都已打盹儿，想着怀里的小东西，也应该睡着了吧，正打算行动呢，居然发现儿子你，睁着眼睛在偷看妈妈，妈妈的阴谋被识破啦！【气人不】在目前的新形势下，哄宝贝睡觉，成了我们家迫切要解决的首要问题。

"我已经吃饱了，怎么天还没有亮呢？"呜啊……呜啊……啼哭，要亮光，战斗力乘以二啊！妈妈无奈地打开床头灯，儿子的哭声戛然而止，两眼炯炯有神……妈妈只好重整旗鼓，大半夜地陪着儿子"说话"，妈妈满脸的无奈一声叹息："唉，儿子啊！大晚上不睡觉，这不是折磨人吗？"宝宝却一脸凝重地告诉老妈，说这个时间段最适合谈心。我们母子，在夜深人静的夜晚，从诗词歌赋谈到人生哲学……【满级人类】

儿子啊！当初妈妈想生个宝宝，是打算生来玩的，谁料想，小坏蛋竟然叽啦叽啦地欺负妈妈，泪奔！

有一种舍友叫作：他睡了全世界都得睡；他醒了全世界都别想睡！一个月来，儿子时而乖时而闹，家人被小宝宝搞得筋疲力尽，真是应了那句话：有了儿子以为可以当老子，没想到竟然成了孙子……呵呵！

儿子是这样的，非但昼夜不分，甚至还会日夜颠倒，与妈妈的生活规律完全背离，把爸爸、妈妈和姥姥都累惨啦，但我们辛苦却幸福着！书上说，小孩子出生后，都会有这个过程，等出了满月生活就会有规律，我们全家，只有慢慢地期待着咯。

失眠多梦？生个娃吧！保证你一躺下就能睡着。

有洁癖啊？生个娃吧！随时随地拉你一身屁屁，都不觉得脏还沾沾自喜："我儿子拉啦，好明快亮丽的金黄色哦，稠度均匀刚刚好"。

乱花钱吗？生个娃吧！从此以后，买棵白菜都要求菜农打五折，省钱给娃买纸尿裤。

做事不专心？生个娃吧！保证你上个洗手间，都竖起耳朵。

脾气不好？生个娃吧！大半夜把你吵醒，都不带上火的……

总之，妈妈奉劝世人——生个娃吧！生娃，专治各种不良嗜好。【真理】

儿子啊，妈妈忘记哪个坑挖来你这么个奇葩，你在婴儿界里一骑绝尘。夫子奔逸绝尘，而回瞠若乎后矣。【小骄傲】

窗内，洒了一地的明媚；窗外，繁衍了满地的苍翠，窗帘上的流苏轻轻飘动……这时，只管细细地体会清幽处的最真最美。

妈妈把儿子放在摇篮里慢慢摇动，宝宝熟睡的面容，沉浸在初为人母的喜悦里。去了一趟卫生间，心里还老惦记，满脑子都是儿子：不知道妈妈离开这会儿，宝贝醒了没有？不知道宝贝醒来找没找妈妈？妈妈真恨不得每时每刻都把儿子带在身上融为一体。

是呀！儿子离开妈妈。会有一种鱼儿离开了水；瓜儿离开了秧；革命没有了红太阳；吃奶的孩子没了亲娘的感觉。【真爱啊】

又是一天，姥姥悄悄地在客厅扫屋，母亲依然为儿子扫天下。妈妈偕儿漫步在时光的走廊，行云流水的日子，享受着春华秋实，享受着岁月飘香。

微笑透过甜蜜直达心底
——转载姥姥日记

2010 年 7 月 22 日 星期四 27 ~ 37℃

晴 ~ 多云 无持续风向 微风 满月 农历六月十一

将所有的风景后退，退回原始，白云蓝天，繁花绿池。快乐和无邪，叠成无数个晶莹的故事。有太多的美，经得起岁月的流逝，静静地化作一首首诗，永远也读不完。

姥姥年轻的时候，由于忙于工作，把刚满月的妈妈，丢给妈妈的奶奶照看。姥姥这一辈子，就养了妈妈这一个女儿，对培育小宝宝基本上没多少经验。自从做了姥姥，姥姥积极地从书本上预先获取大量的育儿知识，来作为自己养育外孙的指南。

但宝宝的成长却不是照本宣科，书上的内容很难覆盖宝宝的一点一滴，也有许多事情是姥姥始料不及的。在姥姥边育儿边和人交流经验的这几个月中，姥姥发现了有些书上没有写，但宝宝们普遍都存在的现象。

妈妈剖腹产下外孙，头几天只能卧床，姥姥既要给妈妈喂饭端水，又要给贝儿端屎擦尿，整整三天三夜没合眼，整个人只能如机器般运转。可姥姥又要伪装得很好，不能让妈妈看出一丁点儿累的痕迹。结果，大家还一个劲儿地夸奖："哎呀，你的体力真好！"不知怎的，姥姥眼睛有些湿润，却衬托出盈盈的笑意。

那一夜，医院里，妈妈已沉沉睡去，宝宝在吸吮奶水后也合上了眼。夜是静的灯是柔的，姥姥靠在床头，眼皮沉重像注了铅，几天来的疲惫如潮水般袭来，整个人都感觉到油尽灯枯。

姥姥梦呓般盯着小东西，壁灯柔和的光线下如猫般大小的外孙，噘着小嘴安详地甜睡，嫩嫩的肌肤晶莹剔透，可以看到流动着的血液，几乎能吹弹得破似的。想想这些天自己吃的苦，再想想添个外孙的甜美，姥姥心中油然升起浓浓爱意，为了这个小家伙，毫不吝惜苦点也愿意！

就在这时，贝儿两只粉嘟嘟的小手，轻轻扬了一下，小嘴动了一动，忽然，脸上的肌肉一扯，嘴角一咧，明明确确地给姥姥一个温暖的"笑"。那笑容就凝固在那里，连嘴角的弧度都那么到位完美。

我的天，姥姥眼睛不由得涩了起来，外孙在对姥姥笑呢，一个只知道生活在自己世界里的小东西，居然在姥姥最疲倦的时候，给了一个生动的"笑"！姥姥一脸的陶醉，演嘴在笑泪在掉的表情。黑白颠倒的日子，小坏蛋给姥姥一个微笑，使姥姥忘记了疲惫。

浅浅的微笑，唤醒的是姥姥的大爱。姥姥多想让时间停下来，这么美好的瞬间不会重来。外孙是给姥姥添了不少乱，但是，姥姥对此颇为享受。

听说孩子笑得越早，聪明的可能性就越大。尽管这迹象不是完全可信，但它是个象征。很早就开始笑的婴儿，常常会成为聪明活泼的儿童。

兴许，外孙生来就爱笑，是受了妈妈遗传的影响；兴许，是妈妈在怀贝儿时，爸爸小心翼翼从不敢惹妈妈的缘故。当然，按照书本的解释，这是宝宝无意识的条件反射，是宝宝神经系统的一次成长演练。

可是，在当时的姥姥看来，这一笑是那样纯洁；这一笑是那样依赖；这一笑是那样动人。那些所有日子里经历的辛苦，那段所有时间声嘶力竭的付出，都值了！为了宝宝这一笑，即使再从头来过，姥姥也会对外孙说："贝儿，姥姥不是全能，却想为外孙成为全能！"

从前的月光很慢有点闲，有点懒，在一杯茶里消磨了整个黄昏。今晚，姥姥陪伴外孙看星星满天。

问君能有几多愁

2010 年 7 月 22 日 星期四 27 ～ 37℃
晴～多云 无持续风向 微风 满月 农历六月十一

姥姥！别因为知道外孙会等您，就把虎虎晾在那儿等。睡得好好的突然醒了，翻来覆去地怎么也睡不着。虎虎特担心，觉得是不是身体哪里出了问题，姥姥过来给拉好被子，盖住蹬出来的小脚丫，突然这种情况就好了……【比心】

姥姥满脸堆笑地善意提醒："小坏蛋！你听着啊，有本事你就照顾好自己，不然，就老老实实地让家家来照顾你！"本以为姥姥只是随口就这么一说，没想到她真的很认真。呵呵！亲情不需要太多的语言去解释，这种"爱"与生俱来。

虎虎和姥姥之间很有默契，当宝宝对姥姥有了情绪反应，姥姥就能够从贝儿的反应中，体会到自己照料的成就。这种察言观色促进了祖孙间的依恋，唤起了姥姥的母性。画重点：宝宝的这种情绪反应正是一种本能——一种寻求照顾的本能。

对于虎虎而言，安全的亲子关系是很重要的。当从家人的表情和情绪中体会到赞许和接纳时，宝宝也会对自己有积极的态度。

　　每个晚上，姥姥为了让爸妈休息好，外孙大多是姥姥一个人照顾。姥姥会提前把奶瓶、奶粉、开水各项用品准备好，放在一张大方凳子上，然后旁边再放张小凳子。外孙肚子饿了，呜啊……呜啊……跟姥姥要吃的的时候，姥姥就立刻坐在小凳上，一手搂外孙，一手操作大凳子上的器皿……如果让虎虎等待时间长了，哭声一声比一声凄厉……那暴脾气，连自己都怕。【奶凶奶凶的】

　　为哭泣，小脸被憋得红红的，嘴巴也张得大大的，最惨的是，还被自己的口水呛到，嘻！不许再提！

　　哭喊中的虎虎，小脑袋不停地转动寻找吃的，一副"左顾右盼"的样子，好像走到人生的十字路口似的……当姥姥把奶嘴放进虎虎嘴里，你看啊！"咕咚、咕咚"狼吞虎咽、上气不接下气。

　　最糗的是，因为性子急来不及吞咽，下巴上全是奶液，白乎乎的，活脱脱一个圣诞老人的婴儿时期……不说了，说多了都是马赛克！【辣眼睛】姥姥看着外孙调皮模样，真是又可爱又好笑，又心疼又怜惜。

　　QQ好友涟漪微微发来消息："林妹，你家小宝宝怎么样啊？"姥姥回："这照顾孩子，真不是件容易的事。"涟漪微微："有什么心得，说来大家分享一下哈。"姥姥："这小坏蛋啊，就是一部裸机，没配任何文档，待机时间极短，基本两个小时就得充电，且耗电量惊人，随机需要购买大量周边配件，铃声很响吵死你！还需要自己慢慢摸索着，安装语音系统、操作系统，限购哦！【偷笑】"涟漪微微："……【暴汗】【笑到飞起】"

后来虎虎发现，真正付出、大方、不斤斤计较的人，是爸爸、妈妈、姥姥，不是自己！

据说，哈佛大学一项研究指出，婴儿无理取闹并非真的有需求。让父母更加劳累拒绝再生二胎，最大限度地增加自己生存概率，很有可能是为了正确自救。【拿捏了】

倾泻在记忆线上的虎虎，还停留在昨日。绑匪打电话给妈妈："你儿子在我手上，24小时内凑到100万，不然我撕票。"妈妈："钱没问题，但是，能不能晚几天给你？"绑匪："为什么啊？"妈妈："我们想清静几天……"绑匪："少啰唆！200万，不然我马上放人！"

呃……开始慌了，求拯救！【龇牙】

约会明天

2010 年 7 月 22 日 星期四 27 ~ 37℃
晴～多云 无持续风向 微风 满月 农历六月十一

有人说，人生就是一场生命的竞技，要走的路很长。所以，目光不能只局限在仅有的前方，把它当作一场旅行，在风景里成长。

截止到今天下午 17 点整，爸爸、妈妈给儿子办妥了三证。出生医学证明、疫苗接种证，在当地所在户籍派出所给宝宝上了户口。出生证非常重要，是由国家卫生与计划生育委员会统一印制，用途特别多，比户口本还管用，千万别弄丢了哦！

哎哎哎！虎虎发现新大陆，出生医学证明，是唯一一个，把妈妈的名字写在爸爸名字前面的。姥姥说："有意义，很科学！因为这张纸，是妈妈用生命换来的。"瞬间戳中泪点，虎虎会让妈妈生命没有白换！【安排】

想当年，虎虎也是一个有为青年，无不良嗜好，不喝酒不抽烟，只吞噬羊水，每天和妈妈一起作息、锻炼……自从上个月出生来到人间，这一切都被打乱。虎虎虚心从狗狗那儿，学到人生真谛：不要伪装自己，保持旺盛精力，使别人乐于

跟自己交往。无论被责备多少次，都不要埋下委屈和愤怒的种子，一定要学会死皮赖脸不厌其烦。【弯道超车】

姥姥，快把您外孙的暑假作业收了吧！在您眼里，虎虎永远是最差的一届："贝儿啊！说了你又不听，听了你又不懂，懂了你又不做，做了你又做错，错了你又不认，认了你又不改，改了你又不服，不服你又不说！"（此处急需喘口气）姥姥眉毛一扬，埋怨："宝宝始终不得要领，就知道调皮捣蛋！"亲亲的姥姥，养育男孩和女孩，规则技巧不一样。

这一个月在家，虎虎每天必做三件事：吃奶、睡觉、挨骂。婴儿的时光就是"晃"，用大把的时间来彷徨，只用几个瞬间来成长。【傻乐】

哥们儿哪吒问虎虎：贝儿，这一个月，谁在照顾你啊？

虎虎自豪地：爸爸、妈妈、家家！

哪吒欲言又止，最后还是止不住嘴欠：我很佩服他们的胆量！这么捣蛋的孩子也敢带？整天斗智斗勇的，小命还要不要？

不会吧？有这么夸张吗？那好，有多少人想打虎虎？点个赞，宝宝人数统计一下。【放电】

宝宝很感激，因为家人的辛勤付出；

宝宝很茁壮，因为爸爸妈妈的精心培养；

宝宝很担忧，因为姥姥日渐增多的白发；

宝宝很顾忌，因为姥姥日益深刻的皱纹……

父母的眼睛，是儿子奋进的动力；姥姥的白发、皱纹，是外孙成长的阶梯。在这不动声色的日子里，有家人真好。

谁言寸草心，报得三春晖。【抱拳】

现在家人看到的，就是一个真实的虎虎，但也只是部分的虎虎，也只是现在的虎虎。经过今天，请大家相信，将来的虎虎，绝对不是同一个虎虎！嘿嘿！人生不需要大道理，一点点小哲学就够咧。【迷之微笑】

一片云，清闲以致，惬意清欢，浅舞天涯；一阵风，吹落花叶，似一朵朵纷飞的彩霞。一朵云，一缕风，入了画，入了心，也入了流年。夜，依然不缓不慢地轻踱着，虎虎走进梦乡，浓浓地燃起那太多的渴望……

啊！结束了吗？不会吧！在这样温馨诙谐的氛围里，我们还要再相见。